日本古代文献の漢籍受容に関する研究

王　小林　著

和泉書院

目次

*引用本文と訓読文について

本書において、日本古代文献の引用は、主に次の書物に拠った。訓読文も一部を除き、主としてこれらの書物を参照し、引用した。なお、字体は適宜、通用のものに改めた。

○日本古典文学大系『古事記・祝詞』（岩波書店・一九七九年）
○日本古典文学大系『日本書紀』（岩波書店・一九八七年）
○日本古典文学大系『古代歌謡集』（岩波書店・一九七二年）
○日本古典文学大系『三教指帰・性霊集』（岩波書店・一九七五年）
○日本思想大系『律令』（岩波書店・一九七六年）
○日本思想大系新装版『古代政治社会思想』（岩波書店・一九九四年）
○『萬葉集』本文篇・佐竹昭広他編（塙書房・二〇〇三年）
○新日本古典文学大系『萬葉集』（岩波書店・二〇〇三年）
○新日本古典文学大系『日本霊異記』（岩波書店・一九九六年）
○新日本古典文学大系『続日本紀』（岩波書店・一九九八年）
○新編日本古典文学全集『風土記』（小学館・一九九七年）
○『寧楽遺文』（東京堂出版・一九九七年）
○新編増補『國史大系』（吉川弘文館・一九九五年）

第一章　古伝承の成立と緯書

――応神記天之日矛伝承に関する一考察

（一）はじめに

中国の後漢時代に盛行していた讖緯思想が、数多くの緯書を生み出したことは周知の事実である。これらの緯書が、歴史上いく度にわたる弾圧と禁絶措置により、現在では、書名は知られても、完本で伝わっているものはごく稀である。近年になって、日本では安居香山・中村璋八氏の『緯書集成』（新版は『重修緯書集成』）と、中国上海古籍出版社編『緯書集成』（影印本）が相次いで上梓され、緯書の研究と利用の基本的条件がこれによってようやく整ってきたと言える。

緯書は日本にも伝来している。『日本国見在書目録』（宮内庁書陵部所蔵室生寺本）「異説家」の部に以下の八十五巻の緯書が収録されている。

河図一巻　河図龍文一巻　易緯十巻鄭玄注　詩緯十巻魏博士宋均注　礼緯三巻鄭玄注　礼緯三巻宋均注　楽緯三巻同注　春秋緯四十巻同注　春秋災異董仲舒占一巻　春秋災異志一巻冷然院　孝経勾命決六巻宋均注　孝経援神契七巻同注　孝経援神契音隠一巻　孝経内事一巻　孝経雄図三巻　孝経雌図三巻上中下　孝経雄雌図一巻

また、巻末には、

七緯、易緯、書緯、詩緯、禮緯、楽緯、孝経緯、春秋緯

が著録されている。巻末の「七緯」の記事については、巻数など詳細が記されていないことから、遺漏されたものを補筆した可能性も考えられる。この中には、安居香山氏が指摘するように、『春秋災異董仲舒』や『春秋災異志』のような緯書でないものも含まれているが[1]、中国にあった緯書のほとんどが当時すでにまとまった形で日本に伝来し、存在していたことが推測される。果たして、『古事記』の書かれた時代、あるいは、その元の資料が書かれた時代にも、緯書が読まれていたのかが問題になるが、実際に『古事記』の成立に関わっていた漢籍としてこれまでに数多く挙げられたものの中に、緯書も含まれている。

例えば、室町時代の成立とされる『古事記裏書』（神宮文庫所蔵影印本）には、『古事記』序文に対する注釈の中で、

○気象　易鉤命決云。天地未分之前。有太易。

又云。気象未形謂之太易。

○乾坤　易緯通卦云。大極是生両儀。言気清軽者上為天。重濁者下為地。

○太素　易鉤命決云。元気始萌、謂之太素。

又云。形変有質。謂之太素。

○元始　易鉤命決云。有気形之端、謂之大始。

と、「気象」、「乾坤」、「太素」、「元始」を、主として『易緯』の思想に基づいて説明しているのである。『裏書』以降、長い間、この角度からの言及はなかったが、最近に至り、緯書資料の研究が進むに従い、これに関する部分的な研究が再び見られるようになった。以下いくつかを列挙してみる。

中村璋八「日本上代文学と中国の民族思想・信仰」[2]では、『古事記』、『日本書紀』に見られる緯書思想の痕跡を

指摘し、『古事記』序文に現れる表現が緯書に基づく可能性を提示している。具体的な指摘は次のようになっている。上巻には、伊耶那岐命が、亡くなった伊耶那美命と会いたいと思い、黄泉国に行き、そこで女神の醜い姿を見て逃げ帰ろうとした時、醜女が追いかけてきた状況として、

爾抜所御佩之十拳劒而、於後手布伎都都逃來、猶追、到黄泉比良坂之坂本時、取在坂本桃子三箇待撃者、悉迯返也。

爾に御佩せる十拳劒を抜きて、後手に布伎都《ふききつ》逃げ來るを、猶追ひて、黄泉比良坂の坂本に到りし時、その坂本に在る桃子三箇を取りて、待ち撃てば、悉に迯げ返りき。

とある。ここに記される桃については、中村氏は緯書『礼稽命徴』の次の内容に関連すると指摘する。

於是常以正歳十二月、令礼官方相氏、蒙熊皮黄金四目玄衣纁裳。執戈揚楯、帥百隷及童子、而時儺以索室、而駆疫鬼、以桃弧葦矢土鼓、且射之、以赤丸五穀播洒之、以除疫殃。

また、「三箇」の三について、『春秋元命苞』にある「陽成於三、列於七」と同書の「陽数起於一、成於三。故日中有三足烏」を関連のあるものとして挙げられている。

ついで注目されるのは福永光司氏の指摘である。福永氏はその「古事記の天地開闢神話」という論文において、まず、『古事記』序文に見られる「大抵所記、自天地開闢始、以訖于小治田御世」の出典を、『尚書考霊曜』にある「天地開闢、耀満舒光」とし、本文冒頭にある、

天地初發之時、於高天原成神名、天之御中主神。次高御産巣日神。次神産巣日神。此三柱神者、並獨神成坐而、隠身也。

天地初めて發けし時、高天の原に成れる神名は、天之御中主神。次に高御産巣日神。次に神産巣日神。この三柱の神は、みな獨神と成りまして、身を隠したまひき。

に見える「隠身」の出典を、『易緯乾鑿度』(巻上)の、

太初者氣之始也。……太始者形之始也、太素者質之始也。……氣形質具而未相離、故曰渾淪。……視之不見、聴之不聞、循之不得、故曰易也。易無形畔。

とある内容に基づくとし、「隠身」は文中の「これを視れども見えず」によって端的に示されていると指摘する。更に、本文「次國稚……如葦芽因萌騰之物而成神名」にある「葦芽」の出典を、『周易参同契』にある「陰陽始、玄含黄芽。……金為水母、母隠子胎」の「黄芽」としているのである(3)。

また、西宮一民氏は、新潮日本古典集成『古事記』の頭注において、伊邪那岐命、伊邪那美命二神に関する記述に見られる「天之御柱」を男左女右の順にめぐる箇所について、

女が右まわり、男が左まわりというのは、「天左旋、地右動」(『春秋緯』元命苞)や「北斗之神有雌雄……雄左行、雌右行」(『淮南子』天文訓)など、中国の思想に見える。

と指摘している。

更に、広畑輔雄氏も論文「国生み神話—中国思想の役割」において、『古事記』上巻の二神に関する記述、「於其嶋天降坐、而見立天之御柱、見立八尋殿」という中にある「天之御柱」を、中国古代の天柱思想であるとしながら、その出典を、『河図括地象』にある「崑崙山為天柱、氣上通天」、「地中央曰崑崙」、「崑崙者地之中也」などの文句によるものとし、同類の表現を『春秋命歴序』にも求めている(4)。

これらの指摘の具体的な点についてはなお検討を要するところがありながらも(5)、それぞれ『古事記』の成書過程に緯書がいかなる形で影響を与えていたかを少しずつ明らかにしたものと言える。しかし、右のように諸家が指摘する緯書への直接的な借用という状況があった一方、こうした状況より一層複雑な影響関係も存在していたようである。このような視点から、本章では、『古事記』応神記の天之日矛渡来説話を対象に、その成立過程における緯

書受容の実態について、考察を行おうとするものである。

（二）問題の所在

『古事記』応神記に見られるいくつかの渡来説話には、天之日矛伝承というものがあり、その原文は次の通りである。

又昔、有新羅國主之子。名謂天之日矛。是人參渡來也。所以參渡來者、新羅國有一沼。名謂阿具奴摩。此沼之邊、一賤女晝寢。於是日耀如虹、指其陰上、亦有一賤夫、思異其狀、恒伺其女人之行。故、是女人、自其晝寢時、妊身、生赤玉。爾其所伺賤夫、乞取其玉、恒裹著腰。此人營田於山谷之間。故、耕人等飲食、負一牛而、入山谷之中、遇逢其國主之子、天之日矛。爾問其人曰何汝飲食負牛入山谷。汝必殺食是牛。卽捕其人、將入獄囚、其人答曰、吾非殺牛。唯送田人之食耳。然猶不赦。爾解其腰之玉、幣其國主之子。故、赦其賤夫、將來其玉、置於床邊、卽化美麗孃子。仍婚爲嫡妻。

又昔、新羅の國主の子ありき。名は天之日矛と謂ひき。是の人參渡り來つ。參渡り來つる所以は、新羅國に一つの沼あり。名は阿具奴摩と謂ひき。この沼の邊に、一賤しき女晝寢しき。是に日虹の如く耀きて、その陰上に指ししを、亦一賤しき夫、其の状を異しと思ひて、恒に其の女人の行を伺ひき。故、是の女人、その晝寢せし時より妊身みて、赤玉を生みき。爾に其の伺へる賤しき夫、その玉を乞ひ取りて、恒に裹みて腰に著けき。此の人田を山谷の間に營りき。故、耕人等の飲食を、一つの牛に負せて山谷の中に入るに、其の國主の子、天之日矛に遇逢ひき。爾にその人に問ひて曰ひしく、「何しかも汝は飲食を牛に負せて山谷に入る。汝は必ず是の牛を殺して食ふならむ。」といひて、卽ちその人を捕へて、獄囚に入れむとすれば、その人答へて曰ひしく、「吾牛を殺さむとにあらず。唯田人の食を送るにこそ。」といひき。然れども猶赦さざりき。爾にその腰の玉を解きて、其の國主の子に幣しつ。故、其の賤しき夫を赦して、其の玉を將ち來て、床の邊に置けば、卽ち美麗しき嬢子に化りき。仍りて婚ひて嫡妻と爲き。

この記事は、『日本書紀』や『風土記』、『古語拾遺』などにも見られるが、応神記のこの記事が最も完全な形を保っているようである。(6)『古事記』のこの辺りの文体について、本居宣長がつとに「からぶみ」を踏まえた「漢文ざま」のあることを指摘したように、他の部分に比べてより整った漢文体となっている(『古事記伝』三十四之巻)。この事実自体が、この逸話が『古事記』において特殊な存在であることを暗に物語っているものであるが、ここでは主として伝承の冒頭部の記事、とりわけそこに見られる「虹」に注目したい。

管見では、虹に関する記述は、上代日本の文学作品にはごく稀にしか現れない。『萬葉集』に、

伊香保ろの　八尺のゐでに　立つ努自の　顕ろまでも　さ寝をさ寝てば（巻十四・三四一四）

という歌が収録されているものの、全巻中僅かこの一例のみである。『時代別国語大辞典上代篇』によれば、文学作品における「虹」に関する表現は中世以降の文献に多出するが、上代の文献にはめったに現れないという。従って、この伝承に現れる虹が極めて珍しい用例ということになり、伝承の成立を考える上で、重要な手掛かりを示していると言わねばならない。

しかし、これまでの諸家の研究は、必ずしも「虹」の存在を重視してはいない。「日の光が虹のように輝いた」という判読のせいか、諸注釈は一様に「日」を中心にその意味を捉え、伝承の性質を「日光感精説話型」と解釈しているのである。

所謂「日光感精説話」というのは、戦後に発達した神話学の角度から古伝承を分類する理論の一つで、中でも三品彰英氏の説がもっとも有力視され、定説とされている。氏は『神話と文化史』の中で、まず神話の中に見られる

人間と異界との性的交流を「感精神話」と命名し、その類型を、「第一類、雷電、星辰。第二類、天降る霊物。第三類、日光」と三種類に分けた上で、次のように具体的な見解を示している。

第一類の雷電および星辰による感精神話は、ほとんど漢族の間の所伝として栄え……第二類の天降りの霊物による感精神話は、境域的には満蒙にも漢族にもひとしく分有されているという点に一つの特色が見られる。……第三類の日光感精神話は明瞭に満蒙諸族が伝承して来た代表的な要素であり、それがなお南方に境域を拡め朝鮮にまで及んでいる。(7)

これに基づき、天之日矛伝承冒頭の記事も、第三類の「日光感精神話」と規定され、分類されている。また、伝承に見える「赤玉」が人に生まれ変わるというところを、古代朝鮮神話に見られる「卵生説話」から派生したものだとも論じられている。以後の諸説は基本的に三品説に従っていると言ってよい。(8)

三品説は、比較神話学という新しい視点から、伝承を東アジア文化圏において考察する点はまことに示唆に富む。しかし、この伝承に現れる「虹」の素材としての性質は必ずしも充分検討されているとは言えない。「虹」は伝承の成立に関わる重要なキーワードである可能性もあり、その素性を明らかにすることは、そのまま伝承の性質の理解につながるものかもしれない。

（二）漢籍における「虹」

諸論の中で、唯一日本古典文学全集（小学館）の頭注では、「中国では虹は天と地が交合する時に現れる現象だという」と指摘している。その頭注の指摘はこれにとどまるが、天之日矛伝承における「虹」の素性を明らかにするために、漢籍における「虹」の意味から見ていく必要性を提示しているのである。

「虹」の最古の記録は、白川静氏『説文新義』[9]（巻五）に拠れば、甲骨文の卜文の「面母昃亦出蜺㞢、北飲河」であり、この中には「虹」を示す「蜺」が二つの頭を持つ獣の形に描かれている。「面母」について白川氏は、「女性の神の名でこの蜺は雌霓である」（『字統』[10]）と指摘している。甲骨文時代以降のしばらくの間「虹」に関する記載は発見されていない。『詩経』に至って、「鄘風」に次の一首が収められている。

蝃蝀

蝃蝀在東　　蝃蝀東に在り
莫之敢指　　之を敢へて指さす莫かれ
女子有行　　女子有に行ぎゆき
遠父母兄弟　父母兄弟より遠ざかる
朝隮于西　　朝隮西に于れば
崇朝其雨　　崇朝其れ雨ふる
女子有行　　女子有に行ぎゆき
遠兄弟父母　兄弟父母より遠ざかる

「蝃蝀」が「虹」を指すことについては、『毛伝』では「虹也」とされ、「蝃蝀」以外に、「螮蝀」とも表記され、『礼記』月令には、「虹」について、鄭玄の注では「螮蝀謂之虹」とあり、『爾雅』釈天にも、「螮蝀、虹也」とあるのが見られる。

さて、『詩経』のこの詩について、集英社漢詩大系本『詩経』の脚注に「古代中国で、虹は陰陽の気の交接と考えられ、エロスのシンボルとなっている」と解しつつ、この歌をそうした信仰に基づいたものとしている。しかし、先述のごとくこの時代では「虹」と記す例が極めて少なく、後漢の文献学者高誘は、「虹」はもともと現在中国の河北、山東地方の方言である（『呂氏春秋季春紀注』）と指摘している。いつの間にかこれが「ニジ」を表す文字となり、現在に至っている。いずれにせよ、漢代あたりから広く用いられ始めたことは事実のようである。「虹」の字義について、森三樹三郎氏が、「説文のいふ虫とは、蛇の種類をさすらしく思はれるから、或は虹の形が蛇に似ているという所から作られた文字であるかもしれない」と論じている。(11)

その後、漢籍に展開される「虹」に関する記載は、『淮南子』天文訓に「虹蜺、彗星者、天之忌也」とあるように、およそ不吉な予兆や、男女結合の象徴という傾向をもつようになり、『漢語大詞典』の言葉を借りれば、すなわち「淫奔、作乱」を象徴するものとなった。例えば上代人によく利用されていた『芸文類聚』天部下・虹の項を見るに、

禮記月令曰、季春之月、虹始見、孟冬之月、虹蔵不見。釈名曰、虹、陽氣之動。虹、攻也、純陽攻陰氣也。又曰、夫人陰陽不合、婚姻錯乱、淫風流行、男女互相奔随之時、此則氣盛、故以其盛時合之也。

とあり、また、『初学記』巻第二・虹蜺には、

春秋元命苞曰、虹蜺者、陰陽之精、雄曰虹、雌曰蜺。……凡虹雙出、色鮮盛者為雄、雄曰虹。闇者為雌。雌曰蜺。

となっている。このほか、例えば、『北堂書鈔』天部・虹霓十五に「陽気之動」とあり、『淮南子』にある「虹蜺」に対する高誘の注が「雄為虹、雌為蜺也」となっているのが見られる。虹は男と女に分けられ、そして『漢語大詞典』がいう「淫奔、作乱」を象徴するものとも理解されていることが分かる。

さて、史書にも虹が現れている。『戦国策』巻二十五「魏四」に「白虹貫日」の表現が見られ、『史記』巻八十二「魯仲連鄒陽列伝」にも、「白虹貫日、太子畏之」とある。『漢書』に至り、虹はもっぱら前述した思想に基づいた形で記述されるのである。

是時天雨、虹下属宮中飲井水、井水竭。厠中豕群出。壊大宮竈。烏鵲闘死。鼠舞殿端門中。殿上戸自閉、不可

開。天火焼城門。大風壊宮城楼。折抜樹木。流星下墮。后姫以下皆恐。王驚病、使人祠葭水、台水。王客呂広等知星、為王言、「當有兵囲城、期在九月十月、漢當有大臣戮死者。」語具在五行志。

（巻六十三・武五子伝第三十三）

後五年、上復修封於泰山。東遊東萊、臨大海。是歳、雍縣無雲如靁者三、或如虹氣蒼黄、若飛鳥集棫陽宮南、声聞四百里。隕石二、黒如黳、有司以為美祥、以薦宗廟。

（巻二十五・郊祀志第五下）

また、『後漢書』志第十七・五行五の記事にも、

霊帝光和元年六月丁丑、有黒氣墮北宮温明殿東庭中、黒如車蓋、起奮訊、身五色、有頭、體長十餘丈、形貌似龍。上問蔡邕、對曰、「所謂天投蜺者也、不見足尾、不得称龍。易伝曰、『蜺之比無徳、以色親也。』潛潭巴曰、『虹出、后妃陰脅王者。』又曰、『五色迭至、照于宮殿、有兵革之事。』演孔図曰、『天子外苦兵、威内奪、臣無忠、則天投蜺』変不空生、占不空言。」

とある。

以上漢籍の類書と史書における「虹」に関する記載を見る限り、「虹」に対する中国古代の認識はおよそ男女結合の象徴及びそれに基づいた、災異現象とに分けることが出来よう。そして、総じて言えば、陰陽思想の色彩を強く帯びていることが窺えよう。そこで、こうした用例に関連づけて見れば、天之日矛伝承の冒頭記事は、「虹」と「賤女」との交合という内容であり、この点は右記の漢籍における「虹」の思想に共通しているのである。やはり『全集』の指摘にあるように、漢籍の陰陽思想の「虹」の影響を受けている説が妥当であろう。

(四) 上代文献における「虹」

「虹」は上代の文学作品にはあまり見られないと述べたが、平安時代の辞書類をひもとくと、次のように記載されている。

蝃蝀、虹蜺也、陰陽吏之気、着之形色也。（『新撰字鏡』巻八）

虹、雄曰虹雌曰蜺也。（『倭名類聚抄』巻一）

虹、雄曰虹雌曰蜺、霓雌也。（『伊呂波字類抄』前田家本）

右記諸辞書の「虹」は一見して、漢籍の陰陽思想に基づいたものと認められる。

八世紀の初めに成立した『日本書紀』にも、「虹」に関する記事が記されている。

○三年夏四月、……天皇疑皇女不在、恆使闇夜東西求覓。乃於河上虹見如蛇、四五丈者。掘起處、而獲神鏡。

三年の夏四月に、……天皇、皇女の不在ことを疑ひたまひて、恆に闇夜に東西に求覓めしめたまふ。乃ち河上に虹の見ゆること蛇の如くして、四五丈ばかりなり。虹の起てる處を掘りて、神鏡を獲る。（雄略三年）

○八月……甲子、饗高麗客於筑紫。是夕昏時、大星自東度西。○丙寅、造法令殿内有大虹。○壬申、有物、形如灌頂幡、而火色。浮空流北。毎國皆見。或曰、入越海。是日、白氣起於東山。其大四囲。○癸酉、大地動。○戊寅、亦地震動。是日平旦、有虹、當于天中央、以向日。（天武十一年）

八月……甲子に、高麗の客に筑紫に饗たまふ。是の夕の昏時に、大星、東より西に度る。○丙寅に、造法令殿の内に大きなる虹有り。○壬申に、物有り、形、灌頂幡の如くして、火の色あり。空に浮びて北に流る。

國國毎に皆見ゆ。或いは曰はく、「越海に入りぬ。是の日に、白氣、東の山に起れり。其の大きさ四囲。○癸酉に、大きに地動る。○戊寅に、亦地震動る。是の日の平旦に、虹有りて、天の中央に當りて、日に向へり。

「虹」を蛇と見なす考えは、前述したように中国の古くからの信仰に関係しており、ここではそうした影響によるものと見てよいだろう。

八世紀末に成立した『続日本紀』にも、「虹」に関する記事が見られ、しかも数が一段と増える。

○甲子、授正五位下大伴宿禰宿奈麻呂・大伴宿禰道足・多治比真人広成正五位上、……是日、白虹南北竟天。（養老四年正月）

甲子、正五位下大伴宿禰宿奈麻呂・大伴宿禰道足・多治比真人広成に正五位上を授く。……是の日、白虹南北に天を竟る。

○癸巳、日暈如白虹貫。暈南北有珥。因召見左右大弁及八省卿等於殿前、詔曰、「朕徳菲薄、導民不明。夙興以求、夜寐以思。身居紫宮、心在黔首。無委卿等、何化天下。国家之事、有益万機、必可奏聞。如有不納、重為極諫。汝無面従退有後言」。（養老五年正月）

癸巳、日の暈、白き虹貫くがごとし。暈の南北に珥有り。因て、左右大弁と八省の卿らとを殿の前に召見して詔して曰はく、「朕が徳菲薄にして民を導くこと明らかならず。夙に興きて求め、夜に寐ねて思ふ。身、紫宮に居れども心は黔首に在り。卿らに委ぬること無くは、何にか天下を化けむ。国家の事、万機に益有らば、必ず奏聞すべし。如し納れぬこと有らば、重ねて極諫を為せ。汝面従して退りて後言すること有ること無かれ」とのたまふ。

○乙丑、有虹繞日。○戊辰、往々隕石於京師、其大如柚子。数日乃止。（宝亀三年六月）

乙丑、虹有りて日を繞る。○戊辰、往々に京師に隕石あり。その大きさ柚子の如し。数日にして止む。
○丙甲、地震。○癸卯。備前國飢賑給之。○乙巳。有野狐。居于大納言藤原朝臣魚名朝座。○丙午、白虹竟天。（宝亀六年五月）
丙甲、地震ふる。○癸卯、備前國飢ゑぬ。これに賑給す。○乙巳、野狐有りて大納言藤原朝臣魚名が朝座に居たり。○丙午、白虹天を竟る。
○三月辛卯、有虹繞日。○乙未、武蔵・淡路・土佐等國飢。並賑給之。（延暦元年）
三月辛卯、虹有りて日を繞る。○乙未、武蔵・淡路・土佐等の國飢ゑぬ。並にこれに賑給す。
○十一月辛卯、有光挟日。其形圓而色似虹。日上復有光向日。長可二丈。（延暦元年）
十一月辛卯、光有りて日を挟む。その形圓くして色虹に似たり。日の上に復た光有りて日に向ふこと長さ二丈可なり。

また、『続日本後紀』にも、
○十月戊戌、酉刻白虹竟西山南北、長卌許丈、廣四許丈、須臾而銷焉。（承和五年）
十月戊戌、酉刻に白虹西山の南北を竟る。長さ卌許丈、廣さ四許丈、須臾にして銷えぬ。

とあり、『文徳実録』には、
○八月丁丑、冷泉院及八省院、太政官庁前、同時虹見、記異也。（斉衡三年）
八月丁丑、冷泉院及び八省院、太政官庁の前に、同時に虹見はる。異を記すなり。

という、そして『三代実録』にも、
○六月十日辛卯、……是日、夜、白虹見東北、首尾著地。（貞観十二年）
六月十日辛卯、是の日の夜に白虹東北に見はれ、首尾地に著く。

○四月七日乙未、白虹貫日、即日在胃。（貞観十六年）
四月七日乙未、白虹日を貫く、即ち日は胃に在り。

と記載されている。これらは九世紀の末に至るまでの「虹」の記録であるが、更に、『日本紀略』にも、
○三月己卯朔、有虹貫日。（弘仁十年）
三月己卯朔、虹有りて日を貫く。
○八月七日庚戌、太政官…正庁東庁、虹蜺見。（寛平九年）
八月七日庚戌、太政官…正庁東庁に、虹蜺見はる。
○廿七日戊辰、出羽國言上、正月八日未時、日之左右有両耀、即虹貫之。又　有白虹、分立東西、仍下陰陽寮、令占之。（康保二年二月）
廿七日戊辰、出羽國言上す、正月八日未時、日の左右に両つの耀き有り、即ち虹之を貫く。又た白虹有りて、東西に分立す。仍りて陰陽寮に下して、これを占せしむ。
○十九日庚午、白虹亘天。（安和元年八月）
十九日庚午、白虹天に亘る。
○八日丁巳、除目。今日外記庁前、版位虹立、有御卜。（正暦五年九月）
八日丁巳、除目。今日外記庁前に、版位に虹立ち、御卜有り。

とある。以上日本の史料に見られる「虹」に関する記事は、このように、いずれも漢籍思想を踏まえたものとなっており、時代が経つに従って、史料に定着していく傾向さえ示している。

ここで再び天之日矛伝承冒頭記事にある「虹」を見れば、少なくとも確認できたのは、その成立の背景にこうした漢風文化の隆盛があったという事実である。

ここで、この伝承をふくむ記事がいかなる過程を経て成立したかを考察しなければならない。少なくとも漢籍にその素材となるようなものが見られない。伝承の冒頭記事は、「賤女」と「虹」との交合という話が展開されており、そこには神話的な要素が多分に含まれているように感じられる。出典があるのかどうか、あるのならどういう文献であるか、改めて考えてみよう。

これに類似する伝承として、晋・陶淵明の撰とされる『捜神後記』巻七に、「虹」に関する説話がある。原文を掲げよう。

盧陵巴邱人陳済者、作州吏。其婦秦、獨在家。常有一丈夫、長丈余、儀容端正、著絳碧袍、采色炫燿、来従之。後常相期於一山澗間。至於寝処、不覚有人道相感節（接？）。如是数年。比隣人観所至輒有虹見。秦至水側、丈夫以金瓶引水共飲。後遂有身、生而如人、多肉。済假還、秦懼見之。乃納児著甕中。此丈夫以金瓶與之、令覆児、云、「児小、未可得将去。不須作衣、我自衣之。」即與絳嚢以裹之、令可時出與乳。於時風雨暝晦、隣人見虹下其庭、化為丈夫、復少時、将児去、亦風雨暝晦。人見二虹出其家。数年而来省母。後秦適田、見二虹于澗、畏之。須臾見丈夫、云、「是我、無所畏也。」従此乃絶。

この記事は「虹」の精と婦人との交合という内容で展開されている点が注目に値するものである。天之日矛伝承の内容と比較すれば、共に「虹」が見られるのみならず、陳済の妻が「山澗」「水側」で「虹」と交合するのに対して、「沼」のほとりで「虹」の精を感じる伝承の記述が、前者とは同じ思想に基づいたものと判断して間違いはないだろう。ちなみにこれに類似する記事は『博物志』（御覧巻十四引）にも見られる。

天之日矛伝承は新羅の国に関する伝承として記されているから、伝承は朝鮮半島からの渡来説話である以上、朝鮮半島における「虹」を調査してみなければならないだろう。

（五）朝鮮文献における「虹」

天之日矛伝承の成立に関するこれまでの諸家の言及は次の通りである。

津田左右吉は、この伝承を、「有名な高句麗の祖先の伝説から轉じたものらしい」とし、「書紀には此のことは出てゐないが、それは省略せられたものであらう。」と述べている。(12)また、上田正昭氏も、「この天之日矛と神女の説話の直接のふるさとは、朝鮮半島にある。天之日矛に象徴される渡来集団のなかではぐくまれた説話であったことはほぼ間違いないであろう。」との結論を出している。(13)つまり、前述した三品彰英氏の指摘と同じである。

しかし、伝承を諸説の通り――朝鮮固有のものとするには、なお疑問が残っている。朝鮮半島の三世紀頃から十一世紀までの歴史を記録した『三国史記』には、「虹」にまつわる記事が数多く収録されている。以下順番に掲げよう。

○十七年冬十月。東南有白氣如匹練。十一月京都地震。十八年夏五月王薨。（新羅本紀第二・助賁）

○二十一年春二月。夜赤光如匹練。自地至天。冬十月。京都地震。二十二年春二月三日。王薨。（新羅本紀第三・慈悲）

○五十三年……秋七月。遣使大唐献美女二人。魏徵以為不宜受。上喜曰、「彼林邑献鸚鵡。猶言苦寒。思帰其國。況二女遠別親戚乎。」付使者帰之。白虹飲于宮井。土星犯月。五十四年春正月、王薨。（新羅本紀第四・真平）

○二年夏四月。…白虹貫日。所夫里郡河水変血。（新羅本紀第九・孝成）

○二十年春正月朔。虹貫日。日有珥。（新羅本紀第九・景徳）

○十四年春三月。白氣自王宮西起。如匹練。秋九月。王薨。（百済本紀第三・阿莘）

〇二十七年春正月庚申。白虹貫日。冬十月。王不知梁京師有冠賊。（百済本紀第四・聖）

〇弓裔、新羅人。姓金氏。考第四十七憲安王誼靖。母憲安王嬪御。失其姓名。或云、四十八景文王膺廉之子。以五月五日生於外家。其時屋上有紫光。若長虹。上属天。日官奏曰、此児以重午日生。生而有歯。且光焰異常。恐将来不利於国家。宜勿養之。（列伝第十・弓裔）

右記の諸記事の基づくところの思想は前記日本の史料と一致していることはいまさら言うまでもないことである。『三国史記』の成立は『日本書紀』と『続日本紀』のいずれよりも遅い、十三世紀となっているが、「虹」に関する諸記事は、三世紀の半ばから八世紀の半ばまでのものであり、『三国史記』は古史料を編集したものであるから、このような記録がその時代から引き継がれてきていると考えて良いだろう。また、『古事記』の中、五世紀前後に相当すると思われる記事には、

又科賜百濟國、若有賢人者貢上。故受命以貢上人、名和邇吉師、即論語十巻・千字文一巻、并十一巻、付是人即貢進。（応神記）

又、百濟國に科せ賜ひしく、「若し賢しき人有らば、貢上れ」とおほせたまひき。故、命を受けて貢上りし人の名は、和邇吉師。即ち論語十巻・千字文一巻、并せて十一巻を、是の人に付けて即ち貢進りき。

と記載され、『日本書紀』推古十年（六〇二）十月条にも、

百濟僧觀勒來之。仍貢暦本及天文地理書、并遁甲方術之書也。

百濟の僧觀勒來けり。仍りて暦の本及び天文地理の書、并て遁甲方術の書を貢る。

とあるように、半島を中心とする地域から、中国の典籍が将来されたと記録されている。これらの渡来人が携えた典籍の中に、「虹」に関する文献も含まれていたにちがいない。なお、上代のこうした書記文化が朝鮮半島を経由しての東漸について、藤本幸夫氏と岸俊男氏の論考も参考になる。(14)

右の考察により、中国に起源した「虹」の思想が朝鮮半島から日本に伝えられてきたものと考えてほぼ間違いはないだろう。天之日矛伝承は、新羅の国の古伝承という形で伝えられている以上、そこに見られる「虹」と、漢籍ないし朝鮮史料に現れる「虹」とは近い関係にあると想定される。前記津田、上田及び三品氏の指摘―その発生を朝鮮半島固有の神話とする説が不十分になってくるのである。これはまた、伝承の成立について、我々がもっと複眼的考察を行わなければならないことを意味する。

（六）朝鮮文献と緯書

冒頭に触れたように、三品彰英氏は天之日矛伝承の原型を古代朝鮮に伝わる「卵生説話」に求めている。ここに、三品氏に指摘されている『三国史記』と『三国遺事』に見られる記事の内容について分析を試みよう。

『三国史記』巻第十三にある高句麗始祖王朱蒙の出誕伝説には、扶余王金蛙が出会った自称「河伯之女」という女子が、朱蒙を出産するまでの記事は、

（イ）幽閉於室中、為日所照。引身避之。日影又逐而照之。因而有孕、生一卵。大如五升許。王棄之與犬豕。皆不食。又棄之路中。牛馬避之。後棄之野。鳥覆翼之。王欲剖之、不能破。遂還其母。其母以物裹之。置於暖処。有一男児。破殻而出……。（高麗本紀・始祖東明聖王）

という内容となっている。また、同巻第一「新羅本紀」赫居世王の出生に関する記事にも、

（ロ）高墟村長蘇伐公。望楊山麓。蘿井傍林間。有馬跪而嘶。則往観之。忽不見馬。只有大卵。剖之。有嬰児出焉……。

とある。（イ）の記事は『三国遺事』紀異巻第一に同じ内容の話が収められ、（ロ）の記事も、『三国遺事』紀異巻

第一に、

（八）楊山下蘿井傍、異氣如電光垂地、有一白馬跪拝之状、尋検之、有一紫卵、馬見人長嘶上天。剖其卵、得童男。形儀端美、驚異之。浴於東泉。身生光彩。鳥獣率舞、天地振動、日月清明……。

という記事が見られ、更に、「高句麗広開土王（好太王）碑銘」にも、

（二）惟昔始祖鄒牟王之創基也、出自北夫余。天帝之子、母河伯女郎、剖卵降出生子……。

と記述されている。

三品氏は右記の諸記事を挙げて天之日矛伝承との起源上の関係を述べている。しかし、これらの記事の形成自身に、大きな疑問がある。例えば、『三国遺事』紀異巻第一の序文に、次のような編著者の文章が載せられている。

叙曰、大抵古之聖人、方其禮楽興邦、仁義設教、則怪力乱神、在所不語。然而帝王之将興也、膺符命受図録。必有以異於人者、然後能乗大変、握大器、成大業也。故河出図、洛出書、而聖人作。以至虹繞神母而誕羲、龍感女登而生炎皇。娥遊窮桑之野、有神童自称白帝之子、交通而生小昊。簡狄呑卵而生契、姜嫄履跡而生棄、胎孕十四月而生尭。龍交大沢而生沛公。自此而降、豈可殫紀。然則三国之始祖、皆發乎神異、何足怪哉。此紀異之所以策諸篇也、意在斯焉。

序文は、『三国遺事』紀異の編集の旨を明らかにしたものであるが、編者のそもそもの出発点は、漢籍の緯書思想に基づいていることは明瞭である。文中の「河出図、洛出書」及びその他の出生譚はいずれも緯書に深く関わっているものであり、その他の記事もすべて緯書に収録されている。『三国遺事』と『三国史記』の成立は近い期間にあるということから、これらの記事がこの理念によって記録されたことが考えられる。

こうした状況を考慮すると、三品氏が根拠とする前記の諸記事自身も、朝鮮固有の神話としての純粋性が疑問となってくる。それに対して、それがどこまで朝鮮固有のもので、どこまでが漢籍の影響を受けたものなのかを検証

する必要が出てくるのである。

例えば、(ハ)記事の「異氣如電光垂地」という表現は、「大電光繞北斗枢星」(『詩含神霧』)、「附寶見大電光、繞北斗権星、照郊野、感而孕」(『河図稽命徴』)などの緯書の表現に通じている。また、そこに現れる「白馬」も、『孝経援神契』や『河図』、『礼緯』などの緯書に見られる。「文王得白馬朱鬣大貝玄亀」、また「白馬朱鬣、瑞於文王」という文面から、一種の祥瑞思想に関わるものと見なして差し支えないだろうが、『三国遺事』の記事の場合、新羅王の誕生をこうした表現でかたどる背後に、右記の緯書思想ないし緯書文献への依拠が明確に読み取れる。

更に、前記『三国史記』列伝第十所収弓裔の記事にも、類似の表現が見られる。弓裔王の出生にあたり、「其時屋上有紫光。若長虹。上属天。」とあるが、天につらなる「虹」の描写が、これまで見てきたように、やはり陰陽思想の表象であり、こうした表現も後に詳述するように、とりわけ緯書に多く現れる。

これによって次のような推論ができよう。すなわち、(イ)(ロ)(ハ)(ニ)四記事に共通する内容―「卵」から人が誕生する話は、漢籍などに見あたらないため、古代朝鮮固有の伝承―「卵生説話」と見なして差し支えないが、しかし、その他の要素、「電氣」、「白馬」、「虹」などは、緯書にある内容に基づいて書き加えられたことが考えられるのである。つまり、これらの朝鮮古伝承は、文字史料として成立した当初から、緯書資料との習合という性質を持つようになったと考えられるだろう。

天之日矛伝承も、おそらく緯書と古代朝鮮の「卵生説話」とが習合して形成されたものであろう。伝承の文体がより整った漢文体となっているのは、ここが他と異なる漢文資料に基づいて書かれた可能性を示唆しているのではないか。つまり、『古事記』に編入される前に、この伝承はすでに既成の文献として存在していたのではないかというのである。

（七）緯書の表現と「虹」

陰陽五行説・災異瑞祥説・神仙説・天文占・天人相関思想などで経典を解釈しようとする緯書において、「虹」の記事はほとんど災異祥瑞説と天人相関（感生帝説）の内容として記されている。その具体例を並べてみよう。

①大星如虹、下流華渚、女節夢接、意感而生帝宣。
　宋均注曰、華渚渚也。（『春秋元命苞』）
②握登見大虹、意感、生舜於姚墟。
③瑶光之星、如虹貫月、感処女於幽房之宮、生帝顓頊於若水、首戴干戈、有徳文也。
④大星如虹、下流華渚、女節氣感、生白帝朱宣。
　宋均注曰、朱宣昊氏也。（『河図稽命徴』）
⑤大星如虹下流華渚、女節氣感、生白帝朱宣。
⑥瑶光之星、如蜺貫月正白、感女枢幽房之宮、生黒帝顓頊。
⑦瑶光如虹貫月、正白感女枢、幽房之宮、生帝顓頊。
⑧黄軒母、曰地祇之子、名附寶、之郊野、大霓繞北斗枢星耀、感附寶、生軒轅。（『河図』）
⑨握登見大虹、意感而生帝舜。
⑩握登感大虹、生大舜於姚墟。
⑪瑶光如蜺、貫月正白、感女枢、生顓頊。
　注、星光如虹蜺、往貫月也。（『詩含神霧』）

⑫握登見大虹、意生黄帝。　　　　　　　　　　　　　　　　　　（『河図著名』）
⑬女登見大虹、意感生舜於姚墟。
⑭揺光之星、如虹貫月正白、感女枢于幽房之宮。生帝顓頊。
⑮姚氏縦華感枢、注曰、縦生也、舜母握登、枢星之精、而生舜重華、枢如虹也。
（『尚書帝命験』）

右に列挙した記事（注は魏宋均による）は、それぞれ諸種緯書に散見する「天人感応説」に基づく「虹」の記事であるが、その内容を、天之日矛伝承冒頭記事と比較すれば、例えば、伝承は「新羅國有一沼、名謂阿具奴摩。此沼之邊、一賤女晝寢。於是日耀如虹、指其陰上……」という文章となっており、諸緯書に見られる「大星如虹、下流華渚。女節氣感、生白帝朱宣。」という記事とは、内容から構造、用語まで明らかに共通した点を持っている。そもそも沼と渚を設定している理由については、『淮南子』墜形訓に「丘陵為牡、谿谷為牝。山氣多男、沢氣多女」とあるように、やはり一種の陰陽思想に基づく発想と見なされよう。

また、「虹」と「赤玉」についても、緯書『孝経右契』に次のように見られる。

告備於天曰、孝経四巻、春秋河洛凡八十一巻、謹已備、天乃洪鬱起、白霧摩地、赤虹自上下、化為黄玉、長三尺、上有刻文、孔子跪受而讀之曰……。

更に、『詩含神霧』にも、

含始呑赤珠、刻曰玉英、生漢皇、後赤龍感女媼、劉季興。

という記事が見られる。このように、「虹」が化して「黄玉」となる緯書の「黄玉」、「赤珠」の用語及び内容は天之日矛伝承に現れる「赤玉」と類似するものである。

「赤玉」という用語は緯書『春秋元命包』に一例求められる。次の文章に現れる。

唐帝遊河渚、赤龍負図以出、図赤色如錦状、赤玉為匣、白玉為検、黄珠為泥、元玉為鑑。

また、『春秋合誠図』にも、

　尭坐舟中、與太尉舜臨観、鳳凰負図授尭、図以赤玉為柙。

という例が見られる。この二例の内容は天之日矛伝承のそれと多少異なるが、用語の一致はやはり伝承と緯書との関連を示すように思われる。とくに、この「赤―」の用語は、緯書にはとりわけ数多く見られ、「赤龍」、「赤鳥」、「赤雀」、「赤泉」、「赤雲」、「赤金」など枚挙に暇がない。このことから、天之日矛伝承に用いられる「赤玉」は、緯書資料との関連によってもたらされた表現と推測されるのである。

　以上は緯書史料との直接の関連の可能性を述べたが、実は右記緯書の内容は次に挙げるいくつかの漢籍にも散在していたので、これにも言及しておく必要がある。

　晋・王嘉撰『拾遺記』（漢魏叢書）巻第一所収春皇庖犧の出生に関する記事には次のような内容が見られる。

　春皇者庖犧之別号、所都之国有華胥之州、神母遊其上。有青虹繞神母、久而方滅、即覚有娠、歴十二年而生庖犧。

また、類似の所伝は『史記』五帝本紀第一の索隠に、帝顓頊高陽氏の母についても記載されている。

　河図云、瑶光如貫月、正白、感女枢於幽房之宮、生顓頊。

同じ『史記』五帝本紀第一の正義に、舜の出生についても、

　妻曰握登、見大虹感而生舜於姚墟、故姓姚。

とある。『文選』巻五十四「辯命論」（劉孝標）の李善注に、

　春秋元命苞曰、大星如虹、下流華渚、女節夢、意感生朱宣。

とあるのが見られ、『初学記』「虹」の脚注に、

　詩含神霧曰、瑶光如蜺、貫月正白、感女枢、生顓頊。

という記事が見られる。

また、「赤玉」についても、『初学記』巻八「虹」の注釈に引用される『捜神記』の次の話が見られるのである。

孔子作春秋、制孝経。既成、斎戒向北辰而拝。告備于天。乃洪鬱起白霧摩地。白虹自上而下化為黄玉。長三尺。上有刻文。孔子跪受而讀之。

ただ、右に挙げた漢籍資料は、いずれも注釈的な性格が強く、また、所収文献も、『古事記』より成立年代の早い『文選』、『拾遺記』を除き、『初学記』、『史記正義』、『史記索隠』はいずれも七世紀の終わり、八世紀のはじめに制作されたものであり、『文選』の李善注も、その成立が顕慶三年（六五八）ということから、天之日矛伝承の形成期に比べ、その成立時代がいずれも新しく、完全には否定できないが、利用されていたとは考えにくい。そして、この中で一番注目すべき点は、やはりこれらの記事の内容は、ほとんど緯書からの引用ということであろう。こうした点から、天之日矛伝承は、緯書資料との直接的な接触によるものと考える方が最も自然なことではないだろうか。

（八）むすび

中国本土に発生した讖緯思想が大陸から朝鮮半島にわたって流布していた時代に、それとともに伝わっていた緯書が、朝鮮半島固有の「卵生説話」と習合し、その中から天之日矛伝承がはぐくまれて成立し、文章化され、そして日本に伝えられ、一史料として『古事記』に収められたのであろう。つまり、最終的に、我々はこの伝承を漢籍資料として把握する観点から、朝鮮神話のコンテキストの上に、緯書を重ね合わせて、伝承の成立過程を考えるべきではないか。この考察を通して我々は、これまでにその存在を軽視されがちだった緯書が、古代の流動する文化環境の中で、けっして無視できないほどの影響力を持っていたことを確認できたと言えよう。

無論、これで疑問がすべて解消されたわけではない。中国の緯書における記事は帝王君主を神秘化するために作られたものであり、朝鮮神話に見られる朱蒙伝承や赫居世王伝承もこの理念によって統一されているのであるから、この点において緯書と軌を一にする。これに対して、天之日矛伝承の冒頭記事は、素材において緯書を踏まえながら、そうした理念は認めがたい。これは本来の意義をすでに失った緯書の形骸と捉えるべきか、それとも違う角度から検討すべきか、なお疑問として残るだろう。

注

（1）安居香山『中国神秘思想の日本への展開』（大正大学出版部・一九八三年）。
（2）中村璋八「日本上代文学と中国の民族思想・信仰」（『古事記年報』第二十七巻・一九八五年一月）。
（3）福永光司『道教と古代日本』（人文書院・一九九三年）。
（4）『日本中国学会報』第二十七集・一九七五年。
（5）例えば、中村氏が指摘する「天地開闢」の用語は緯書以外の『漢書』などにも見られ、緯書と断定するにはやや速断の気がしないでもない。また、伊邪那岐命、伊邪那美命二神に関する記述についても、天は左まわり、地が右まわりという理論を示す漢籍は、後漢班固の編纂とされる『白虎通義』巻九・日月の段に、次の通り前掲『春秋元命苞』の内容に共通する理論が記載されている。

天道所以左旋、地道右周何。以為天地動而不別、行而不離、所以左旋。右周者、猶君臣陰陽相對之義也。

『古事記』の記述がもとにしたのは、むしろこれらのいずれかであったという可能性が高いのである。ただ、筆者がここに注目したいのは、同じ春秋緯の『春秋元命苞』にある次の一節である。

地不足東南、陰右動、終而入霊門、地所以右轉者、気濁精少、含陰而起遲、故轉迎天、佐其道、地不足東、故言立子午、以相明之、子午者陰陽之衆、所見處也、故以二辰廻轉、所不同以為門也、右動動而東也、霊門巳也、陰蔵於以也、地生於離、既而不敢當陽動、退居少陰則亦宜右行而迎陽者、受其施育而成陽、故曰佐其道也。

『古事記』の二神の左右順にまわる理論づけはこの『春秋元命苞』にぴったり一致しているのみならず、文中にある「二辰廻轉」と『古事記』の「廻逢」は用語上の類似も見られ、両者の関連が他の文献よりも深いかもしれない。

（6）『日本書紀』垂仁紀三年三月条に、

三年春三月、新羅王子天日槍來歸焉。將來物、羽太玉一箇、足高玉一箇、鵜鹿々赤石玉一箇、出石小刀一口、出石桙一枝、日鏡一面、熊神籬一具、並七物。則藏于但馬國、常爲神物也。一云、初天日槍、乘艇泊于播磨國、在於宍粟邑。時天皇遣三輪君祖大友主、與倭直祖長尾市於播磨、而問天日槍曰、汝也誰人、且何國人也。天日槍對曰、僕新羅國主之子也。然聞日本國有聖皇、則以己國授弟知古而化歸之。仍貢獻物云々。

三年の春三月に、新羅の王の子天日槍來歸り。將て來る物は、羽太の玉一箇・足高の玉一箇・鵜鹿鹿の赤石の玉一箇・出石の小刀一口・出石の桙一枝・日鏡一面・熊の神籬一具、並せて七物あり。則ち但馬國に藏めて、常に神の物とす。一に云はく、初め天日槍、艇に乘りて、播磨國に泊りて、宍粟邑に在り。時に天皇、三輪君が祖大友主と、倭直の祖長尾市とを播磨に遣して、天日槍を問はしめて曰はく、「汝は誰人ぞ、且、何の國の人ぞ」とのたまふ。天日槍對へて曰さく、「僕は新羅國の主の子なり。然れども日本國に聖皇有すと聞りて、則ち己が國を以て弟知古に授けて化歸り」とまうす。仍りて貢獻る物云々。

とあり、また、『播磨国風土記』揖保郡揖保里粒丘条に、

天日槍命、従韓国度来……。

との記事が見られる。このほかにも、同『風土記』の宍禾郡川音村条・同郡高家里条・同郡柏野里伊奈加川条・同郡雲箇里波加村条・同郡御方里条・神前郡多駝里粳岡条にも、天日槍伝承が収録されている。更に、『筑前国風土記』（逸文）怡土郡条、『古語拾遺』にも相関の記事が見られる。

（7）三品彰英『神話と文化史』（平凡社・一九七一年）。

（8）『古事記』（日本古典文学大系）、『古事記』（日本思想大系・岩波書店・一九八二年）、倉野憲司『古事記全注釈』（三省堂・一九六六年）、西宮一民『古事記』（新潮日本古典集成・一九九一年）など参照。

（9）白川静『説文新義』（白鶴美術館・一九七四年）。

（10）白川静『字統』（平凡社・一九八四年）。

（11）森三樹三郎『中国古代神話』（清水弘文堂・一九六九年）。

（12）津田左右吉『古事記及び日本書紀の新研究』（洛陽堂・一九一九年）。

（13）上田正昭『古代伝承史の研究』（塙書房・一九九一年）。

（14）藤本幸夫「古代朝鮮の言語と文字文化」（『日本の古代十四・ことばと文字』中央公論社・一九八八年）、岸俊男「木簡と大宝令」（『日本古代文物の研究』塙書房・一九八八年）。

第二章　神武記「乘龜甲爲釣乍打羽擧來人」考釈

――太公望伝承との関連をめぐって

（一）はじめに

『古事記』中巻神武東征伝承に倭国造の始祖譚として国つ神槁根《さおね》津《つ》日子《ひこ》に関する次の記事が見える。

神倭伊波禮毘古命與其伊呂兄五瀬命、二柱、坐高千穂宮而議云、坐何地者、平聞看天下之政。猶思東行。卽自日向發、幸行筑紫。……亦従其國上幸而、於阿岐國之多祁理宮七年坐。亦従其國遷上幸而、於吉備之高嶋宮八年坐。故従其國上幸之時、乘龜甲爲釣乍打羽擧來人、遇于速吸門。爾喚歸、問之汝者誰也、答曰僕者國神。又問汝者知海道乎、答曰能知。又問従而仕奉乎、答曰仕奉。故爾指渡槁機、引入其御船、卽賜名號槁根津日子。此者倭國造等之祖。

神倭伊波禮毘古命、其の伊呂兄五瀬命と二柱、高千穂宮に坐して議りて云りたまひけらく、「何地に坐さば、平らけく天の下の政を聞こし看さむ。猶東に行かむ。」とのりたまひて、卽ち日向より發たして筑紫に幸行でましき。……亦其の國より上り幸でまして、阿岐國の多祁理宮に七年坐しき。亦其の國より遷り上り幸でまして、吉備の高嶋宮に八年坐しき。故、其の國より上り幸でましし時、龜の甲に乘りて、釣爲乍打羽擧き來る人、速吸門に遇ひき。爾に喚び歸せて、「汝は誰ぞ。」と問ひたまへば、「僕は國つ神ぞ。」と答へ曰しき。また、「汝は海道を知れりや。」と問ひたまへば、「能く知れり。」と答へ曰しき。また、「從に仕へ奉らむや。」と問ひたまへば、「仕へ奉らむ。」と答へ曰しき。故爾に槁機を指し渡して、その御船に引き入れて、即ち名を賜ひて、槁根津日子と號けたまひき。此倭國造等の祖。

このように東征に重要な役目を果たした槁根津日子を「乗龜甲爲釣乍打羽擧來人」と記す。「亀の背に乗って釣りをしながら羽ばたいて来る人」という、一見神秘的な雰囲気をもつこの記述は、槁根津日子の背後に何らかの世界が存在していることを暗示すると同時に、いくつかの手掛かりも与えてくれる。例えば、この記事について、木下定公『桑華蒙求』(宝永七年刊・一七一〇年)に「珍彦授篙、呂望釣璜」という標題が見え、『記』及び『紀』の当該記事と『蒙求』に見る「呂望」の記事を併記して両者の相似を指摘している。「呂望」とは、渭水の畔で釣りをしているところを、周の文王に見出され、周の政治を助けた隠者であり、兵法家でもある太公望のことである。彼は、武王の世まで補佐役を務め、智者賢臣の象徴とされてきた。また、同記事について谷川士清『日本書紀通証』(宝暦十二年刊・一七六二年)も、太公望伝承との類似に注目し、「亦有渭濱之意也」と指摘する。

こうした指摘を承けて本章は、右記の記事における太公望伝承の影響を中心に考察し、とりわけ太公望伝承が持つ讖緯性との関連について推論を行うつもりである。神武所伝における讖緯思想の影響について、紀年を中心に既に長きに亙って論じられて来ているが(1)、内容面への検証がやや不足のように思われる。その意味で、本章はこうした視点による一つの試みでもある。紙幅の関係でここでは主として「爲釣」を中心に考察し、「打羽擧」については後日を期したい。

さて、右記の内容に関連する資料として、外に次の数点が挙げられる。

○其年冬十月丁巳朔辛酉、天皇親帥諸皇子舟師東征。至速吸之門時、有一漁人、乗艇而至。天皇招之、因問曰、汝誰也。對曰、臣是國神。名曰珍彦。釣魚於曲浦。聞天神子来、故卽奉迎。又問之曰、汝能爲我導耶。對曰、導之矣。天皇勅授漁人椎槁末、令執而牽納於皇舟、以爲海導者。乃特賜名、爲椎根津彦。此卽倭直部始祖也。

（神武即位前紀）

其の年の冬十月丁巳朔辛酉に、天皇親ら諸皇子・舟師を帥ひて東征す。速吸の門に至る時、一漁人有りて、艇に乘りて至る。天皇之を招きて、因りて問ひて曰く、汝は誰ぞ。對へて曰く、臣は是れ國神なり。名は珍彦と曰ふ。曲浦に於いて釣魚す、天神の子の来るを聞きて、故に卽ち奉迎す。又た之に問ひて曰く、汝は能く我が爲に導かむや。對へて曰く、之を導かむ。天皇勅して漁人に椎槁末を授け、執へしめて皇舟に牽納し、以て海導の者と爲す。乃ち特に名を賜ひて、椎根津彦と爲す。此即ち倭直部の始祖なり。

○大和宿禰、出自神知津彦命也、神日本磐余彦天皇、従日向國向大倭國、到速吸門時、有漁人乘艇而至、天皇問曰汝誰也、對曰臣是國神名宇豆彦。聞天神子来故以奉迎、即牽納皇船、以爲海導、仍號神知津彦、（一名椎根津彦）能宣軍機之策、天皇嘉之、任大倭國造、是大倭宿禰始祖也。

（『新撰姓氏録』大和国神別）

大和宿禰は、神知津彦命より出づるなり。神日本磐余彦天皇、日向國より大倭國に向ひて、速吸門に到る時、漁人有りて艇に乘りて至る。天皇問ひて曰く、汝は誰ぞ、對へて曰く、臣は是れ國神、名は宇豆彦なり。天神の子の来るを聞きて、故に以て奉迎す、即ち皇船に牽納し、以て海導と爲す、仍りて神知津彦と號す、（一名は椎根津彦）能く軍機の策を宣べる。天皇之を嘉め、大倭國造に任す。是れ大倭宿禰の始祖なり。

○冬十月丁巳朔辛酉。天孫親帥諸皇子舟師東征。至速吸門時有一漁人乘艇而至。天孫招之、因問曰、汝誰也。對曰。是國神、名曰珍彦。釣魚於曲浦。聞天神子来、故即奉迎。又問曰。汝能爲我導耶。對曰、導之矣。天孫勅授漁人椎槁末。令執而牽納於皇舟。以爲海導者。乃特賜名爲椎根津彦。此即倭直部始祖也。

（『先代旧事本紀』巻五・皇孫本紀・磐余彦尊条）

冬十月丁巳朔辛酉に、天孫親ら諸皇子・舟師を帥ひて東征す。速吸門に至る時、一漁人有りて艇に乗りて至る。天孫之を招きて、因りて問ひて曰く、汝は誰ぞ。對へて曰く、是れ國神なり、名は珍彦と曰ふ。曲浦に於いて釣魚す。天神の子の来るを聞きて、故に即ち奉迎す。又た問ひて曰く、汝は能く我が爲に導かむや。對へて曰く、之を導かむ。天孫勅して漁人に椎槁末を授け、執へしめて皇舟に牽納し、以て海を導く者と爲す。乃ち特に名を賜ひて椎根津彦と爲す。此れ即ち倭直部の始祖なり。

○二年二月甲辰朔乙巳、天皇定功行賞。……詔椎根津彦曰。汝迎引皇舟。表績香山之巓。因譽爲倭國造。其國造者自此而始矣。此則大倭連等祖也。

（同右巻七・天皇本紀・神武条）

二年二月甲辰朔乙巳に、天皇功を定め賞を行ふ。……椎根津彦に詔して曰く。汝皇舟を迎へ引きて、香山の巓に績を表す。因りて倭國造として譽む。其の國造は此れ自りて始まる。此れ則ち大倭連等の祖なり。

○天孫勅、以椎根津彦爲導士、来遂治平天下。既而初都橿原、即天皇位。勅褒其功能、寄賜國造。誅其拒逆者。亦定縣主、即是其縁也。以椎根津彦命、爲大倭國造。即大和直祖。

（同右巻十・国造本紀）

天孫勅して、椎根津彦を以て導士と爲し、来りて遂に天下を治平す。既にして初めて橿原に都し、天皇位に即く。勅して其の功能を褒む。國造を寄賜す。其の拒み逆らふ者を誅し、亦た縣主を定む。即ち是れ其の縁なり。椎根津彦命を以て、大倭國造と爲し、即ち大和直祖なり。

○大和氏遠祖椎根津彦者、迎引皇舟、表績香山之巓。

（『古語拾遺』）

大和氏の遠祖椎根津彦は、皇舟を迎へ引き、績を香山の巓に表す。

右記諸記事は、互いに文飾の差こそあれ、「爲釣」する漁人及び天皇の「海導」を務める等の点においてほぼ同じ内容をたどる。とりわけ『新撰姓氏録』や『先代旧事本紀』が、釣りをしながら天皇を待ち、海路の案内をして皇軍を勝利に導いた、などの点において『日本書紀』に通じるところが多く、資料的に近い関係にあったことが推測される。

それでは、右記諸記事が果たして太公望伝承と何らかの関連があるのだろうか。ここではまず『史記』斉太公世家が伝える太公望に関する内容を見よう。

太公望呂尚者、東海上人。其先祖嘗爲四嶽、佐禹平水土甚有功。虞夏之際封於呂、或封於申、姓姜氏。夏商之時、申、呂或封枝庶子孫、或爲庶人、尚其後苗裔也。本姓姜氏、従其封姓、故曰呂尚。呂尚蓋嘗窮困、年老矣、以漁釣奸周西伯。西伯将出獵、卜之、曰「所獲非龍非彲、非虎非羆、所獲覇王之輔」。於是周西伯獵、果遇太公於渭之陽、與語大説、曰、「自吾先君太公曰『當有聖人適周、周以興』。子真是邪。吾太公望子久矣。」故號之曰「太公望」、載與倶帰、立爲師。

このように、釣人から周の文王の「師」に変身することが記されている。そして、その功績について『史記』が、

周西伯昌之脱羑里帰、與呂尚陰謀修徳以傾商政、其事多兵權與奇計、故後世之言兵及周之陰權皆宗太公爲本謀。周西伯政平、及断虞芮之訟、而詩人稱西伯受命曰文王。伐崇、密須、犬夷、大作豊邑。天下三分、其二帰周者、太公之謀計居多。

と記す。文中の「其事多兵權與奇計」と「後世之言兵及周之陰權皆宗太公爲本謀」は、その兵法家としての活躍ぶりを語るものである。

さて、『史記』の太公望伝承の内容を槁根津日子の記事と比較すると、両者の間に多くの類似点が認められる。例えば『史記』では周の文王が「出獵」の際太公望に出逢うとあるが、「出獵」は「田獵」、「田」、更に「牧」とも記され、ともに「巡狩」の意味である。(2) この点は東征（巡狩）の道中に槁根津日子に出逢うことと重なる。また、神武の要請を受け入れて東征の「導士」となり、「軍機之策」を建言する内容も、『史記』に見る太公望の活躍ぶりに通じる。こうした類似は果たして偶然の所産によるものなのか、それとも両者の間に何らかの関連があるのか。

稿根津日子を太公望伝承と直ちに結びつけることは、いささか短絡的かもしれないが、しかし、『桑華蒙求』における併記と谷川士清の指摘があった以上、両者を徹底的に比較研究することも全く無意味ではない。以下、あくまでも仮説として小論を展開したい。

（二）稿根津日子と椎根津彦の訓義

太公望は釣りする隠者と兵法に長けた智者のイメージとして長く中国文化の中で親しまれてきている。不遇を表現することもあり、文王との組み合わせで賢臣や明君を謳う題材としてしばしば用いられた。『懐風藻』所収藤原宇合「悲不遇一首」に、

周日載逸老　　周は日に逸老を載せ
殷夢得伊人　　殷は夢に伊人を得る

とあるように、上代日本の漢詩文にも早くにその受容が見られる。「周」「逸老」はそれぞれ周の文王と太公望を指し、「殷夢得伊人」は殷の名臣伝説を踏まえる。(3) 同集藤原総前の五言詩「侍宴」にも、

鼓枻遊南浦　　枻を鼓して南浦に遊び
肆筵樂東濱　　筵を肆にして東濱に樂しぶ

という句が見え、「周の太公望が紂を避けて東海の濱に居た故事（孟子・離婁章句）によるもの」と指摘されるように、(4) やはり同伝承に基づく。更に、『続日本紀』天平宝字二年八月甲子条にも、新しく即位した淳仁天皇が、藤原朝臣仲麻呂を大保の位に任する勅に次のような内容が含まれている。

其伊尹有莘之媵臣、一佐成湯、遂荷阿衡之号。呂尚渭濱之遺老、且弼文王、終得営丘之封。

其れ伊尹は有莘の媵臣なり。一たび成湯を佐けて、遂に阿衡の号を荷ふ。呂尚は渭濱の遺老なり、且つ文王を弼けて、終に営丘の封を得る。

ここでは、同じく周の名臣であった伊尹と並んで、呂尚（太公望）が取りあげられ、仲麻呂任命への期待が、二人でもって暗示されているのである。

右記の用例に止まらず、日本における太公望伝承の流布は、この伝承を一句に仕立てた句をもつ周興嗣『千字文』が奈良時代にすでに流布していたように、かなり早い時代から日本人に親しい逸話となっていたことが想像される。(5)

では、槁根津日子記事における太公望伝承受容の可能性が果たして考えられるのだろうか。以下、記事に見る「珍彦」及び「槁根津日子」、「椎根津彦《しひねつひこ》」の名義を手がかりに検討する。

槁根津日子は『紀』では「珍彦（ウヅヒコ）」と自称する。『記』にその記述がないのに対して本居宣長『古事記伝』には、

さて此下に必其名を告べきに、名の無きは脱たるなるべし、誰ぞと問給むに、たゞ国神とのみ申て止べきかは、又かゝる御答の例を考るに……名を告ざる例は一も見えず、故今書紀及姓氏録に依て、名宇豆毘古の五字を補ひつ。

と、「名宇豆毘古」を補っている（十八之巻）。

「ウヅヒコ」は、『新撰姓氏録』に「宇豆彦」、『日本書紀私記』には「宇豆比己」とある。これに関する西郷信綱氏と松下煌氏等の研究が既に見られるが、(6)ここで注目したいのは、『紀』では「ウヅヒコ」を「珍彦」と記すことである。同じ用例が晋・常璩『華陽国志』巻十一に見えるからである。(7)

文王多士、才不同用。……或耽儒墨之業、或韜王佐之略。潜則泥蟠、躍則龍飛、揮翮揚芳、流光遐紀、實西土之珍彦、聖晋之多士也。（後賢志・侯馥）

ここでは、文王に仕える「士」として、「儒墨之業」＝「文」と「王佐之略」＝「武・軍事」の双方に長ける人材を、「珍彦」と称えるように、この語からは国家にとって貴重な人材という意味が読み取れる。

『爾雅』釋訓に「美士為彦」とあり、『説文解字』に「彦、美士有文、人所彦也」とあるように、「彦」は男子の美称である。古代の為政者にとって、如何なる時でも賢明な臣下が必要であったため、「故國之所以存者、非以有法也、以有賢人也」（『淮南子』泰族訓）、「得其人則存、失其人則亡」（『荀子』君道篇）、「聖王之治、以得賢為首」（『漢書』哀帝紀）というように、政治は、賢人によって行うものであった。従って、為政者としては常に、「旁求俊彦」（『北堂書鈔』求賢所引『尚書』太甲）というように、広く人材を求めた。「彦」と同じ意味が「珍」にも認められる。例えば『墨子』尚賢上には「況又有賢良之士、厚乎徳行、辯乎言談、博乎道術者乎、此固國家之珍、而社稷之佐也」という。この場合の「珍」は「賢良之士」であり、徳にも言談にも優れ、道術にも秀でており、国の政治を助ける者というのであるから、おそらくこれを踏まえたのであろう、空海にも「卓彼人宝、可謂國珍」（『性霊集』秋日奉賀僧正大師詩）という表現が見られる。こうしたことから、「彦」、「珍」が漢籍において特別な重みを持つ言葉であったことが窺える。

さて、『紀』の「珍彦」は『華陽国志』を踏まえた表現であるかどうか即断できないが、神武東征において案内役を務め、更に「能宣軍機之策」（『新撰姓氏録』）とまで記される種々の記事におけるそのあり方から、これに極めて近い意味として解せられる。

更に興味深いことに、賢臣を表す「彦」、「珍」等が具象化される場合、太公望伝承が素材に用いられることが多い。前述『華陽国志』にある「韜王佐之略」も、兵書「六韜」を著し、文王の補佐を務めた太公望の故事を踏まえた可能性がある。『北堂書鈔』用賢四十に「文王見呂尚」や「呂尚牧渭濱」と見え、初唐四傑の一人駱賓王の「対策文三道」にも次の表現が見える。

欲使滋泉之彦必臻、洛陽之才無捨。

「滋泉」は「太公釣於滋泉」という『呂氏春秋』（有始覧・謹聴篇）の表現を踏まえたものであり、「彦」は外ならぬ太公望を指す。同文には更に、

翹車獵彦　　車を翹げて彦を獵し

束帛旌賢　　帛を束ねて賢を旌す

という表現も続く。また同じ初唐四傑の一人である王勃「乾元殿頌」の皇帝の徳治を謳歌するくだりにも、

龜文獵彦　　龜文に彦を獵し

鱗旌訪逸　　鱗旌に逸を訪ぬる

なる一句が見られる。「龜文獵彦」は、「亀卜によって、猟すれば彦の得ることを知る」の意で、前掲『史記』にある「西伯将出獵、卜之」による表現である。

さて、再び『紀』の「珍彦」に目を戻して見よう。『桑華蒙求』における併記及び『日本書紀通証』に指摘された通り、『紀』の「珍彦」の神武東征伝承における活躍ぶりが、太公望のイメージに近いところがあり、まさに前記漢籍に見られる「珍彦」の語義に近い人物像となっている。『紀』における「珍彦」は、賢臣のシンボルである太公望を意識した、漢語としての意味を付与された表記と見て差し支えないであろう。ただ、美称である「珍彦」を自らに用いるのが一見不自然のようであるが、これは撰者の主客意識のずれによるものと見て差し支えないだろう。太公望の別名「師尚父」も、『史記集解』所引漢・劉向『別録』に「師之尚之父之、故曰師尚父、父亦男子之美称也」とあるように、美称となっているのである。これに鑑みれば、「珍彦」の命名も同様の発想によるものと推測されよう。

この点『新撰姓氏録』に見えるその別名の「神知津彦」も参考になる。『古事記伝』では「神知」を「カムシリ」

と訓んだ上で、「是海路をよく知由の称名なるべし」とするが、「神知」は漢語「神智」にも通じ、「優れた知恵を持つ者」の意にも取れる。つまり、槁根津日子の性質を「珍彦」と異なった形で表す漢語に由来する表現と見られ、記事の背後にある太公望伝承の存在が推知される。

（三）槁根津日子・椎根津彦の名義と漢籍

『記』『紀』では槁根津日子が「槁《さお》」と「椎槁末《しいさおがすえ》」で皇船に引き入れられたために、「槁根津日子」と「椎根津彦」の名を賜わったが、その名義について考える。

「槁」は、『方言』巻第九に「所以刺船謂之槁」や『新撰字鏡』に「槁、佐乎」とあるように、船を進める棹を指す。「槁根津日子」の名義について『古事記伝』（十八之巻）は、「さて如此名け賜へる由は、此人海道を能知れりと申せるに因」ると述べている。西宮一民氏もこれを「船楫の根元の立派な男子」とし、「椎根津彦」をその同義と見る。[8]「椎根津彦」について日本古典文学全集『日本書紀』（小学館）の頭注も、「舟を操る棹を持つ男性の意。……「椎」も「槁（篙）」も棹で、「根」が兄の意とすると、棹を操る船頭の名となる」と解する。[9]

しかし、槁根津日子に与えられたこの名称には象徴的な意味が読み取れるように思う。これについては、記事に見える「指渡槁機」という表現に対する本居宣長の指摘が示唆深い。「槁機」は見慣れない漢語であり、倉野憲司氏等は「機」を「槁」の添え字と考え、同神武記に見る「押機」に類する用法とされた。[10]一方、宣長は「機」について「此字船具に縁あることなし」とした上で、「若は檝字の誤れるにや」という誤字説を示す。『集韻』葉韻に「楫、或作檝」とあるように、「槁」と「檝」はもとより通用するが、宣長の説に従えば、「槁機」は「槁檝」になる。事実、『文選』（巻五）左思「呉都賦」には「槁工檝師」なる表現が見られ、「槁檝」はその熟合した表現と考えられる。

宣長の指摘から、漢籍における「舟楫」という表現が想起される。まず、『詩経』大雅・棫樸《よくぼく》の内容について見よう。

芃芃棫樸　　芃芃たる棫樸は
薪之槱之　　之を薪にし之を槱《つ》む
済済辟王　　済済たる辟王は
左右趣之　　左右之に趣《おもむ》く
済済辟王　　済済たる辟王は
左右奉璋　　左右璋を奉ず
奉璋峨峨　　璋を奉ずること峨峨たり
髦士攸宜　　髦士の宜しき攸《ところ》

淠彼涇舟　　淠たる彼の涇舟は
烝徒楫之　　烝徒之を楫さす
周王于邁　　周王于《ここ》に邁《ゆ》き
六師及之　　六師之に及ぶ

一首は周の文王を題材に、「棫樸」でもってそれを佐ける賢臣の多いことを喩える内容である。「淠彼涇舟　烝徒楫之」に対して鄭箋は「興衆臣之賢者行君政令」と解する。「周王于邁、六師及之」と合わせて、「言淠彼涇舟、則舟中之人、無不楫之。周王于邁、則六師之衆、追而及之。蓋衆帰其徳、不令而従也」と述べている。注目すべきは、ここに「楫」は文王を佐ける臣下の役割の比喩として用いられているが、こうした天子と臣下の関係を象徴する類義の表現が、『尚書』にも見える。

若済巨川、用汝作舟楫。（商書・説命上）

『詩経』の「烝徒楫之」とほぼ同様の意味であるが、これらによって、漢籍の中で賢臣を「舟楫」と見立てる傾向が窺える。また、経書以外にも、次の楊雄『新序』刺奢篇にある桀に関する記事もこれに属するものだろう。同趣の逸話は『韓詩外伝』巻二にも見える。

桀作瑶臺、罷民力、殫民財。爲酒池肉糟堤、縦靡靡之樂。一鼓而牛飲者三千人。群臣相持歌曰、江水沛沛兮、舟楫敗兮。我王廢兮、趣帰薄兮。薄亦大兮。……於是接履而趣、遂適湯。湯立爲相。故伊尹去官入殷、殷王而夏亡。

この逸話は、無道を為す桀が群臣に見放される内容であるが、「江水沛沛兮、舟楫敗兮」は、『尚書』と同じく、「舟楫」でもって臣下を喩える。そこに殷の名臣伊尹の名が出ているが、伊尹は古典において賢臣の象徴としてよく太公望と併用される。更に、右記伊尹の記事に酷似する太公望に関する異伝も『史記』斉太公世家に見える。

或曰、太公博聞、嘗事紂。紂無道、去之。游説諸侯、無所遇、而卒西帰周西伯。

この記事では、暴虐で知られる紂に仕えていた太公望が、失望のためこれを去り、不遇を経てようやく周王に帰依したとの内容になっているが、前記『新序』にある伊尹の記事に重ねてもよいほどの類似である。これによって、「太公望」と「伊尹」という二人の賢臣が併用される理由の一端が窺えよう。両者が「舟楫」と喩えられる表現が、『呂氏春秋』にも求められる。

絶江者託於船、致遠者託於驥。欲覇王者託於賢。伊尹・呂尚・管夷吾・百里奚、此覇王者之船驥也。（審分覧第五・知度）

更に右記に近い内容が、劉向の『説苑』にも見られる。

是故絶江海者託於船、致遠道者託於乗、欲覇王者託於賢。伊尹・呂尚・管夷吾・百里奚、此覇王之船乗也。釈父兄與子孫、非疏之也。任庖人、釣屠、與仇讐、僕虜、非阿之也。持社稷、立功名之道、不得不然也。（尊賢）

さて、『管子』度地篇に「能爲覇王者、蓋天子聖人也」とあるように、天下を手中に収めようとする政治謀略に欠かせないのが「船驥」と「船乗」＝「船」と「馬」、「車」に等しい「賢」であることをいう。ここに、川を渡る「船」をもって、天子を補佐する賢者を喩えているが、これは『詩経』、『尚書』の「楫」、「舟楫」の比喩と同義と見て差し支えないであろう。とりわけ伊尹と並んで太公望が記されることは、太公望も「舟楫」であることを示している。

以上のことから、天皇に授けられた「槁根津日子」と「椎根津彦」という名称は、漢籍の「舟楫」にまつわる表現に影響を受けた可能性が考えられよう。「海道」をよく知る故に「導士」を務める「爲釣」者は、天下平定を目指す神武にとってまさに賢臣であり、「珍彦」と「舟楫」なのである。一見和風の、即物的な名称である「槁根津日子」と「椎根津彦」が、かくして漢籍思想を内に含ませた、象徴的な意味を持つものと解せられる。

(四) 太公望伝承と讖緯

槁根津日子記事と太公望伝承との関連を推論し、「珍彦」と「槁根津日子」と「椎根津彦」の名義にも経書思想が深く浸透している可能性を述べた。次に太公望伝承が持つ讖緯的側面について注目したい。『墨子』非功下に、

逮至乎商王紂、天不序其徳、祀用失時。兼夜中、十日雨土于薄、九鼎遷止、婦妖宵出。有鬼宵吟、有女爲男。天雨肉、棘生乎國道、王兄自縱也。赤烏銜珪、降周之岐社。曰、「天命周文王伐殷有國。」泰顚来賓、河出緑圖、地出乘黃。

とある一節があり、周の文王が紂を討伐するにあたり、瑞兆として赤烏が「珪」をくわえて現れ、更に「泰顚」な

る者と「緑圖」が現れたとある。古代中国では、「河図洛書」という熟語があるように、王者になる吉兆として、黄河またはその支流から亀や龍が現れ、その背中に神秘的な図書（多くの場合天下を掌握する秘訣の書を指す）が描かれ、または背負わされているという信仰があったのである。右の記事が記す一連の吉兆―「赤烏銜珪」、「泰顚来賓」、「河出緑圖」、「地出乘黄」は、そうした思想に基づくものである。例えば、そのひとつである「珪」は、『尚書中候』に、「禹治水、天錫（賜）玄珪、告厥成功」とあるように「符命」（天意のしるし）の類であるが、それが「泰顚」、「河圖」、「乗黄」と同時に現れたというのである。

ところで、右記「泰顚」は『尚書』君奭にも「惟文王、尚克修和。（中略）有若散宜生、有若泰顚、有若南宮括」とある。孔安国伝がこれを「散・泰・南宮、皆氏。宜生・顚括、皆名。」とするに対して、清・皮錫瑞『尚書中候疏証』は「泰顚」を太公望と見る。[11]これは『墨子』尚賢の「文王擧閎夭、泰顚於罟罔之中」との内容からも、「泰顚」が太公望を指すと推測される。「罟罔」は漁撈の道具であり、「擧泰顚於罟罔之中」は、ほかならぬ渭濱で釣りをする太公望が文王に抜擢されたことを指す。[12]

この推論が成立すれば、『墨子』における太公望は「符命」とされる「珪」、「河圖」に近い讖緯性を持つものになるが、果たして太公望にはそうした性質があったのだろうか。

『史記』に「其事多兵権與奇計、故後世之言兵及周之陰権皆宗太公爲本謀」とあるように、太公望の賢臣たる所以は、「兵権」、すなわち兵法に長けることに由来する。しかし、一方、太公望伝承が早くに神仙思想とも結びつき、讖緯的性質を帯びるようになっていたようである。例えば『芸文類聚』巻六十六所引『説苑』の内容を見るに、

呂望年七十、釣於渭渚。三日三夜、魚無食者、與農人言。農人者、古之老賢人也。謂望曰、子将復釣、必細其綸、芳其餌、徐徐而投之、無令魚駭。望如其言、初下得鮒、次得鯉、刳腹得書、書文曰、呂望封於斉、望知當貴。

とある。また、『列仙伝』にも、左記の記事が収められている。

呂尚者、冀州人也。生而内智、豫知存亡。避紂之乱隠於遼東四十年。西適周匿於南山、釣於磻溪。三年不獲魚。比閭皆曰、可已矣。尚曰、非爾所及也。已而果得兵鈐於魚腹中。文王夢得聖人、聞尚遂載而帰。至武王伐紂、尚作陰謀百余篇。服澤芝地髄。二百年而告亡。有難而不葬。後子伋葬之無屍、唯有玉鈐六篇在棺中云。

このように、両文献において太公望が完全に神仙として描かれている。文中の「生而内智、豫知存亡」によって想起されるのは、先掲『尚書中候』にある、

龍馬銜甲、赤文緑色、自河而出。臨壇止霽、吐甲図而蹇。甲似龜背……有列星之分、斗政之度、帝王録紀、興亡之数。

という内容である。龍馬が背負う「河圖」に「興亡之数」が記されているが、これを太公望が知るということは、王政の運命を予知できることを意味しよう。ここに太公望は既に一兵法家を超えた、「河圖」に類似する讖緯的存在を思わせるものとなったのである。同類の記事として、『尚書大伝』殷伝・西伯勘耆の内容も注目される。

周文王至磻溪、見呂望釣。文王拝之。尚父曰、望釣得魚、腹中有玉璜。刻曰、周受命、呂左検、徳合於今、昌来提。

皮錫瑞『尚書大伝疏証』は、文中の「呂左検、徳合於今昌来提」について、「左検、猶助。提者、取也」と解する。これに従えば、一文の大意は「周が符命を受け、呂尚がこれを補佐する。時ここに来り。昌（文王）よ、我を取れ」となる。

太公望の讖緯性の根本は、『列仙伝』が示唆するように「兵鈐」をよく知ることにあるようである。「兵鈐」は「兵法の奥義書」の意味である。兵鈐を得るということは、吉兆であり、『列仙伝』の当該内容は、太公望が文王を助けて大業を成就させる運命にあるという暗示にほかならない。讖緯色の強い漢碑類について見ると、「帝堯碑」（熹

平四年・一七五年）の次の内容がその性質を示唆する。(13)

尭……遊於玄河之上、龍龜負銜、投鈐授與。然後尭乃受命。

ここに龍亀が現れて尭に「鈐」を投げて授けたとあるように、「鈐」は「河圖」に近いものと理解されるのである。(14)漢代今文学を代表する『尚書大伝』はその讖緯的性質から、後に殆ど緯書に吸収されたが、太公望伝承は、『尚書大伝』に近い性質を持つ緯書『尚書帝命験』や『尚書中候』にも収録され、そこに兵法の秘訣と見なされる「鈐」との併記も見られる。原文の一部を掲げる。

○季秋之月甲子、有赤雀、銜丹書入豐、止昌戸、拜稽首、至于磻谿之水、呂尚釣涯、王下趣、拜曰、公望七年、乃今見光景于斯、答曰、望釣得玉璜、刻曰、姫受命、呂左旌、遂置車左、王躬執驅、號曰師尚父。

○王即田雞《ママ》水畔、至畔溪之水、呂尚釣于崖、王下拜曰、切望公七年、乃今見光景於斯。尚立變名、答曰、望釣得玉璜、刻曰、姫受命、呂左旌、徳合昌、來提撰、爾雒鈐、報在斉。

○太公釣于磻溪、夜夢北斗、神告以伐紂之意。

○呂尚出遊于戊午、有赤人雄出、授吾簡、丹書曰、命遊呂。

緯書特有の難解な表現で記される右の記事は、いずれも太公望にまつわる内容であるが、ここには『史記』が伝える兵略家、政治家として太公望像は見られない。『尚書中候』の性質を清・朱彝尊『経義考』（巻二百六十五）が「按中候専言符命、當是新莽時所出之書」と指摘するように、もっぱら「符命」を記す緯書である。これに太公望伝承が収録されるのは、その讖緯的性質を意味すると同時に、為政者が太公望を得るのは、「符命」を賜わるのと同じ意味になることをも示唆する。前引『墨子』非功下にある「泰顛来賓」の記事もこの認識に基づくものであろう。本来儒教の世界における賢者の象徴だった太公望が、『列仙伝』を通して神仙思想に色づけられ、更に讖緯色の強い『尚書中候』と結びつくによって完全に讖緯化されていったところが、道教思想との結合による自然な結果とも言えよう。

右記諸文献では、「璜溪」、「釣璜於渭水」のように、太公望がしばしば「璜」と併記されるが、瑞玉であり、古代祭礼にも深く関わる「璜」はとりわけ緯書に多数見られる。『凌雲集』所収賀陽豊年「晩夏神泉苑釣台、同勒深臨陰心應製」の詩にも、

今日優遊何所樂　　今日の優遊何ぞ樂しむ所あらん
群臣同有釣璜心　　群臣同じうして釣璜の心が有らむ

と見えるように、「釣璜」でもって太公望伝承の讖緯的な性質を踏まえている。臣下としての忠誠心を表明しようとしている一句の出典について小島憲之氏が、『文選』（巻四十）任彦昇「百辟勧進今上牋」の「増玉璜而太公不以爲譲」に対する李善注の内容を指摘しているが、(15)『日本国見在書目録』に緯書『尚書大伝』の著録も確認されることから、(16)様々な受容のルートがあったと推測されよう。ともかく、右記『凌雲集』に見える「釣璜」をもって、伝承が持つ讖緯的な性格が早くに日本の知識人にも認識されていたことが知られる。

更に、伝承が持つ讖緯性という点について、太公望伝承におけるもうひとつの要素―亀も見逃し難い。当該伝承に関する『史記』の記述では、「西伯将出獵、卜之」となっているが、「卜之」は「龜卜」と見られる。前記王勃の詩に見える「龜文獵彦」は、まさに『史記』を踏まえるが、後漢・崔駰『達旨』に見る「或以漁父見兆於元龜」という古例と合わせて考えれば、亀は太公望伝承において不可欠の要素となっていることが分かる。

そもそも、中国文化の流れの中において亀の源を尋ねてみるに、古くは商（殷）時代の亀卜によって象徴されるように、亀には常に神秘的な色彩が付き纏っていたのである。『史記』亀策列伝にも、

太史公曰、自古聖王将建国受命、興動事業、何嘗不寶卜筮以助善。唐虞以上、不可記已。自三代之興、各拠禎祥。……王者決定諸疑、参以卜筮、断以著亀、不易之道也……略聞夏殷欲卜者、乃取著亀、已則棄去之、以為

亀蔵則不霊、蓍久則不神。至周室之卜官、常寶蔵蓍亀。又其大小先後、各有所尚、要其帰等耳。

とある内容が見えるように、古くから占卜儀式において重要な存在として崇められていたのである。その種類も、『爾雅』釈魚には、

一曰神亀、二曰霊亀、三曰摂亀、四曰寶亀、五曰文亀、六曰筮亀、七曰山亀、八曰澤亀、九曰水亀、十曰火亀。

と、様々に分けられている。このような亀をめぐる信仰が、やがて道教思想とも結びつき、例えば葛洪『抱朴子』對俗篇にも、左記のような内容が認められる。

千歳之亀具五色、其額上両骨似角。解人言浮蓮上、或在叢蓍下。

右記『史記』、『爾雅』及び『抱朴子』に見られる亀関連の記述から、亀の神秘性、霊妙さは、長寿の要素などを総合したものと見られるが、ここに注目したいのは、道教思想との結びつきによって、様々な伝承を生み出していったことである。ちなみに、『丹後風土記』をはじめ、中世の『大鏡』や『御伽草子』に至るまでの一連の日本古典文献に見られる浦島伝説にある亀の要素も、道教思想との関連で捉えられているのである。(17)

以上述べた事柄を背景に「乘龜甲爲釣乍打羽擧來人」について見れば、ここの亀にも、或いはそうした神秘的な要素が含まれていると考えられよう。もっとも、従来の太公望と亀との関係は、亀卜によって結ばれていたが、対して亀の甲に乗って現れる「珍彦」のイメージは、一見奇抜で、見慣れないものかもしれない。しかし、これは先に述べたように、緯書などにおいて「龍龜負銜」とのように、水辺の亀の出現が天下を取ろうとする者にとって吉兆と見なされていた信仰に何らかの関連があるように思われる。(18)太公望伝承も緯書に取り入れられていただけに、槗根津日子の記事の「乘龜甲爲釣云々」という記述は、或いはそうした讖緯の要素も含まれているのかもしれない。

（五）むすび

昌泰四年（九〇一）二月、文章博士三善清行は時の朝廷に対して、かの有名な「革命勘文」を奉った。「改元應天道」なることを請い願うこの上申書に、神武東征に関連した次の一節が見える。

今依緯説、勘合倭漢舊記、神倭磐余彦天皇從筑紫日向宮、親帥船師東征、誅滅諸賊、初營帝宅於畝火山東南地橿原宮、辛酉春正月即位、是爲元年。……謹案日本紀、神武天皇此本朝人皇之首也。然則此辛酉、可為一蔀革命之首、又本朝立時、下詔之初、又在同天皇四年甲子之年、宜爲革令之證也。

今緯説によりて、倭漢の舊記を勘合するに、神倭磐余彦天皇、筑紫の日向の宮より、親から船師を帥ゐて東征し、諸賊を誅滅して、初めて帝宅を畝火山の東南の地橿原の宮に營む。辛酉春正月即位す、これを元年となす。……謹みて日本紀を案ずるに、神武天皇はこれ本朝人皇の首なり。然らば則ちこの辛酉は、一蔀革命の首となすべし。また本朝の時を立て、詔を下すの初めは、また同天皇四年甲子の年にあり、宜しく革令の證なすべきなり。

ここに三善清行は、「辛酉」に始まる神武の紀年を取りあげて、昌泰四年が辛酉年であることを強調し、『易緯』等の「辛酉革命説」を引用しつつ強く改元を勧めたのである。神武の紀年に讖緯思想を認め、それを論拠とするところは極めて示唆深いものであるが、この「革命勘文」の中には、槁根津日子記事の理解に参考となる次の言葉が見られる。

臣伏以、聖人與二儀合其德、與五行同其序、故天道不疾而速、聖人雖靜而不後之、天道不遠而反、聖人雖動而不先之、況君之得臣、臣之遇君、皆是天授。曾非人事、義會風雲、契同魚水、故周文之遇呂尚、兆出玄龜、漢祖之用張良、神憑黄石、方今天時開革命之運、玄象垂推始之符、聖主動其神機、賢臣決其廣勝、論此冥會、理如自然。

臣伏して以みるに、聖人は二儀とその徳を合し、五行とその序を同じくす。故に天道は疾からずして速し、聖人は静なりといへどもこれに後れず。天道は遠からずして反る。聖は動なりといへどもこれに先んぜず。況んや君の臣を得、臣の君に遇ふは、皆これ天授にして、曾て人事に非ず。義は風雲に會し、契は魚水に同じ。故に周文の呂尚に遇ふは、兆、玄龜に出で、漢祖の張良を用ふるは、神、黄石に憑る。方今、天時は革命の運を開き、玄象は推始の符を垂る。聖主はその神機を動かし、賢臣はその廣勝を決す。この冥會を論ずれば、理は自から然るがごとし。

このように改元すべきことを時運より説き起こした清行は、その上更に太公望伝承を「符命」として引き出しているのである。『記』における「乘龜甲爲釣乍打羽擧來人」と表現した意図及び意義が、もはやこれらの言葉に尽きていると言うべきであろう

ところで、三善清行の狙いはあくまでも改元の実行であったため、神武紀年の真偽は彼にとって問題ではなかったようである。しかし、緯書に基づく神武紀年への言及が自ずから大きな問題提起となり、後年における伴信友の紀年研究の出発点ともなったのである。そして、これをきっかけに所謂紀年論争が惹き起こされ、那珂通世の実証的研究が現れるまで、この論争は実に一世紀近くも続いていたのである。

神武紀年論争の意義は、その成立に緯書が絡む可能性を示し、八世紀日本の政治思想の一側面を示すところにあることは言うまでもない。かつて中村璋八氏は、日本における緯書の伝来と影響について、「全体として、奈良時代における緯書の影響は、まだ或る限られた範囲であり、その浸透も表面的なものであった」と述べたが[19]、本章で見てきた限り、神武記の槁根津日子記事とその関連資料における緯書受容がかなり深い理解でもって行われていた

と窺える。とりわけ讖緯思想を下敷きにし、広く漢籍を渉猟しながらも、それらを日本固有の国神・国造伝承と結びつけている点が、歴史学ないし習合思想史的な観点から見ても意味深いものと言えよう。

注

(1) 伴信友「比古婆衣」(『伴信友全集』巻四・国書刊行会編・ぺりかん社・一九八八年)、那珂通世『増補上代年紀考』(三品彰英増補・養徳社・一九四八年)、所功『年号の歴史・増補版』(雄山閣出版・一九九五年)参照。

(2) 「出獵」、「田獵」、「田」、「牧」と「巡狩」の関係について、陳槃氏「古社会田狩與祭祀之関係(重訂本)」(陳槃『旧学旧史説叢』上冊・国立編訳館・一九九三年)参照。

(3) 小島憲之校注『懐風藻』(岩波日本古典文学大系・一九六四年)。

(4) 小島前掲注(3)書。

(5) 『千字文』には「磻溪伊尹、佐時阿衡」とある一節があり、「磻溪」は「太公望が釣をしていた川の名前とされる。ここは場所に託して太公望を指す。」(小川環樹・木田章義校注『千字文』・岩波書店・一九八四年)。

(6) 西郷信綱『古事記研究』(未来社・一九七三年)、松下煌「珍彦伝承の展開」(森浩一編『古代探求』・中央公論社・一九九八年)、西宮一民校注『古事記』(新潮日本古典集成・一九九一年)参照。

(7) 『日本國見在書目録』(名著刊行会・一九九六年)覇史家部に「華陽國史十二巻」とある。

(8) 西宮前掲注(6)書。

(9) 小島憲之他校注『日本書紀』(日本古典文学全集・小学館・一九九四年)。

(10) 倉野憲司校注『古事記』(日本古典文学大系)及び西宮前掲注(6)書。

(11) 「泰顚」について皮錫瑞『尚書中候疏証』(京都大学図書館蔵本)は、「君奭有大顚与閎散・南宮、無太公。伏伝有太公與閎散・南宮、無大顚。則太公大顚確是一人」としている。「大」は「太」の誤字であり、「太」は「泰」に通ずる。

(12) 『荀子』君道篇に「乃擧太公於州人而用之」、また『韓詩外伝』巻四にも「故惟明主能愛其所愛、闇主則必危其所愛。夫文王非無便辟親比己者、超然乃擧太公於舟人而用之、豈私之哉」と見える。『荀子』の「州人」は『韓詩外伝』の「舟人」の誤りと指摘され、「擧泰顚於罟罔之中」に通じる内容である。ちなみに『紀』等の「乗艇而至」もこの「舟人」のモチーフを踏まえたものであろう。

(13) 内野熊一郎『中国古代金石文における経書讖緯神仙説攷』(汲古書院・一九八七年)。

(14) 緯書に頻出する「鈐」について、安居香山・中村璋八「尚書緯・尚書中候について」(『重修緯書集成』巻二・解説・明徳出版社・一九七五年)に詳しい論考が見られる。

(15) 小島憲之『國風暗黒時代の文学』中(中)(塙書房・一九七九年)。

(16)『日本國見在書目録』(名著刊行会・一九九六年)尚書家部に「尚書大伝三巻鄭玄注或本伏生注」とある。

(17) 今枝二郎『道教―中国と日本を結ぶ思想』(日本放送出版協会・二〇〇四年)。

(18) この点について、緯書等に見える「龍龜負銜」という記事のほか、新たな資料として注目したいのは、朝鮮半島に古くから伝わる「龍」をめぐる信仰と関連する絵画である。中国人学者王小盾が、「朝鮮半島龍信仰的起源」なる論文において、「龍」をめぐる信仰が紀元前一世紀あたりに半島に伝わり、現地の固有信仰との融合を論じている中で、関連資料に韓国南長寺所蔵「神仙乗亀龍図」なるものを挙げている。そこには、亀と龍の合体した動物に、神仙らしき者が乗って海上を進む情景が生き生きと描かれている。著者に「亀龍」と名づけられたこの図の内容は、ただちに緯書にいう「龍龜負銜」と結び付かなくても、本章が論じる亀の甲に乗って現れる「珍彦」の意味を理解する上で何らかの参考になると思われる。王小盾『中国早期思想與符号研究』(上海人民出版社・二〇〇八年)。

(19) 中村璋八「日本における緯書資料」(安居香山・中村璋八『緯書の基礎的研究』・国書刊行会・一九七六年)。

第三章　倭建命の東征伝承に関する一考察

――蒜・本草学・道教文献

（一）はじめに

『古事記』と『日本書紀』の倭建命（日本武尊）伝承には、東征の途中、足柄の坂本で（『紀』は信濃坂）山神を殺す話が見える。それぞれの原文は次の通りである。

○自其入幸、悉言向荒夫琉蝦夷等、亦平和山河荒神等。還上幸時、到足柄之坂本、於食御粮處、其坂神化白鹿来立。爾卽以其咋遺之蒜片端、待打者、中其目乃打殺也。故、登立其坂、三歎詔云阿豆麻波夜。故、號其國謂阿豆麻。（景行記）

それより入り幸でまして、悉に荒ぶる蝦夷等を言向け、また山河の荒ぶる神等を平和して、還り上り幸でます時、足柄の坂本に到りて、御粮食す處に、その坂の神、白き鹿に化りて来立ちき。ここに卽ちその咋ひ遺したまひし蒜の片端をもちて、待ち打ちたまへば、その目に中りて乃ち打ち殺したまひき。故、その坂に登り立ちて、三たび歎かして、「吾妻はや」と詔りたまひき。故、その國を號けて阿豆麻と謂ふ。

○既逮于峯、而飢之。食於山中。山神令苦王、以化白鹿立於王前。王異之、以一箇蒜彈白鹿。則中眼而殺之。爰王忽失道、不知所出。時白狗自來、有導王之狀。隨狗而行之、得出美濃。吉備武彦、自越出而遇之。先是、度信濃坂者、多得神氣以瘼臥。但從殺白鹿後、踰是山者、嚼蒜而塗人及牛馬。自不中神氣也。

（景行紀四十年是歳条）

既に峯に逮りて、飢れたまふ。山の中に食す。山の神、王を苦びしめむとして、白き鹿と化りて王の前に立つ。王異びたまひて、一箇蒜を以て白き鹿に彈けつ。則ち眼に中りて殺しつ。爰に王、忽に道を失ひて、出づる所を知らず。時に白き狗、自づからに來て、王を導きまつ状有り。狗に隨ひて行でまして、美濃に出づること得つ。吉備武彦、越より出でて遇ひぬ。是より先に、信濃坂を度る者、多に神の氣を得て瘼え臥せり。但白き鹿を殺したまひしより後に、是の山を踰ゆる者は、蒜を嚼みて人及び牛馬に塗る。自づからに神の氣に中らず。

このように両者は、文体や表現にかなりの相異が見られるものの、行く手を阻む山神を「蒜」で殺すところは、ほぼ共通したものとなっている。

倭建命の東征伝承について既に数多くの研究が行われている。しかし、それにも拘わらず、伝承にはなお問題点が存在する。例えば、上代では、険峻な坂は一般的に信奉の対象とされ、これに幣を奉る習俗が広く存在していたようである。『萬葉集』の歌にもその例が多く見られる。

○父君に　我は愛子ぞ　母刀自に　我は愛子ぞ　参ゐ上る　八十氏人の　手向する　恐の坂に　幣奉り　我はぞ
　追へる　遠き土佐道を　（巻六・一〇二二）

○ちはやふる　神のみ坂に　幣奉り　斎ふ命は　母父がため　（巻二十・四四〇二）

ところが、倭建命伝承では、そこに棲む山神を殺すという、従来の習俗に反する記述となっている。この点は特異と言わねばならない。そして、とりわけ注目されるのは、「蒜」を用いて山神を退治するところである。管見の限り、植物で悪神を退けることは上代の文献に殆ど類例は見あたらず、ここにその用いられる理由について疑問を感じる。それでは何故山神を退治するのに「蒜」を用いるのか、これに対して、従来の研究は必ずしも充分な解釈を与えているとは思われない。しかし、この問題を解明することは、伝承の成立とその性質を理解することにつながるはずである。本章では、「蒜」が用いられる理由、すなわちその呪術性の由来を探るとともに、伝承の成立について考察を行ってみたい。

（二）伝承の「蒜」に関する諸家の見解

本居宣長『古事記伝』は、『和名抄』等に見える「蒜」に関する解釈を引用して次のように述べる。

蒜は、和名抄【葷菜類】に、唐韻云、蒜葷菜也。和名比流。楊氏漢語抄云、蒜顆比流佐木、【今按顆小頭也、】また大蒜、和名於保比流、小蒜、和名古比流、一云、米比流、獨子蒜、和名比止豆比流、澤蒜、和名禰比流など見えたり、明宮段大御歌に、伊邪子杼母、怒毘流都美邇、比流都美邇云々、【怒毘流は野蒜なり、】

（二十七之巻）

このように、宣長は「蒜」の呪術性及び名義を釈すだけに止まっている。

伝承の「蒜」に関する現行諸注釈は、一様にその呪術性を認めながらも、それ以上の関心を示さないか、日本固有の習俗として捉えるかに分かれているのである。(1) そして、後者を代表するものとして次の二つが挙げられる。

○蒜はにんにく。……この説話によって蒜など異臭の強いものを使って邪悪や害獣を追い払うことが古くから行われていたことが知られる。

（日本思想大系『古事記』頭注）

○蒜は、にんにくで、古くから肉類や虫毒の解毒に用いた。……異臭あるものを用いて邪悪や害獣を追い払う観念は、我が国では広く行われており、ことに節分の夜に焼嗅（かが）しの行事として、髪の毛を焼いたり、葱を用いて、邪悪をはらうことが行われている。（日本古典文学大系『日本書紀』頭注・補注）

確かに、近世の郷土資料及び随筆類には、疾病等をもたらす邪気を払うために「蒜」を用いる記録が数多く見られる。例えば、『伊勢白子風俗問状答』には、「土用に入る日生蒜小豆三粒水にて飲、一年の疫を除くと云へり。又、蘇鉄、茗荷の葉、馬歯莧等を門にかくる也、疫入らずと云」とある内容が見える。これに類似する記述は、『奥州秋田風俗問状答・土用につきたる行事』、『奥州白川風俗問状答』及び『三河吉田領風俗問状答』にも見える。更に、喜多村筠庭『嬉遊笑覧』や天野信景『塩尻』（巻之六）等の随筆類にも、「蒜」を使って邪気を払う風習が記されているのである。こうした資料によって、かつては広い範囲にわたって「蒜」が薬物または一種の呪具として用いられていたことが窺える。恐らく現行諸注釈は、こうした習俗の存在を意識した上で、倭建命東征伝承の「蒜」に対して、「邪悪や害獣を払う」という右記の解釈を与えられたものだろうと思う。

近世資料に見える「蒜」の記述は、「蒜」を呪具とする点で伝承の「蒜」と類似し、その呪術性を理解する上で示唆的意味を持つ。ただ、気になるのは、これらの資料は『記』『紀』との間に大きな時代の隔たりがあるということである。これをもって伝承の「蒜」の性質を説明するには明らかに限界がある。加えて、この伝承は坂の神を殺すという従来の習俗に反する記述となっており、しかも、上代文献にその類例がないので、これを日本固有の習俗として捉えることには躊躇せざるを得ない。

（三）伝承の「蒜」に関する『日本書紀通証』と『書紀集解』の指摘

植物学上ユリ科の多年草に分類される「蒜」は、古くから食用に供されるだけでなく、色々な文化圏で呪力あるものとしても認識されていた。

例えば、ギリシア神話では、「蒜」は魔術を破る霊草として神聖視され、ホメロスはオデュッセウスが魔女キルケのまじないを解くのに用いたと伝えている。また、イスラム圏の伝説には、エデンの園を出たサタンの左の足跡に「蒜」、右の足跡に玉葱が生えたという話が見られる。中でもハロウィーン（万聖節の宵祭）には蒜を戸口につるして厄を払い、ペスト流行時には死体を清めるのに用いられたことは、先に挙げた近世資料における役割と相似ている趣を示している。そして、「蒜」が呪力を持ち、それをもって邪気を払う点では、倭建命伝承の「蒜」にも一脈通じる。

このような諸外国の習俗や伝承と倭建命伝承の「蒜」との相似をどう考えればよいのか。一体これは、「蒜」という植物の特性がもたらした普遍的な認識による類似なのか、それとも、実際に何らかの関わりを持つものだろうか。

様々な角度から解釈が試みられようが、ここでは、『記』『紀』が成立する時代の歴史背景の中で捉えることを一視点として示したい。それは外でもなく『記』『紀』が成立した八世紀初頭は、大陸から日本へ文化の移動が盛んに行われていた時代なので、倭建命東征伝承の「蒜」をそうした文化的な広がりの中で考察しておく必要があるように思われる。

この視点からは、早くに『嬉遊笑覧』の著者喜多村筠庭が、「蒜」使用の起源を「端午のあやのやうなり」と推測しているのが注目される。(2) そして、これより更に詳細な指摘は、谷川士清『日本書紀通証』と河村秀根『書紀集解』である。伝承の「蒜」について『日本書紀通証』（巻十二）は、

今人門首掛蒜以避疫邪者、此遺法也。爾雅正義曰、帝登蒿山、遭蕕芋毒将死、得蒜嚙食乃解、遂収植之。能殺腥羶蟲魚之毒。

と注釈している。

このように、『通証』はその時代に見える「蒜」に関する風習を指摘しながら、清・邵晋涵『爾雅正義』にある記録を倭建命東征伝承の「蒜」と関連づけて述べている。確かに、山中で「蒜」を用いて中毒症状を緩和させる内容は、倭建命伝承に類似するものである。ただ、丁福保『説文解字詁林』によると、『爾雅正義』が宋・蘇軾の『物類相感志』から引用したとするが、オリジナルは三国魏・孫炎の『爾雅音義』に収められていたらしい。しかし、『爾雅音義』という文献は夙に逸書となったので、その内容を確認することはできない。

一方、『書紀集解』(巻第七)の指摘は、

『本草綱目』曰、蒜主治除邪瘴毒氣。主渓毒。『日華恭』曰、此蒜與胡葱相得主悪蠱毒、山渓中沙虱水毒。大効。山人狸獠辞時用之。

とあるように、直接明・李時珍『本草綱目』(一五九〇)と『日華恭』という文献を倭建命東征伝承の「蒜」の出典としているのである。『日華恭』はいかなる書物か判然としないが、その書名と内容からして、宋・日華子大明編『日華子諸家本草』(略称『日華子』)の誤りである可能性が高い。引用される両者の内容を見ると、ともに山中を行く時に「蒜」を用いれば「邪瘴毒氣」を退治できるとあり、多くの点で倭建命伝承の「蒜」記事と相似ているのである。

『日華子』と『本草綱目』はともに十世紀以降に成立した本草書なので、『記』『紀』とは直ちに結びつくものではない。しかし、本草学自身は古い学問であり、両者はその内容において古代本草学を継承するものとして考えることが充分可能である。従って、『集解』の指摘を受けて、ここに倭建命東征伝承の「蒜」と本草書の「蒜」との関連を調べてみることが必要である。

（四）伝承の「蒜」と本草書の「蒜」との類似

現存する最古の本草書、『神農本草経』には、「蒜」に関する記述は見られない。確認できるのは、唐高宗顕慶四年（六五九）に成立した『新修本草』である。これは梁・陶弘景の『神農本草経集注』（略称『本草集注』）を整理、増補したものであり、それまでの本草書のいわば集大成である。その「菜部・巻第十八・菜下」には、「蒜」に関する次のような記述が見られる。

蒜、味辛、温、無毒。除邪瘴毒氣。五月五日、採。……性辛、……謹案、此蒜與胡葱相得。主悪毒・経渓中沙蝨水毒、大効。山人・俚・獠用之。

右記『新修本草』の原文を、『書紀集解』が引用する『本草綱目』と『日華子』の内容と比較して分かるように、時代を隔てながらもほぼ同じものとなっており、明らかに両者は『新修本草』の内容を継承したものである。

更に、『新修本草』の「蒜」を倭建命伝承の「蒜」と比較すると、伝承では邪気で人を「瘼臥」―病に倒れさせる―山神を退治するのに対して、『新修本草』では、山中を行く時「邪瘴毒氣」を退けるものとして記し、邪気や侵害を防ぐ効能はほぼ同じである。これにより両者は近い関係にあると推測される。恐らく『集解』の著者も両者のこうした類似点からその関連を指摘したものだろう。

では、そもそも「蒜」の呪力は一体何に由来するものだろうか。

これについて、『新修本草』「蒜」項に見える「五月五日、採」という文言に注目したい。これは、毎年五月五日の日に「蒜」を採集する意味であるが、この日に採取する理由について、隋・杜公瞻編注『荊楚歳時記』五月条が参考になる。

五月、俗称悪月。多禁。……五月五日、謂之浴蘭節。四民並踏百草之戯。採艾以為人、懸門戸上、以禳毒氣。

……是日競渡、採雑薬。

つまり、古代では、五月は「悪月」と認識されていたので、邪気に犯されないためにこうした行事を催していたのである。この条に対して『荊楚歳時記』は更に『大戴礼記』を引用して、

是日競採雑薬、夏小正云、此日蓄薬以蠲除毒氣。

と説明しており、ほぼ同じ内容は『芸文類聚』歳時部（五月五日）等にも見える。

これらの記事から、五月五日に採集される薬草に特別の呪力がこもるとの観念が認められる。これについて伊藤清司氏は、この日の薬草採集を日々の山菜・薬草採りの行為と区別した上で、特定の条件のもとで採る植物がすぐれた薬効を持つという信仰を指摘したことが注目される(3)。つまり、こうした行為はいわば原始的医薬観の現れであり、「蒜」の呪力はまさにこのような信仰に由来するものと考えてよい。

倭建命伝承の「蒜」に見る呪力も恐らく右記の習俗に由来するものと考えられよう。また、近世資料に見える「蒜」に関する習俗の起源も、こうした中国の古習俗に求められよう。このことを、五世紀から七世紀にかけて中国大陸から日本に移動する「渡来人」と呼ばれる集団の歴史的役割と合わせて考えれば充分可能である。

しかし、倭建命伝承の「蒜」は、単なる習俗として説明しきれない面も持つものである。例えば、その具体的な記述を見るに、山中に行く時に用いると記すところが、『荊楚歳時記』等が伝える習俗には無く、むしろ諸種本草書の方に共通して見られる内容である。とりわけ、『紀』の「嚼蒜而塗人及牛馬云々」の記述は、本草書や薬方書に見える「蒜」の記事に類似するものである(4)。

○蠍中国屋中多有江東無也。其毒応徴。……嚼大蒜塗之。

○呉公自不甚齧人其毒亦徴。……破大蒜以揩之。

右は、前記『本草集注』の著者陶弘景によって補訂された晋・葛洪の薬方書『葛氏方』からの引用である。ここの「破」は噛み砕くの意であり、「揩」は「塗」の類義語であるが、本草書と薬方書には、薬物の用法に関する記述にこのような表現がとりわけ多く見られ、『紀』の表現は明らかにこれらに通じるものである。

『葛氏方』は平城宮遺跡出土木簡にその名が確認され、日本伝来の可能性について既に指摘されているところである。[5]伝承の「蒜」記事はその直接の影響によるものかどうか即断できないが、少なくとも右記諸種本草書や薬方書との類似状況から、この記事の成立を中国伝来の本草学との関連において考えることが可能となってきたのである。

（五）日本における本草学の伝来と受容

日本における本草学の伝来を示す最も古い資料は、藤原宮跡出土『本草集注』の木簡である。これは大宝三年（七〇七）以降のある時期に廃絶したと見られる遺構から出土した典薬寮関係木簡であるが、それには、

本草集注上巻（表）

黄　二両白　二両（裏）

と記されており、外にも本草を記す木簡が多数出土している。[6]この『本草集注』は、陶弘景の『本草集注』であると考えられる。また、木簡資料より更に古い時代の出来事として、『新撰姓氏録』に見える次の記事が注目される。

出自呉国主照淵孫智聡也。欽明天皇御世、随使大伴佐弖比古、持内外典薬書明堂図等百六十四巻……来朝。（左京諸蕃下和薬使主項）

ここの「薬書」と称される書物に本草書も含まれていると推測されている。[7]智聡が渡来した年は中国の陳の文帝の

天嘉三年（五六二）にあたり、陶弘景の『集注本草』が出来てから既に六十年を経過していたから、『集注本草』がもたらされた可能性も充分考えられる。

律令制が整うに従って、日本における本草学の受容も制度化された。大宝元年に完成した『大宝律令』（『令義解』所収）の医疾令には、唐令に倣った医療制度が定められ、習得すべき教科書として、

『甲乙経』『脈経』『本草』『小品方』『集験方』

の五種類が挙げられている。ここの『本草』について『令義解』は、

新修本草廿巻。

と注記しているが、『続日本紀』延暦六年（七八七）五月十五日条にも、

戊戌、典薬寮言、蘇敬注新修本草、与陶隠居集注本草相検、増一百余条。亦今採用草薬、既合敬説。請行用之。許焉。

戊戌、典薬寮言さく、「蘇敬が注す新修本草は、陶隠居が集注の本草と相検ぶるに、一百余条を増せり。亦今採り用ゐる草薬は、既に敬が説に合へり。請はくは、これを行ひ用ゐむことを」とまうす。焉を許す。

とある。また、本草書に基づく薬草の採取について、『令義解』医疾令に次の条文が収められている。

○凡薬園。令師検校。仍取園生。教讀本草。辨識諸薬並採種之法。随近山澤有薬草之処。採握種之。所須人功。並役薬戸。

○薬品施典薬年別支料。依薬所出。申太政官散下。令随時収採。

○諸国輸薬之処。置採薬師。令以時採取。其人功。取當処随近下配支。

ここに見える「随時収採」、「以時採取」の時とは、その薬草を採取する最も適当な時期を指すものであり、それが本草書によれば、時に三月三日、時に五月五日となっており、五月五日とある記載がとりわけ多い。

このように、『記』『紀』が成立する以前に、本草学が既に系統的に取り入れられ、しかも定期的に薬草採取を行っていたのである。次に、その具体的様相を示すものとして、『紀』の「薬猟」記事について見よう。

○夏五月五日。藥獵於菟田野。取鷄鳴時、集于藤原池上。以會明乃往之。粟田細目臣為前部領。額田部比羅夫連為後部領。是日、諸臣服色。皆隨冠色。各着髻花。則大徳小徳並用金。大仁小仁用豹尾。大禮以下用鳥尾。（推古紀十九年条）

夏五月の五日に、菟田野に藥獵す。鷄鳴時を取りて、藤原池の上に集ふ。會明を以て乃ち往く。粟田細目臣を前の部領とす。額田部比羅夫連を後の部領とす。是の日に、諸臣の服の色、皆冠の色に隨ふ。各髻花着せり。則ち大徳・小徳は並に金を用ゐる。大仁・小仁は豹の尾を用ゐる。大禮より以下は鳥の尾を用ゐる。

○夏五月五日、藥獵之、集于羽田、以相連參趣於朝。其装束如菟田之獵。（同二十年条）

夏五月の五日に、藥獵して、羽田に集ひて、相連きて朝に參趣く。其の裝束、菟田の獵の如し。

○夏五月五日。藥獵也。（同廿二年条）

また、『紀』天智八年条にも、

○夏五月戊寅朔壬午、天皇縦獵於山科野。大皇弟・藤原内大臣及群臣、皆悉從焉。

五月の戊寅の朔壬午に、天皇、山科野に縦獵したまふ。大皇弟・藤原内大臣及び群臣、皆悉に従につかへまつる。

との記事が見え、この「縦猟」も、薬草採取を含めた「薬猟」行事と見られている。日本における「薬猟」行事の成立と展開について和田萃氏の詳論に譲らねばならないが(8)、右記の諸記事を見る限り、奈良時代の早い時期には、この行事は既に宮廷儀礼の一つとして定着していたと思われる。

さて、この五月五日の日に採取される薬草には、前述したように「蒜」も含まれていたと推測される。このこと

は、後に成立した『康頼本草』（一三八〇年頃）の、

蒜、味辛温有小毒。和己比留。日本仁々久又小蒜。五月五日採之。

とある記事によって裏付けられる。更に、『記』『紀』応神天皇条に見える次の歌謡に注目したい。

応神天皇が日向の国の髪長比売を太子大雀命に賜う儀式となる酒宴の席上で、次のような歌が詠まれている。

いざ子等　野蒜摘みに　蒜摘みに　わが行く道の　かぐはし　花橘は　上つ枝は　鳥居枯らし　下づ枝は　人取り枯らし　三栗の　中つ枝の　ほつもり　赤ら嬢子を　いざささば　宜らしな　（応神記）

そして、『紀』にも、ほぼ同じ歌謡が収められている。

いざ吾君　野に蒜摘みに　蒜摘みに　わが行く道に　かぐはし　花橘　下つ枝らは　人皆取り、上つ枝は　鳥居枯らし　三栗の　中つ枝の　ふほごもり　赤れる嬢女　いざさかばえな　（応神紀十三年九月条）

この二つの歌謡は、従来、伝承から独立した求婚の歌と見られ、冒頭の二句は、「春菜摘み」を描いたものであると解されてきた。しかし、歌謡に見える「蒜」について、土橋寛氏や大久保正氏がそのあり方に注目し、特に土橋氏は、近世の風習と関連づけて「蒜」の呪術性を強調し、歌謡を単なる春菜摘みの内容と見ることに疑問を投げかけている。[9] ここで、『萬葉集』にある次の歌に注目したい。

霍公鳥　鳴く五月には　菖蒲草　花橘を　玉に貫き　鬘にせむと……　（巻三・四二三）

この歌の内容から、「花橘」は五月に摘むことになっていることが分かる。更に「菖蒲草」―アヤメクサは、「蒜」と並んで、薬草として用いられたことは、『本草和名』巻六「草上」にも記されているところである。

和田萃氏の研究によると、中国の五月五日の「薬猟」の行事が日本に伝来しながらも、両者の間に大きな相違も存するものである。すなわち、中国では五月五日の「薬猟」があくまでも民間行事として行われていたのに対して、日本ではもっぱら宮廷儀礼として行われていたことである。[10] この論に従えば、右記の歌謡は、薬草である「蒜」を

摘むという内容となっている以上、単なる春菜摘みではなく、五月五日の宮廷の「薬猟」行事を詠ったのものと考える方が自然であろう。

また、「野蒜摘みに」に始まる『記』の歌謡に対し、「野に蒜摘みに」とある『紀』の方の表現にも注目したい。「野蒜」は山野自生の「蒜」を指すものであるが、「野に蒜摘みに」となる場合、ここの「野」は、広く山野を指す意味にも取れるし、宮廷専属の「禁野」と理解することも可能である。実際、かつて「蒲生野」のような「薬猟」を行う「禁野」が存在していたことはよく知られており、この歌謡に見える「野」もそうした特定の場を指すものと考えられるのである。右記二点から、筆者は『記』『紀』応神天皇条に収められるこの歌謡は、宮廷によって行われる「薬猟」の情景を描いたものと考えたい。

以上、上代日本における本草学の伝来と受容の状況について考察してみた。ここに付言しておきたいのは、平安初期藤原佐世撰『日本国見在書目録』「医方家」に合計千三百九巻の医学書が著録され、古代中国の本草書や薬方書が殆どそれに収録されているということである。それら所載文献の幅広さからも、日本における本草学の伝来と受容は、長きに亙って行われていたことが窺える。

（六）諸種資料に見る本草学に関わる「蒜」の使用例

それでは、「蒜」は日本の古代では具体的にどのように認識され、使用されていたか。この章では、上代の諸種資料から「蒜」に関する記事を検出し、その性質を本草学との関わりにおいて分析してみたい。

まず、『紀』允恭天皇条に見える若かりし頃の允恭皇后（忍坂大中姫）に関する次の記事に注目したい。

初皇后隨母在家、獨遊苑中。時闘鶏國造、從傍徑行之。乘馬而莅籬、謂皇后、嘲之曰、能作圃乎、汝者也。且曰、壓乞、戸母、其蘭一莖焉。皇后、則採一根蘭、與於乘馬者。因以問曰、何用求蘭耶。乘馬者對曰、行山撥蠛也。時皇后結之於意裏、乘馬者辭無禮、卽謂之曰、首也、余不忘矣……。（允恭二年二月）

初め皇后、母に隨ひたまひて家に在しますときに、獨苑の中に遊びたまふ。時に闘鷄國造、傍の徑より行く。馬に乘りて籬に莅みて、皇后に謂りて、嘲りて曰く、「能く圃を作るや、汝」といふ。且曰はく、「壓乞、戸母、其の蘭一莖」といふ。皇后、則ち一根の蘭を採りて、馬に乘れる者に與ふ。因りて、問ひて曰はく、「何に用むとか蘭を求むるや」とのたまふ。馬に乘れる者、対へて曰はく、「山に行かむときに蠛撥はむ」といふ。時に皇后、意の裏に、馬に乘れる者の辭の禮無きを結びたまひて、卽ち謂りて曰はく、「首や、余、忘れじ」とのたまふ……。

「蘭」は「阿良々支」（『本草和名』）と言い、「澤蘭」とともに野生の「蒜」―「蒿」と同一のものであり、「蒜」の別名であることを『和名抄』等によって知られる。記事の中で、忍坂大中姫に「蘭」を求める者が「行山撥蠛也」と、その使用目的を明言している。注目すべきは、この記事の内容が本草書や薬方書に見える「沙虱」と称される虫の毒を「蒜」で治す記述と類似するのである。永観二年（九八四）成立の丹波康頼『医心方』（半井家影印本）を参照する。[11] 例えば、『医心方』（巻十八）所引隋・巣元方の『病源候論』には、

山内水間有砂虱。其虫甚細不可見。人入水浴及汲水澡浴此方着身。陰雨日行草間亦着人便鑽入皮裏。……此虫漸入至骨則殺人。

また、葛洪『抱朴子』内篇登渉篇にも、

又有砂虱、水陸皆有。其新雨後及晨暮前、踐渉必着人。……其大如毛髮之端。初着人便入其皮裏。其所在如有芒刺之状。……虫鑽至骨便周行走人身中。其病與射工相似、皆殺人。

とある記述が見えるが、この「砂虱」の対処法について『医心方』（半井家影印本）は次のように示している。

　葛氏方。治砂虱《ママ》毒方。以大蒜十斤着熱灰中温之令熱。断蒜及熱以注創上。
　様要方。治砂虱《ママ》毒方。以麝香大蒜和搗以羊脂和。着以筒中帯之大良。

このように、いずれも「蒜」を使った処方が記されているのである。「蠛」（和訓摩愚那岐）はヌカガの類を指し、観智院本『類聚名義抄』（僧下・二二）に「マクナギ蠛」（平平上声）と見え、その漢語名は「蠛蠓」である。楊雄「甘泉賦」（『文選』巻七）の「浮蠛蠓而撇天」に対する李善注には、孫炎『爾雅』注をひいて、「蠛蠓、蟲小於蚊」とあり、これは、右掲『病源候論』と『抱朴子』の「其虫甚細不可見」や「其大如毛髪之端」の記述に類似する。また、人間に与える被害についても、「鑽入皮裏」や「初着人便入其皮裏」の記述は、「人を刺して血を吸う」の日本古典文学大系注釈と相通じるものである。こうしたことから推測して、「砂虱」は或いは「蠛」と同類の生物、つまりヌカガの類を指すのかもしれない。ともあれ、「蘭」（蒜）で「蠛」を駆除するというこの記事は、本草書や薬方書の記述に見える「蒜」で「砂虱」を退治する内容に通じ、「蘭」（蒜）は本草学の知識に基づく可能性が考えられると思う。

続いて、『延喜式』典薬寮式に、殖薬園から供進される次の廿五種の薬草が記され、その中に「大蒜」とあるのが見える。

　同日、供殖薬様廿五種。麻黄。丹参。地黄。黄芩。奄閭。萱草。麦門冬。天門冬。瞿麦。黄菊。枸杞。……大蒜。山茱萸。呉茱萸。烏梅。桃仁各四両。

殖薬園とは、前章に述べた医疾令に見える薬園のことであり、そこで栽培する薬草は、御薬に用いるものである。これら廿五種の薬草はすべて本草書に求められ、その効能についても既に和田萃氏によって明らかにされている[12]。

次に、『続日本紀』天平宝字八年（七六四）十月条には、

　甲戌、勅曰、天下諸国、不得養鷹狗及鵜以畋獦。又諸国進御贄雑宍魚等類悉停。又中男作物魚宍蒜等類悉停。

以他物替宛。但神戸不在此限。

甲戌、勅して曰はく、「天下の諸国、鷹・狗と鵜とを養ひて畋獦すること得ざれ。また、諸国、御贄に雑の宍・魚等の類を進ることを悉く停めよ。また中男作物の魚・宍・蒜等の類は悉く停めて、他の物を以て替へ宛てよ。但し神戸はこの限にあらず」とのたまふ。

という記事が見える。

中男作物とは養老元年十一月戊午の詔で定められた納貢の制であるが、この記事に見える「蒜」について、新日本古典文学大系『続日本紀』の脚注は次のように説明する。

五辛の一。僧尼令7に「凡僧尼、飲酒、食肉、服五辛者、卅日苦使」とあるように、僧尼に対しては食肉とともに禁じられていた。

さて、天平宝字八年のこの記事から、当時「蒜」は一般に使用されていたことが知られ、更に、僧尼令の記述によって「蒜」が「五辛」の一つとして認識されていたことが分かるのである。

ところで、この「五辛」から容易に想起されるのは、『荊楚歳時記』正月条に見える次の記事である。

於是長幼、悉正衣冠、以次拝賀、進椒柏酒、飲桃湯、進屠蘇酒、膠牙餳、五辛盤、服却鬼丸。

ここに見える「五辛」及びそれが用いられる理由について、杜公瞻はその注において次のように説明する。

周處風土記曰、元日造五辛盤。正月元日、有五薫錬形。注、五辛所以発五臓之氣、即大蒜・小蒜・韮菜・雲臺・胡荽是也、荘子所謂、春正月、飲酒茹葱、以通五臓也、食医心鏡曰、食五辛以辟厲氣。

このように、「五辛」はその刺激の強さ故に仏教では禁物となるが、一般に病をもたらす邪気を払い、健康を保つ薬として用いられていたのである。この点は医書『食医心鏡』が引用されていることからも窺える。そして、「五辛」とされるこの五種類の植物はいずれも本草書に確認され、その効用も右記『周処風土記』の古注の内容と相近いものであるから、天平宝字八年条記事に見える「蒜」は、そもそも本草学とは浅からぬ関係にあることが推測されよう。

更に、『萬葉集』巻第十六には、従来異色視される長忌寸意吉麻呂の詠物の連作が収められ、その一首に「蒜」が詠まれている。

醤酢に　蒜搗き合てて　鯛願ふ　我にな見えそ　水葱の羹　（巻十六・三八二九）

これまで、この歌は、およそ上等な料理を讃えるものとして理解されてきた。しかし、『医心方』巻一諸薬和名にも確認できるように、「醬」、「酢」と「蒜」は古代では薬物とも見なされていたのである。本草学に基づくその実用例は、長屋王家木簡等にも確認される。[13]ここに「醬酢」と「蒜」の組み合わせに関連する可能性のあるものとして、次の漢籍資料に注目したい。『三国志』に見える名医華佗に関するエピソードである。

佗行道、見一人病咽塞、嗜食而不得下。家人車載欲往就医。佗聞其呻吟、駐車往視、語之曰、「向来道辺有賣餅家、蒜虀大酢、従取三升飲之、病自當去。」（魏志・方技伝）

この記事では、急病を患う者に与える薬として「蒜」が用いられ、そして、「蒜」を「酢」と組み合わせたところが、右記萬葉の歌の内容に類似するものである。この記事について、『証類本草』（一一一六）「蒜」項が引用する『本草衍義』の「蒜」に関する説明に、「華佗用蒜虀是此物」との記述が見られ、華佗の記事に見える「蒜」と「酢」の和え物を本草学と関連するものとして説明しているのである。

では、何故「鯛」を食べるのに、「酢」と「蒜」更に「水葱の羹」が必要だったのだろうか。この問題について、台湾の学者蕭璠氏の研究が参考になる。蕭氏は古代中国における「膾生」―生食肉類料理に関する考察において、「膾」を食用する際、しばしば「酢」「蒜」「羹」が併用されていたことに注目し、「酢」「蒜」「羹」は、古代人の観念ではいずれも食用過量及び食中毒予防に効き目があると認識されていたこと、そして、こうした認識がいずれも本草学とは深い関係にあったことを明らかにしたのである。(14) この点から見て、三八二九番歌に現れる「鮦」は、恐らく「膾」—現在でいう「酢漬け」の形で食用されていたと推測され、「蒜」も、「醬酢」と併せて薬効ある物として認識されていた可能性が考えられる。

そして、少し時代を降るが、『讃岐典侍日記』上巻に、病中の堀河天皇が服用する薬として、「蒜」が記されているのである。

御息も、たえだえなるさまにて聞こゆ。顔も見ぐるしからん、と思へど、かくおどろかせたまへるおりにだに、もの参らせこころみんとて、顔に手をまぎらはしながら、御まくらがみに置きたる御かゆやひるなどを、もしやとくくめまゐらすれば、すこしめし、またおほとのごもりぬ。

堀河天皇がいかなる病気に罹っていたのか知るすべもないが、ここに「蒜」を薬として用いる以上、本草書に見る「蒜」の効用から推測して、『新修本草』にある「中冷、霍乱」とも考えられよう。また、『讃岐典侍日記』のほぼ一世紀前に成立した『医心方』にも注目される記事があるので引用しておきたい。

凡五尸、即是身中尸鬼。接引外邪共為病害。経術其有消滅之方。而非世徒能用。今復撰諸経要以救其弊方。雄黄一両、大蒜一両、擣令相和。如弾丸者。内三合熱酒中服之。須臾恙。未恙更一服、便止。

(「治諸尸方第十二」所引「葛氏方」)

「五尸」とは人の体に入って様々な病気をもたらす悪しき虫のことを指すが、これを治療するには「蒜」が用いられている。『讃岐典侍日記』に見える「蒜」は、或いは右記本草書や薬方書とも関係するかもしれない。

また、『源氏物語』帚木の巻に、有名な「雨夜の品定め」の一節には、藤式部の丞が体験談として語る蒜食いの女の話がある。男性的な言葉遣いを好む主人公の女は、藤式部が久しぶりに訪ねてきた時、

声もはやりかにて言ふやう、「月ごろふびやうおもきにたへかねて、極熱の草薬を服して、いと臭きによりなむ、

え対面たまはらぬ。まのあたりならずとも、さるべからむ雑事等はうけたまはらむ」。と応じる。「極熱の草薬」とは「蒜」を指していると思われる。暑気あたりに薬として「蒜」が用いられたようである。興味深く思われるのは、これを「極熱の草薬を服す」という漢語的口調で表現されることである。「草薬」という漢語は本草書や薬方書に基づいた処方を暗示するものと取れる。更に、この直後に交わされる藤式部と女との歌のやりとりの中にも「蒜」が現れる。

女が発散する蒜の匂いに耐えかねて立ち去ろうとする藤式部が、

ささがにの　ふるまひしるき　夕ぐれに　ひるま過ぐせと　いふがあやなき

と歌うと、たちまち女の方から次の歌が返された。

逢ふことの　夜をし隔てぬ　仲ならば　ひる間もなにか　まばゆからまし

歌の中に見える「ひる」は、言うまでもなく「昼」と「蒜」を掛けた言葉であり、「昼間」の外に、「蒜」が匂っている間の意をも表す。更に、ここの「蒜」は、二重の意味を持つものと考えられる。すなわち、病気を治すための薬としてと、邪気を払うための呪具としてである。そして、邪気を払う点では倭建命の伝承に見える「蒜」に通じるものであり、或いは倭建命伝承が作者に意識されていたかもしれない(15)。ともかく、帚木の巻に現れる「蒜」は、伝承の「蒜」と同質のものと見られ、本草学と深い関連にあるものと考えられる。

更に、『今昔物語』巻十二第三十五「神明の睿実持経者の語」なる段には、持病治療のため、神名寺の高僧睿實の祈禱を頼みに訪ねてきた公季という人物に対して、持経者は、「極めて風の病の重く候へば、近ごろ蒜を食ひてなむ」という内容も注目される。「風の病」は中風の一種と見られるが、これについてもやはり『医心方』巻三十「証類部」所引「蒜」にある「中風冷霍乱煮飲汁至良」の文言に注目したい。このことからも、説話に現れる公季という人物が治療薬として用いた「蒜」は、本草書や薬方書に基づくものと考えられる。

以上見てきた「蒜」に関する諸記事は、「蒜」が上代ないしそれ以降、邪気払いの植物または薬物として使用されていた例証になると同時に、日本における本草学の受容と普及をも反映したものである。倭建命伝承の「蒜」について、やはりこうした時代の文化と結び付けてその性質を考えるべきであろう。

（七）伝承の「蒜」をめぐる表現に見る本草学の呪術性

ところで、前記各種資料における「蒜」は、殆どが薬用される形となっているのに対して、倭建命伝承の「蒜」のあり方も、それに近いものとして注目される。その中で、『紀』の「嚼蒜塗人及牛馬」は本草書や薬方書に描かれる使用法に通じると指摘したが、『記』の「以其咋遺之蒜片端云々」という表現からは「蒜」を薬として服用する意味が読みとれず、より食べ物のイメージに近いものとなっている。また、「待打者」も『紀』の「王異之、以一箇蒜弾白鹿云々」と同じく、薬物よりも呪具としてのイメージが強い。では、「蒜」をめぐるこれらの表現をどう理解すればよいのだろうか。

前述したように、本草学はアニミズムに根ざした医薬観と関連し、もともと呪術的性質を持つものである。こうした呪術的観念はその薬物論にも反映され、『神農本草経』に、「治鬼注・賊風・蠱毒、殺精物・悪鬼・腹中毒邪之氣」とあるように、薬物は病をもたらす「精物・悪鬼」等を退治するものと考えられていたのである。また、『抱朴子』「仙薬篇」所引『神農四経』の記述もこの呪術的な傾向を示している。

上薬令人身安命延。昇為天神。遨遊上下、使役萬霊。體生毛羽。……又曰、中薬養性。下薬除病。能令毒蟲不加、猛獣不犯。悪氣不行。衆妖併辟。

ここに薬物を上・中・下の三等に区分しているが、これは本草学の所謂三品分類法である。この分類法は、薬をそれぞれ（一）無害で多く服用しても人を害しない養命の上薬、（二）無毒と有毒を使い分けた養性の中薬、（三）有毒で長くは服用できず、治病の下薬、に分けている。しかし、見て分かるように、神仙思想と深く結びつく「上薬」にしても、「毒蟲」、「猛獣」、「悪氣」、「衆妖」を退治できる「下薬」にしても、すべて薬物を呪具として見立てる観念の現れであると見てよい。

本草学の濫觴とされる『山海経』「山経」には、薬物の使用法について、「服す」「佩す」と記す外、更に「食らう」「浴す」「塗る」ともある。これについて既に先学によって指摘されるように、古代人にとって薬物を「服す」「佩す」行為は、「食らう」「浴す」「塗る」と同等の意味を持ち、彼らから見ると、「ある気や物を摂りこむことによって別の気や物と対抗させ、排除するという行為は、ある気や物を身に著けることによって邪気・邪物と対抗し、それらを祓う行為と本質的に変わらないだろう。両者の違いは、薬物が身体の内にあるか外にあるかだけである」[16]。つまり、薬物を使用する行為の根底には、その「呪力」に頼る信仰が等しく潜んでいるものである。

さて、「蒜」は三品分類法では「下薬」に区分されている以上、これには無論「猛獣」、「衆妖」の類を寄せ付けない呪力があることを意味する。以下倭建命伝承の「蒜」をめぐる具体的表現に見る呪術性について分析してみよう。

まず、「咋遺」の「咋」と「嚼」について。

「咋」は諸種注釈書では「クフ」と訓まれ、「食べる」意に訳されている。しかし、「咋」の字義について、『淮南子』脩務訓に「咋、齧也」とあり、『漢書』東方朔伝の顔師古注に「咋、囓也」とある。また、『正字通』口部にも「咋、啖也、齧也」とあるのである。これらはいずれも「咋」が「カム」とも訓めることを証するものである。『古事記』の用例にも「囓む」または「咀嚼する」意味として使われるケースが見られ[17]、『紀』の「嚼」と同じ意味として理解されるのである。

それでは「蒜」を「カム」（咋・嚼）とは一体何を意味するだろうか。これについて示唆深いのは中尾万三氏の研究である。

中尾氏は、古い本草書及び薬方書に「㕮咀」という文字が多用されているのに注目し、「それは恐らく、薬物を直接、食べる時のあることを示す文字であろう」と推測し、薬物を食べることからそのエッセンスを抽出して、これを飲む方法へと移行していく内服法の先行形態は、薬物を「㕮咀」することにあると指摘している。[18] ところで、「㕮咀」の訓詁は、『集韻』「虞第九」に見える「㕮哺」の説明に「㕮、咀嚼也」と見られるように、「㕮咀」は本来「咀嚼する」の意味であろう。馬王堆漢墓帛書『雑療方』に、「父且（㕮咀、筆者注）、段之」（㕮咀して、これを段《き》る）とあるように、後にこれが薬物を細かく砕く（加工する）中医学用語に転じたが、中尾氏の論を踏まえてその原義を推測するに、薬物を咀嚼することによって邪気を払うことであると考えられ、薬物を用いる際の呪術的な行為を指すものと見られる。

そこで、倭建命伝承の「咋」という表記も、先に分析したように、「カム」（咀嚼する）という意味に取れることから、「㕮咀」と同様、「蒜」を食物として「食べる」のではなく、薬物として使用する際の呪術的行為として理解できるのである。また、『紀』の「嚼」も、「蒜」を噛み砕く意味を持つと同時に、元は多分に呪術的な意味をも持つ表現なのである。続いて「弾」と「打」の表現について見よう。

本草学の薬物論では薬物の効用が悪鬼・衆妖の類を寄せ付けないことにある以上、古代人の観念の中で、そうした行為はそのまま「弾」、「打」のような具体的な動作と結びついたものだろうと考えられる。伝承の「弾」と「打」は撰者の手になる表現の可能性もあるが、筆者は宋・陳元靚『歳時広記』巻五に見える次の記事に注目したい。

〈弾鬼丸〉劉氏方、弾鬼丸。武都雄黄丹砂二両、合前五薬為末、鎔蠟五両、和圓如弾大、正旦、男左女右佩之。大辟邪氣。

これは正月一日に、身につける丸薬に関する記述であるが、注目すべきは、その名が「弾鬼」（鬼を弾く）と表現されていることである。この「弾く」は『紀』の「以一箇蒜弾白鹿」の「弾」と同じ発想と見てよい。倭建命東征伝承の表現は或いはこのような記事を踏まえたものかもしれない。

『歳時広記』は宋のものであるが、「弾鬼丸」の記事は「劉氏方」によるとあることから、六朝・龔慶宣撰『劉涓子鬼遺方』という薬方書である可能性が高い。現存五巻（元十巻）ある『劉涓子鬼遺方』は、『隋志』、『旧唐志』、『唐志』にもその名が記され、主な薬方書の一つであったと推測される。とりわけ注目されるのは、『日本紀略』弘仁十一年（八二〇）条に見る針生の教科書の一つに指定されていたこと、[19]と、『日本国見在書目録』や『医心方』にも著録されていることである。上代人にも利用され得た文献と見ることができる。『紀』の「弾」という表現も、『劉涓子鬼遺方』に接した撰者がその影響を受けたものと考えられよう。そして、残る『記』の「打」であるが、表現は一致しないものの、同じ発想によるものと見ることができるであろう。

このように、伝承の「蒜」に関する表現はそれぞれ違っているけれども、いずれも本草学にまとい付く呪術的行為に関わる点で相通じているものと言える。また、撰者の表現についても、本草学にまつわる呪的観念に影響を受けていると考えられ、右に見てきたように、具体的な本草書との接触の可能性もあるのである。

（八）伝承の成立に見る『捜神記』と『抱朴子』の影響

これまでの考察により、倭建命伝承の「蒜」記事は、本草学との関わりにおいて成立したことがほぼ明らかになったと言える。ところで、一読すれば分かるように、この伝承は本草書や薬方書には見えない説話的な要素を持つものである。これについては、伝承が撰述される過程における撰者による潤色として考えられるが、筆者はなおその成立に関連する可能性のある文献として次の二点に注目したい。

六朝時代の志怪小説集、晋・干宝『捜神記』を繙くと、巻十二に次の二つの説話が見られる。

○余外婦姊夫蔣士、有傭客、得疾、下血。医以中蠱。乃密以襄荷根布席下。不使知。乃狂言曰、「食我蠱者、乃張小小也。」乃呼「小小亡」云。今世攻蠱、多用襄荷根。往往験。襄荷、或謂嘉草。

○鄱陽趙寿、有犬蠱、時陳岑詣寿。忽有大黄犬六七群。出吠岑。後余相伯帰與寿婦食、吐血、幾死。乃屑桔梗以飲之而愈。蠱有怪物、若鬼、其妖形変化雑類殊種。或為狗豕、或為蟲蛇。其人不自知其形状、行之於百姓、所中皆死。

説話の中で、病をもたらす所謂鬼神類を退治するのに、薬草の襄荷と桔梗が用いられている。襄荷は、『本草和名』では中薬と区分されているが、その薬性は「主蠱及瘧」とあるように、むしろ下薬に近い。桔梗は下薬として記されている。右の二種類の薬草及びその効用はいずれも本草書に基づきながらも、説話化された本草学の呪術性が主眼となっているのである。中でもとりわけ注目すべき点は、三品分類法に定められた薬草の品位に則って悪鬼退治の道具としてこれを描くことである。この点は倭建命伝承の「蒜」記事の構想と一致する。『捜神記』は『記』『紀』が撰述される過程で素材として利用されたと考えられる文献の一つで、その影響は用語に限らず、内容・構成にまで及んでいたのである。[20] 従って、倭建命伝承の「蒜」記事の説話性について、右記『捜神記』の内容に類似しているので、その間に何らかの関係があっても不思議ではないであろう。

もう一つの文献は、葛洪の『抱朴子』である。

『紀』の記事と、構成と表現等にわたって類似するものが『抱朴子』内篇にも見える。「登渉篇」にある、山中を行く時、人に危害を加える山神が吐く毒気を防ぐ手段を述べる次の内容である。

今呉楚之野、暑湿鬱蒸。雖衡霍正岳、猶多毒螫也。又有短狐、一名蜮。一名射工。一名射影、其実水蟲也。状如鳴蜩。狀似三合盃、有翼能飛。無目而利耳。口中有横物。角弩。如聞人聲、縁口中物如角弩。以氣為矢。則因水而射人。中人身者。即發瘡。中影者亦病。而不即發瘡。不曉治之者煞人。其病似大傷寒。不十日皆死。……若帯八物麝香丸及度世丸及玉壺丸。犀角丸及七星丸及薺苳。皆避砂蝨短狐也。若卒不能得此諸藥者、但可帯好生麝香亦佳。以雄黃、大蒜等分合擣。帯一丸。如鶏子大者亦善。若已為所中者。可以此藥塗瘡、亦愈。

ここでは、「射工」（蜮・短狐）という想像上の怪物が発する毒気から身を守るために、様々な丸薬を薦めているが、その中に「蒜」を使った丸薬も含まれている。『抱朴子』のこの記事を、倭建命伝承と比較すると、「登渉」という言葉が示唆するように、山中を行くという点で一致するし、そして、共に「蒜」を用いる点でも共通しているのである。更に、退治する対象は一方が白鹿に化する山神で、一方が「射工」となっているが、どちらもやや観念的色彩の強いものである点が興味深い。更に、「蒜」で作った薬をめぐる表現も、『抱朴子』の「若已為所中者。可以此薬塗瘡」が、『紀』の「嚼蒜而塗人及牛馬、自不中神氣也」に通じるものである。こうした類似点から、両者が浅からぬ関係にあることが推測される。

『抱朴子』が上代文学に与える影響について、山上憶良「沈痾自哀文」（『萬葉集』巻五）がよく知られる例であるが、同時に本草書と薬方書にもその引用が数多く見られ、医書としても広く応用されたようである。右に挙げた「登渉篇」の内容が、『医心方』（巻十八治射工毒方第五十）に収められていることもその一例である。『抱朴子』という文献は道教の教理書であると同時に、説話性と医学的実用性をも兼ね備える内容豊かなものであるだけに、上代人によって好んで利用されたものだろうと想像される。[21]

（九）むすび

長い考察を終えるにあたり、本章がたどり着いた一応の結論を述べるとしよう。

倭建命の東征伝承に見える「蒜」で山神を退治するこの記事の成立については、中国から伝来した本草学の知識との関連において考えるべきであろう。本草書や薬方書に見える山中を行く時に「蒜」を用いて邪気を払い、或いは病毒を除去する内容が、倭建命の東征伝承の素材として利用され、現在見る形にできあがったものであろう。そして、その説話的な要素は、『捜神記』や『抱朴子』等の文献による影響の可能性が考えられよう。この伝承を考察することにより、『記』『紀』が撰述される時代における中国本草学伝来、受容の状況と、本草書・薬方書の利用状況の一端が窺え、『記』『紀』の古代東アジアにおける文化交流の歴史を研究する文献としての価値を改めて思い知らされたものである。

注

（1）倉野憲司『古事記全注釈』（三省堂・一九六六年）・次田真幸『古事記全訳注』（講談社学術文庫・一九七七年）・西宮一民『古事記』（新潮日本古典集成・一九九一年）・『古事記』（小学館・日本古典文学全集・一九九二年）・西郷信綱『古事記注釈』（平凡社・一九七五年）・『日本書紀』（小学館・日本古典文学全集・一九九四年）等。

（2）喜多村筠庭『嬉遊笑覧』「門戸に蟹殻又蒜を掛くる事」条参照。

（3）伊藤清司「古代中国の民間医療（一）―『山海経』の研究―」（『史学』第四十二巻・第四号・一九七〇年三月）。

（4）漢代に本草書が現れ、六朝時代になると本草書の薬物知識の上に更に豊富な経験が積み重ねられて多くの薬方書が著された。それらはすべて本草書に基づいた薬物応用のより合理化、細密化を目指したものである。両者が深い関係にあることは、梁・陶弘景の次の言葉によっても知られる。

自晋代已来、有張苗、宮泰、劉徳、史脱、靳邵、趙泉、李子豫等一代良医。其貴勝、阮徳如、張茂先輩逸民。皇甫士安、及江左葛洪、蔡謨、商仲堪諸名人等、並研精薬術。宋有羊欣、元徽、胡洽、秦承祖。斉有尚書褚澄、徐文伯・嗣伯群従兄弟、療病亦十愈其八九。凡此諸人、各有所撰用方。観其指趣莫非本草者。

（『神農本草経集注序』）

（5）東野治之「平城宮木簡中の『葛氏方』断簡」（『日本古代木簡の研究』・塙書房・一九八三年）。

（6）舘野和己「都城遺跡出土の木簡」（大庭修編著『木簡—古代からのメッセージ』・大修館書店・一九九八年）によれば、藤原宮跡典薬寮遺跡出土木簡に、本草名として「麦門冬、麻黄、人参、当帰、車前子、桔梗」等を記すものが多数見られ、当時における薬物利用の実態が反映されている。

（7）岡西為人「中国医方の初来」（『本草概説』・創元社・一九七七年）及び小曾戸洋「日中伝統医学の歴史」（『中国医学古典と日本』・塙書房・一九九六年）参照。

（8）和田萃「薬猟と本草集注」（『日本古代の儀礼と祭祀・信仰』〈中〉・塙書房・一九九五年）。

（9）大久保正『古事記歌謡全訳注』『日本書紀歌謡全訳注』（共に講談社学術文庫・一九九四年）と土橋寛『古代歌謡全訳注・日本書紀編』（角川書店・一九七六年）参照。

（10）和田萃前掲注（8）書。

（11）平安中期成立の丹波康頼『医心方』は、隋・巣元方の『病源候論』を基に中国諸家の説を綜合した医学全書である。その内容は医学の諸領域に渉るものであり、引用される百数十種に及ぶ中国医薬文献は直接原典から行われた故、漢・六朝・隋唐時代の医薬文献の抜粋・集成とも見られる書である。これに拠って平安中期までに日本に伝来していた中国医学文献の状況を把握できるだけでなく、奈良・平安時代における日本の医薬事情を知る上でも不可欠な文献である。

（12）和田萃前掲注（8）書。

（13）長屋王家出土木簡に、「請解　敢大嶋　急薬用醬一合又味滓」とあるのが見え、その内容を『葛氏方』との関連において捉える東野治之の論文が参考になる。（「長屋王家木簡の醬・味滓請求文書—『葛氏方』との関連から—」・『長

屋王家木簡の研究』・塙書房・一九九六年)。
外に、これに類似するものとして、平城宮址出土木簡に「寺請　小豆一斗　醬一十五升酢末醬等」(竹内理三編『寧楽遺文』下巻・金石文補遺二・東京堂出版・一九九七年)とある記録も注目される。

(14) 蕭璠氏は「中国古代的生食肉類餚饌—膾生」(『中央研究院歴史語言研究所集刊』第七十一本・第二分冊・二〇〇〇年六月)という論文において、『日華子諸家本草』及び『重修政和経史証類備用本草』に基づいて、「醋＝酢」には「殺一切魚・肉・菜毒」、「除癥塊堅積、消食」や、「霍乱」を治療する効用のあることを指摘している。また、「蒜」についても、陶弘景『本草経集注』巻七の「葫＝大蒜」条に見る「膾」を食べる際に食用される記述や、『日華子諸家本草』に見る「蒜」が「止霍轉筋腹痛」の効用を持つ記述に注目している。更に、「羹」についても、『呉興志』に見る、

又有骨淡羹、毎斫膾、悉以骨熬羹、味極淡薄、自有真味。食膾已、各一杯。

という内容に注目し、「膾」を食用する際に欠かせないものであったことを考察した上で、この記述も本草学に深く関連するものと推論している。

(15) 『源氏物語』における記紀神話の影響について、山崎正之「源氏物語と記紀神話」(『記紀伝承説話の研究』・高科書店・一九九三年)に詳細な論述が見られ、参考になる。

(16) 石田秀実「氣の医学の成立」(『中国医学思想史』・東京大学出版会・一九九三年)。

(17) 『古事記』における「咋」の用例を検索して見るに、例えば、

◎「咋破其木実」(神代記)
◎「咋破呉公」(同右)
◎「咋食其香坂王」(仲哀記)
◎「蛔咋御腕」(雄略記)

等とあるように、「カム」とも訓める表現が見られる。

(18) 中尾万三「山海経を読む」一—九(『本草』第一号—二十号・一九三三年—一九三四年)。

(19) 『日本紀略』十一年十二月条に、

十二月癸巳、勅。置針生五人。令讀新修本草経、明堂経、劉涓子鬼方各一部兼少公集験。千金廣洛方、等中治

瘡方。特給月粁。令成其業。云々。

十二月癸巳に、勅して針生五人を置き、新修本草経、明堂経、劉涓子鬼方各一部、兼少公集験、千金廣洛方、等中治瘡方を讀ましむ。特に月粁を給ひ、其の業を成らしむ。云々。

とあるのが参照される。また、『劉涓子鬼方』の実態を『医心方』や『珍本医書集成』の記述を手がかりに考察した滝川政次郎氏の「劉涓子鬼遺方考」という論文も参考になる（『古代文化』二十三巻七号・一九七二年七月）。

(20) 西宮一民「古事記と漢文学」（『和漢比較文学叢書』二・汲古書院・一九八七年）は『古事記』に見られる数多くの用語を『捜神記』との関連において論じつつ、『古事記』に与える『捜神記』の影響を指摘している。また、榎本福寿「記紀と志怪小説―古事記中巻の所伝の成り立ち」（『古事記年報』第三十八号・一九九六年一月）も、『捜神記』の内容が記紀の伝承に与えた影響について多くの例を挙げて論証している。

(21) 例えば、『日本書紀』仁徳六十五年条の次の記事からも、その文章記述に『抱朴子』が関与する例が求められる。

◎飛驒國有一人。曰宿儺。其爲人、壹體有兩面。面各相背。頂合無項。各有手足。其有膝而無膕踵。力多以輕捷。左右佩劒、四手並用弓矢……。

飛驒國に一人有り。宿儺と曰ふ。其れ爲人、體を壹にして兩の面有り。面各相背けり。頂合ひて項無し。各手足有り。其れ膝有りて膕踵無し。力多にして輕く捷し。左右に劒を佩きて、四の手に並に弓矢を用ふ。

ここに見える「其有膝自無膕踵」の表現は、極めて特殊なもので、その出典は恐らく『抱朴子』登渉篇にある次の記事であろう。

◎是以古之入山道士、皆以明鏡徑九寸已上、懸於背後。則老魅不敢近。或有来試人者、則當顧視鏡中、其是仙人、及山中好神者、顧鏡中、故如人形。若是鳥獸邪魅。則其形貌皆見鏡中矣。又老魅若来、其去必却行、行可轉鏡對之、其後而視之。若是老魅者、必無踵也。其有踵者、則山神也。

第四章　古伝承の成立と『史記』
――顕宗記雄略陵破壊復讐譚について

（一）陵墓破壊と「父王之仇」

『古事記』顕宗記には、顕宗天皇が即位の後、その父王市辺忍歯王を惨殺した雄略天皇の陵墓に対して復讐を計ろうとするくだりがある。原文は次の通りである。

天皇、深怨殺其父王之大長谷天皇、欲報其靈。故、欲毀其大長谷天皇之御陵而、遣人之時、其伊呂兄意祁命奏言、破壞是御陵、不可遣他人。專僕自行、如天皇之御心、破壞以參出。爾天皇詔、然隨命宜幸行。是以意祁命、自下幸而、少掘其御陵之傍、還上復奏言、既掘壞也。爾天皇、異其早還上而詔、如何破壞、答曰、少掘其陵之傍土。天皇詔之、欲報父王之仇、必悉破壞其陵、何少掘乎、答曰、所以爲然者、父王之怨、欲報其靈、是誠理也。然其大長谷天皇者、雖爲父之怨、還爲我之從父、亦治天下之天皇。是今單取父仇之志、悉破治天下之天皇陵者、後人必誹謗。唯父王之仇、不可非報、故、少掘其陵邊。既以是恥、足示後世。如此奏者、天皇答詔之、是亦大理。如命可也。

天皇、深く其の父王を殺したまひし大長谷天皇を怨みたまひて、其の靈に報いむと欲りしたまひき。故、其の大長谷天皇の御陵を毀たむと欲りして、人を遣はしたまふ時、其のいろ兄意祁命奏言したまはく、「是の御陵を破り壊たむには、他し人を遣はすべからず。専ら僕自ら行きて、天皇の御心の如く、破り壊ちて參出む。」とまをしたまひき。爾に天皇詔りたまはく、「然らば命の隨に幸行でますべし」とのりたまひき。是を以ちて意祁命、自ら下り幸でまして、少し其の御陵の傍を掘りて、還り上りて復奏言したまはく、「既に掘り壊ちぬ」とまをしたまひき。爾に天皇、其の早く還り上らししことを異しみて詔りたまはく、「如何か破り壊ちたまひし」とのりたまへば、答へて白したまはく、「少しく其の陵の傍の土を掘りつ」とまをしたまひき。天皇詔りたまはく、「父王の仇を報いむと欲りせば、必ず悉に其の陵を破り壊たむを、何とかも少しく掘りたまひしか」とのりたまへば、答へて曰したまはく、「然爲し所以は、父王の怨を其の靈に報いむと欲するは、是れ誠に理なり。然れども其の大長谷天皇は、父の怨には爲せども、還りては我が従父に爲し、亦、天下治めたまひし天皇なり。是に今單に父の仇といふ志を取りて、悉に天下治めたまひし天皇の陵を破りなば、後の人必ず誹謗らむ。唯父王の仇を報いざるべからず。故、少しく其の陵の辺を掘りつ。既に是の恥を以ちて後の世に示すに足りなむ」とまをしたまひき。如此奏したまへば、天皇答へて詔りたまはく、「是も亦大く理なり。命の如くにて可し」とのりたまひき。

この記事は、史実を記録したものであるかどうかについて、今ではもはや確認することはできないが、表現については、夙に小島憲之氏から、変体漢文を主調とする『古事記』の中において純漢文で綴られているところがひときわ目立つものとして指摘されている。その理由を小島氏は、「文献時代のアレンジの結果」であると述べている。[1]しかし、この記事を、文体から更に内容に立ち入って見ると、なお注目すべき問題点が存する。外ならぬ、復讐の手段として陵墓を破壊するという話柄である。

『古事記』には陵墓の記事が三十三件収められている。右の顕宗記の記事を除き、いずれも天皇陵の所在を記したものである。また、『日本書紀』の場合で言えば、陵墓に関する記事八十八件のうち、陵墓の破壊の例は、本章に関連する顕宗天皇条の記事を除くと、次の記事だけである。

○冬十月、爲入宮地、所壞丘墓、及被遷人者、賜物各有差。（白雉元年十月条）

冬十月に、宮の地に入れむが爲に、丘墓を壞られたひとに及び、遷されたる人には、物賜ふこと、各差有り。

これは、宮殿の造営工事のため墳墓への破壊や移転があり、それに対して保障を行ったことを示す記事である。

『続日本紀』にある陵墓の記事は全部で十六件。墳墓破壊に関する記事は左の一例。

○癸巳、勅造平城司。若彼墳隴。見発掘者、随即埋斂。勿使露棄。普加祭酹。以慰幽魂。（和銅二年十月）

癸巳、勅したまはく、「造平城司。若し彼の墳隴、発き掘られれば、随即埋み斂めて、露し棄てしむること勿れ。普く祭酹を加へて、幽魂を慰めよ」とのたまふ。

これは、平城京造都に伴って墳墓への破壊に及んだ場合の処置を記録したものである。復讐の手段としての陵墓の破壊の記録は、顕宗紀の当該記事以外管見に入らない。その意味で顕宗記・顕宗紀のこの話柄は特異性を持つ。

もう一つの注目すべき点は、顕宗天皇と意祁命の会話に色濃く反映されている儒教思想である。復讐の動機について、記事は顕宗天皇と意祁命の口を通して、くどいばかりに「父王之仇」を強調する。文中に見る、

○欲報父王之仇、必悉壊其陵……。

○父王之怨、欲報其靈、是誠理也。

○雖爲父之怨、還爲我之従父……。

○是今單取父仇之志……。

○唯父王之仇、不可非報……。

の諸表現について、西宮一民氏は、『礼記』曲礼上の「父之仇不與共戴天」（父の讐は與共に天を戴かず）に基づいた

「儒教的孝道の思想によったものであろう」と指摘している。(2) 天皇を説得する意祁命の忠告、すなわち「然其大長谷天皇者、雖爲父之怨、還爲我之従父、亦治天下之天皇」の、「従父」であり、「治天下天皇」であるが故に復讐は慎むべきであると説くところも同様に、「父」と「子」、「君」と「臣」という秩序についての儒教の道徳律である。

このように、顕宗記のこの復讐譚は手段の特異さといい、著しい儒教的道徳律の主張といい、それを伝える純漢文体とともに、『古事記』の中で異色な記事であると言わなければならない。このことをどう理解すべきか。ここに一案として、この記事を『史記』の「伍子胥列伝」との関連において検討してみたい。

(二)『史記』とその伝来

顕宗記の復讐譚に類似する中国の文献として、夙に、谷川士清『日本書紀通証』が「此與呉胥鞭平王屍意同」(此呉胥が平王の屍を鞭うつ意に同じ)と指摘していたように、漢籍に伝わる伍子胥の伝承との類似が注目された。士清は具体的な文献について言及していないが、例えば、『史記』では、楚平王に父兄を殺された伍子胥は、諸方に逃亡した末、呉国に臣下として迎えられ、後に呉国の力を借りて復讐するという内容となっている。その復讐の様子は次のように記されている。

及呉兵入郢、伍子胥求昭王。既不得、乃掘楚平王墓、出其屍、鞭之三百、然後已。申包胥亡於山中、使人謂子胥曰、「子之報仇、其以甚乎。吾聞之、人衆者勝天、天定亦能破人。今子故平王之臣、親北面而事之、今至於僇死人。此豈其無天道之極乎。」伍子胥曰、「為我謝申包胥曰、吾日莫途遠、吾故倒行而逆施之。」

楚平王の墓を掘り、その屍を鞭打つ伍子胥の復讐は、その手段があまりに極端であったがため、申包胥は厳しく非難する。これを顕宗記の記事に比較して見ると、伍子胥の行為と、これを非難する申包胥の理屈は、顕宗天皇の行為と、それに対する意祁命の説得の理屈は、そっくりとまでは行かなくても、復讐の対象を陵墓とし、その破壊を手段とする点、そして一種の儒教の君臣倫理でもって非難される点が、ともに両文献の相似た趣を示唆している。両者に見られるこれらの類似は果たして偶然の所産によるものなのか。それともその間に典拠的な関連が存在したものなのか。

『古事記』編纂の時期に、『史記』が日本に伝来したかどうかについていまだ定説を見ない。文献による記載はいずれもそれ以降になる。『二中歴』経史歴に見られる天平七年（七三五）の記載には、『東観漢記』を含む「三史」があったと伝えている。この「三史」に『史記』が含まれていることを、後の文献が裏付ける。すなわち、『続日本紀』神護景雲三年（七六九）十月の条に、太宰府からの、

○府庫但蓄五経、未有三史正本。渉猟之人、其道不廣。伏乞、列代諸史、各給一本。

府庫は但五経のみを蓄へて、未だ三史の正本有らず、渉猟の人、その道廣からず。伏して乞はく、列代の諸史、各一本を給はむことを。

という請求に対し、

○詔賜史記・漢書・後漢書・三国志・晋書各一部。

詔して、史記・漢書・後漢書・三国志・晋書各一部を賜ふ。

という記事がある。「三史」に関する記事は、ほかに『類聚三代格』巻四神亀五年（七二八）七月の勅、『令集解』職員令大学寮条の令釈天平二年（七三〇）三月の太政官奏、『延喜式』巻二十・大学寮の講書の条などにも見られる。しかし、近年、石山寺において奈良時代の写本である『史記』の残巻が発見されるなど(3)、当時『史記』が既に日本に伝来した可能性を示唆するような状況が生まれつつあることは注目に値する。

さて、『古事記』との関連の有無について、直木孝次郎氏は具体的に関連があると見なしている。氏は『古事記』

序文に現れる「杖矛擧威、猛士煙起、絳旗耀兵」（杖矛威を擧げて、猛士煙のごとく起り、絳旗兵を耀かす）の「絳旗」を、「秦のあとをついで漢を興した高祖沛公が赤色を尊び、これをはたじるしとした故事にならったからである」と指摘している。(4) また、西宮一民氏も、『古事記』下巻安康天皇条の「於是大長谷王、以矛爲杖、臨其内詔云々」（是に大長谷王、矛を以ちて杖と爲し、其の内に臨みて詔りたまはく）に見られる「以矛爲杖」の表現を、『史記』「麗生陸賈列伝」所収朱建伝にある「雪足杖矛」による影響ではないかと指摘している。(5) 外に、両者の関連の可能性を取りあげたものに、川副武胤氏の論も見られる。(6)

このように、『古事記』における『史記』の関連の可能性は確実な証拠はいまだ見つかっていないが、右記諸説の論点をもとに推測すれば、その可能性を完全に否定することはできない。少なくとも、仮説を立てるには十分な余地があろうと思う。

(三) 古代文献に見える様々な伍子胥説話

「伍子胥列伝」は、『史記』に収められるまで既に数多くの史書に散見しているので、『古事記』に関連したとすれば、その成り立ちと内容を確認する必要がある。以下それについて記す。

『史記』以前の文献にある伍子胥に関する記載は、『春秋左伝』、『春秋公羊伝』、『国語』、『戦国策』、『呂氏春秋』、『春秋穀梁伝』、『淮南子』に見られる。これらの文献以外にも伍子胥に関する記載があったと推測できる。ともに佚失して求められないが、『漢書』芸文志にある「諸子」の「雑家」類に、「五子胥」八篇という記事が見られる。同じく「兵書・兵技巧」類にも、「五子胥」十篇、図一巻が筆録されているのである。

「伍子胥列伝」は、おそらく右記の文献に基づいて作成されたものと考えられる。(7) その内容を一覧表にして見よう。

	父兄の死	逃亡譚	呉における活躍	復讐譚	その他
春秋左伝			○		
春秋穀梁伝	○			○	
戦国策		○	○	○	○
国　語			○		
呂氏春秋				○	
春秋公羊伝	○		○		
淮南子				○	
史　記	○	○	○	○	○

表のように、『春秋左伝』、『春秋公羊伝』、『国語』は、主として伍子胥の呉国の政治の中における活躍を描いている。ただ、これらの記載はいずれも伍子胥を中心とせず、記述もまた簡潔で断片的である。『史記』に至ってようやくまとまった形になったらしい。この中で、復讐に言及した記事は、『戦国策』、『呂氏春秋』、『春秋穀梁伝』と『淮南子』である。『戦国策』の記事は極めて簡単である。

○伍子胥逃楚而之呉。果与伯挙之戦。而報其父之仇。

『呂氏春秋』は、次のようになっている。

○伍子胥（中略）九戦九勝、追北千里。昭王出奔随、遂有郢、親射王宮、鞭荊平之墳三百。郷之耕非忘其父之讐也、待時也。（巻十四・首時）

『春秋穀梁伝』は、「子胥父誅于楚也」と一旦その原因に言及してから、次のように記している。

○庚辰、呉入楚（中略）壊宗廟、徙陳器、撻平王之墓。（定公四年）

『淮南子』では、更に簡単な記述となっている。

○闔閭伐楚、五戦入郢、焼高府之粟、破九龍之鐘、鞭荊平王之墓。（巻二十・泰族訓）

上記のとおり、いずれも「墓」を鞭で打つと記しているところがその共通点である。しかし、『史記』の記事では、「伍子胥列伝」でも「呉太伯世家」でも墓を掘り、屍を鞭うつという内容となっている。これは司馬遷による改変かどうか判然としないが、少なくとも『史記』以前の文献にはその記載は見あたらないので、司馬遷と同時代に存在していた文献の影響による可能性があろう。

例えば、この復讐の手段について、前漢末揚雄の『法言』に、

○胥也、俾呉作乱、破楚入郢、鞭屍籍館、皆不由徳。（巻七・重黎）

とのように、『史記』に近い記述が見られる。また、後漢末趙曄の『呉越春秋』も、伍子胥に関する記載は細かい点にわたって『史記』に類似している。『呉越春秋』所収の関連記事は、歴史記録よりも物語化された傾向が認められ、復讐の手段も『史記』に通じている。

○伍胥以不得昭王、乃掘平王之墓。出其屍鞭之三百、左足践腹、右手抉其目、誚之曰、誰使汝用讒諛之臣、殺我父兄、豈不冤哉。（巻四）

『越絶書』では、その復讐は次のように記されている。

○楚世子奔逃雲夢山之、子胥兵笞卒主之墓。（巻十五）

この三書における復讐の記事は、いずれも『史記』の記事に通じているのであるが、しかし、『法言』が哲学の論義書であり、また『越絶書』と『呉越春秋』が地誌であるという性質から、その影響が『史記』ほど広く及んだことは考えにくいだろう。

ほかに、『敦煌変文』の篇頭に置かれている「伍子胥変文」も顧みる必要がある。(8) 史書と違って、その内容には著しい誇張と改変が見られるが、

○子胥（中略）重斬平王白骨、其骨随剣血流、状似屠羊。取火焼之、当風飀作微塵。

の表現は、前記『紀』の「摧骨投散」に類似しているところが注目される。「伍子胥変文」成立の研究によれば、『史記』をはじめとする一連の史書がそのもとであることが示されているので、(9) その源の一つを『史記』「伍子胥列伝」に求めてよかろうかと思う。

右記を見たかぎりでは、『史記』「伍子胥列伝」が、数多くある記事の中で、復讐の手段などを含めて内容的にも

っとも『古事記』に近い。また、流布の範囲から見ても、三史の一つであった『史記』の方が確実に広かったと言える。『古事記』との関連があるとすれば、やはり『史記』を考えるべきであろう。

（四）顕宗記の復讐伝承の成立

『古事記』の編纂の目的は、序文の太安万侶の言葉を借りれば、「惜旧辞之誤忤、正先紀之謬錯。」（旧辞の誤り忤へるを惜しみ、先紀の謬り錯れるを正さむ）にある。しかし、この編纂作業は単に在来の旧辞、帝紀だけをまとめるのではなく、編纂段階においてさまざまな漢籍の知識を踏まえながら、潤色され、作成されたところもあったと考えられている。[10]

『古事記』の顕宗天皇に関する記事の概略は次のようである。

①市辺忍歯王、大長谷王子（雄略天皇）に殺される。
②皇子の意祁王、袁祁王二王子、難を避けて針間（播磨）国へ逃げる。
③針間国で二王子が発見される。
④袁祁王が顕宗天皇となり即位し、雄略天皇の陵に復讐する。

これらの記事は、『紀』顕宗紀、『播磨国風土記』美嚢郡条にも見られる。その内容は、『記』、『紀』、『播磨国風土記』が、右に示した記事の構成に基づけば、①から③まで、表現上多少の差異を帯びながらほぼ一致している。しかし、④の復讐譚について、『記』、『紀』の内容はあまり変わらないが、『播磨国風土記』はこれについて何も記さないのである。小野田光雄氏は、顕宗天皇の記事についての研究において、『記』、『紀』、『播磨国風土記』三者を、「文献的に相互関連が有るものと認められる」と指摘し、『記』、『紀』が編纂の段階において『播磨国風土記』をその一資料として利用したとの論を示している(11)。

これをもとに、次のように推測が試みられよう。すなわち、顕宗天皇に関する①から③までの記事は、いわゆる旧辞である可能性がある。④の復讐譚が『播磨国風土記』に記されていないのは、それが旧辞にはなく、『古事記』と『紀』の編集段階で撰者によって作成されたものではないだろうか。

そこで、この記事と『史記』「伍子胥列伝」との類似をあらためて考えれば、顕宗天皇に関するこの記事が、『史記』からの借用から生まれたものではないかという仮説に導かれる。

この仮説を裏付けるものとして、『紀』顕宗紀の記事が参考になる。記事の原文は次のとおりである。

秋八月己未朔、天皇謂皇太子億計曰、①吾父先王無罪。而大泊瀬天皇射殺、棄骨郊野、至今未獲。憤嘆盈懷。臥泣、行号、志雪讐恥。吾聞、②父之讐不與共戴天。兄弟之讐不反兵。交遊之讐不同國。夫匹夫之子、居父母之讐、寝苫枕干不仕。不與共國。遇諸市朝、不反兵而便闘。況吾立爲天子、二年于今矣。願壊其陵、摧骨投散。③今以此報、不亦孝乎。

秋八月の己未の朔に、天皇、皇太子億計に謂りて曰はく、「吾が父先王、罪無。而るを大泊瀬天皇、射殺し、骨を郊野に棄て、今に至るまでに未だ獲ず。憤り嘆くこと懐に盈てり。臥しつつ泣き、行く号びて、讐恥を雪めむと志ふ。吾聞く、父の讐は、與共に天を戴かず。兄弟の讐は、兵を反さず。交遊の讐は、國を同じくせずと。夫れ匹夫の子は、父母の讐に居て、苫に寝、干を枕にして仕へず。國を與共にせず。諸市朝に遇へば、兵を反さずして便ち闘ふ。況むや吾立ちて天子たること、今に二年。願はくは、其の陵を壊ちて、骨を摧きて投げ散さむ。今、此を以て報いなば、亦孝にあらざらむや」とのたまふ。

日本古典文学大系『日本書紀』が頭注で指摘しているように、『紀』傍線部②は『芸文類聚』所引の『礼記』の言葉を借用している。

『芸文類聚』の文章は、次のとおりである。

禮記曰、父母之讐不與共戴天、兄弟之讐不反兵、交遊之讐不同国、又曰居父母之讐寝苫枕干不仕、不與共国、遇諸市不反兵而闘。〔この間百二十一字略〕越絶書曰、子胥入呉闔廬将為之報讐、其後荊将軍伐蔡、使子胥伐荊、十五戦十五勝、子胥操捶笞平王之墓而数之曰、吾先人無罪、而子殺之、今以此報子。（報讐）

ここで更に注意したいことは、『紀』二重傍線部①③は『芸文類聚』所載『越絶書』伍子胥の記事をも同時に利用しているらしいことである（二重傍線部）。すなわち、「吾先人無罪、而子殺之、今以此報子」の表現を、『紀』は、「吾父先王無罪」と用い、また「今以此報」と引いて結んでいる。

ところで、『越絶書』の「操捶笞平王之墓」という記事からは、単に墓を笞打つ行為が読み取られるだけであって、墓を破壊するという行為は描かれていない。ところが『紀』では「頽壊其陵、摧骨投散」となっている。ここに改めて谷川士清『日本書紀通証』の「此與呉胥鞭平王屍意同」（此呉胥が平王の屍を鞭うつ意に同じ）という指摘を想起されたい。士清は、出典としては『史記』を考えていたようである。これだと墓の破壊という行為が知られるわけである。『紀』の記事は『芸文類聚』の前記箇所をふまえると同時におそらく士清の指摘のように『史記』の記事をも知っていたのであるだろう。今一つ、『紀』の場合は、記事の後半部は、天皇が皇太子億計の君臣の義を説く忠告に従って、陵を破壊するための役を罷めるという結末になっている。『紀』撰者は、前述の『芸文類聚』や『史記』「伍子胥列伝」の記事を典拠にしながらも、父の仇（孝）と君・臣の義という二つの道徳律のうち、前者を棄て、後者に従うという物語を作り出したものと見られるのである。これは『紀』撰者の思想が君・臣の義を孝よりも大義と見ることに傾いていたことを示しているものかもしれない。

さて、『紀』の復讐譚に『史記』「伍子胥列伝」の記事が参考せられてあったものとすれば、同様に『古事記』の復讐譚記事の上にも『史記』「伍子胥列伝」の記事の影響が推測されて良いかと思う。

伍子胥の復讐は、その手段が異色さを帯びながら、司馬遷がその論賛にも記した「棄小義、雪大恥」（小義を棄て、大恥を雪ぐ）の行いであった（「大恥」は、無論『礼記』の言う「父之仇」である）。この復讐譚は『古事記』の撰者に鮮明な印象を与え、よき材料に思われたにちがいない。

『紀』の復讐譚が、陵を破壊するための役を罷めるという結末になっているのに対して、『古事記』の復讐譚は、「少掘其陵之傍土」という手段は、「伍子胥列伝」の「掘墓」、「鞭屍」とも異なったものになっている。しかしながらその「伍子胥列伝」と同様に陵を掘って父の仇を報い「大恥をすすいだ」のである。何故だろうか。伍子胥の行為は友人申包胥によって「無天道之極」と非難され、伍子胥自身によっても「日莫途遠、吾故倒行而逆施之」と弁明された行為であった。しかしそれはまた、『史記』の著者によって「人質にされた父の招きを入れずに小義を棄て、父兄の仇をとって大恥をすすいだ」として称賛されている行為でもあったのである。『史記』の記事は、父の仇（孝）と君臣の義という二つの道徳律の背反の問題を提示していると言うことができる。『紀』撰者はこの問題を天皇が皇太子の忠告に従って陵墓を破壊する役を罷めるという結末にして解決したと言える。一方、『古事記』撰者は、父の仇（孝）と君臣の義の二つの道徳律の双方を満足すべく、「少掘其陵之傍土」というモチーフを編み出したのではなかっただろうか。

ちなみに「少掘其陵之傍土」だけで死者を辱めるに十分だという『古事記』の思想は、崇神紀十年九月の記事—謀反をはかる武埴安彦の妻吾田媛が倭の香具山の土をひそかに取って「これ倭国の物実」と言って謀反の成功を祈ったという物語—に見られるような「物実」の思想に通じているものであったかもしれない。あるいはまた、『史記』張釈之馮唐列伝に見える記事—先君高祖の陵の土をひとすくいたりとも盗むことは大逆罪であると張釈之が漢文帝に力説する一節—に現れる思想にも通じているであろうか。[12] いずれにせよ、父子・君臣の道徳律に対して、『紀』撰者とも異なる、『古事記』撰者独自の思想が窺えて興味深く思われる。

注

（1）小島憲之「中国文学・書紀文学と古事記」（『古事記大成・文学篇』・平凡社・一九五七年）。
（2）西宮一民校注『古事記』（新潮日本古典集成・一九九一年）。
（3）『石山寺古経聚英』（法蔵館・一九八五年）。
（4）直木孝次郎「持統天皇と呂太后」（『飛鳥奈良時代の研究』・塙書房・一九七五年）。
（5）西宮前掲注（2）書。
（6）川副武胤「渡来書のこと」（『古事記及び日本書紀の研究』・風間書房・一九七六年）。
（7）司馬遷の『史記』編集について、班固は次のように言っている。

司馬遷拠左氏、国語、采世本、戦国策、述楚漢春秋、接其後事、訖于天漢。其言秦漢詳矣。
（『漢書』・司馬遷伝第三十二）

（8）『敦煌変文』（中文出版社・一九七八年）。
（9）劉修業「敦煌本『伍子胥変文』之研究」（周紹良・白化文編『敦煌変文論文録』・上海古籍出版社・一九八二年）。
（10）津田左右吉「記紀の由来、性質、及び二書の差異」（『日本古典の研究・上』・岩波書店・一九七六年）、榎本福寿「『古事記』の所伝のなりたちと漢籍・その（一）」（『仏教大学研究紀要』・第七二号・一九八八年三月）。
（11）小野田光雄「播磨国風土記成立の試論—記・紀編纂の一資料—」（『国語と国文学』・第三二巻・十一号・一九五五年十一月）。
（12）『史記』「張釈之馮唐列伝第四十二」に次の一節がある。

其後有人盗高廟坐前玉環、捕得、文帝怒、下廷尉治。釈之案律盗宗廟服御物者為奏、奏當棄市。上大怒曰、「人之無道、乃盗先帝廟器、吾属廷尉者、欲致之族、而君以法奏之、非吾所以共承宗廟意也。」釈之免冠頓首謝曰、「法如是足也。且罪等、然以逆順為差。今盗宗廟器而族之、有如萬分之一、仮令愚民取長陵一抔土、陛下何以加其法乎。」

なお、同記事は『漢書』「張馮汲鄭伝第二十」にも収められている。

【附記】本章は一九九四年一月京都府立大学に提出した修士論文に修正を加え、一九九八年十一月京都大学に博士論文の一部として提出したものである。完成の後、榎本福寿氏の「古事記の復讐をめぐる所伝」（『古事記年報』第三十六号、一九九四年一月）という論文を知ったことをここにお断りしておく。

第五章　仁徳記枯野伝承考

――大樹・寒泉・琴と漢籍

（一）はじめに

『日本書紀』が純粋の漢文体であるに対して、漢文脈の影響を受けることの少ない『古事記』の文体は、「古の正実のさまを伝へむがためなるべし」と認識され[1]、そのことが『古事記』の内容の純粋性が長きに亙って信じられてきた一因でもあった。しかし、実際に『古事記』の内容に立ち入って見ると、外見とはうらはらに、漢籍の影響が少なからず認められる。本章は、その具体的な様相について、下巻から一つの例を挙げて論じてみたいと思う。

此之御世、免寸河之西、有一高樹。其樹之影、當旦日者、逮淡道嶋、當夕日者、越高安山。故、切是樹以作船、甚捷行之船也。時號其船謂枯野。故、以是船旦夕酌淡道嶋之寒泉、獻大御水也。兹船破壞以燒鹽、取其燒遺木作琴、其音響七里。爾歌曰、

加良怒袁　志本爾夜岐　斯賀阿麻理　許登爾都久理　加岐比久夜　由良能斗能　斗那加能伊久理爾　布禮多都　那豆能紀能　佐夜佐夜　此者志都歌之歌返也。

此の御世に、免寸河の西に一つの高樹有りき。其の樹の影、旦日に當れば淡道嶋に逮び、夕日に當れば高安

山を越えき。故、是の樹を切りて船を作りしに、甚捷く行く船なりき。時に其の船を號けて枯野と謂ひき。故、是の船を以ちて旦夕淡道嶋の寒泉を酌みて、大御水獻りき。玆の船、破壞れたるを以ちて鹽を焼き、其の焼け遺りし木を取りて琴に作りたりしに、其の音七里に響きたりき。爾に歌ひて曰はく、

枯野を　鹽に焼き　其が餘り　琴に作り　かき彈くや　由良の門の　門中の海石に　觸れ立つ　浸漬の木の　さやさや

とうたひき。此は志都歌の歌返なり。

右の一節は、『古事記』下巻仁徳天皇段末尾の記事である。「枯野」という名の船に関する伝承から、「枯野伝承」とも呼ばれている。この伝承について、先に倉野憲司氏は、『紀』その他の上代文献に見られる大樹の伝承とともに、「大樹説話」として位置づけた。倉野氏の論に従えば、その構成は次の四つに分けられる。

❶或所に大樹があつて、其の樹の影は朝日に當れば××に及び、夕日に當れば××を越ゆといふ話。
❷或大樹を伐つて船を作るといふ話。
❸大樹で作つた船を旦夕大御水を運ぶ用に供していたが、或時遂に破損してしまふという話。
❹そこでその破損した船で塩を焼き、その焼け遺りの木で琴を作つたら、その琴の音は七里に響くといふ話。

そして、その形成の過程について、倉野氏は次のように論断した。「大樹説話は原始形なる第一要素を有する説話から、漸次第二、第三、第四の要素を加へつゝ、是等の四要素を具有する最も新しく且つ最も複雑した説話に進化して行つたのである(2)」。

枯野伝承についてはこれまで様々な角度から論じられて来た(3)。その内容について、一種の祥瑞を表す伝承として見る意見が多く見受けられる(4)。ところが、総じて印象批評的な傾向を持つ諸意見に比べて、伝承を構成する諸要素の成立については、何故かこれまであまり深く研究されてこなかった。このことは無論、伝承の位置づけを正しく

認識し、それ自身の意味を理解するために限界をもたらしかねないのである。
こうした事情を承けて、本章は、右記仁徳記枯野伝承に現れる大樹、寒泉、琴の三つの要素を、漢籍との関わりにおいて考察しながら、諸要素の成立を探ろうとするものである。

(二)「大樹」考

枯野伝承は大樹説話から始まる。しかし、その大樹についての記述にはいくつかの不審点が見られる。まず指摘できるのは、その文体が純漢文体に近いものとなっていることである。これはそのすぐ前に記されている「雁の卵」の記事の文体と比較すると分かる。

○亦一時、天皇爲將豐樂而、幸行日女嶋之時、於其嶋鴈生卵。爾召建内宿禰命、以歌問鴈生卵之狀。

亦一時、天皇豊楽したまはむと爲て、日女嶋に幸行でませる時、其の嶋に鴈卵生みたりき。爾に建内宿禰命を召して、歌を以ちて鴈の卵を生みし狀を問ひたまひき。

短い記述であるが、「将為」を「為将」、「行幸」を「幸行」と訛まり、また「而」、「爾」の接続詞の使い方が、『古事記』特有の変体漢文体をなしている。これに対して枯野伝承の文体は明らかに違う。固有名詞を除けば、用語、行文は純漢文である。

もう一つの不審点は、枯野伝承はそれとともによく言及される『紀』、『風土記』にある大樹伝承と、文章表現において著しい共通点を持つことである。以下引用しよう。

○秋七月辛卯朔甲午。到筑紫後國御木。居於高田行宮。時有僵樹。長九百七十丈焉。百寮蹈其樹而往来。……爰天皇問曰、是何樹也。有一老夫曰。是樹者歴木也。嘗未僵之先。當朝日暉。則隠杵嶋山。當夕日暉。亦覆阿蘇山也。天皇曰、是樹者神木。

（景行紀十八年七月）

秋七月の辛卯の朔の甲午に、筑紫後國の御木に到りて、高田行宮に居します。時に僵れたる樹有り。長さ九百七十丈。百寮、其の樹を蹈みて往来ふ。……爰に天皇、問ひて曰はく、「是何の樹ぞ」とのたまふ。一の老夫有りて曰さく、「是の樹は歴木といふ。嘗、未だ僵れざる先に、朝日の暉に當りて、則ち杵嶋山を隠しき。夕日の暉に當りては、亦、阿蘇山を覆しき」とまうす。天皇の曰はく、「是の樹は、神しき木なり……」。

○昔者、楝木一株、生於郡家南。其高九百七十丈。朝日之影、蔽肥前國藤津郡多良之峰。暮日之影、蔽肥後國山鹿郡荒爪之山。

（『釈日本紀』所引「筑後国風土記」）

昔者、楝木一株、郡家の南に生ひたりき。其の高さは九百七十丈なり。朝日の影は肥前の國藤津の郡の多良の峰を蔽ひ、暮日の影は肥後の國山鹿の郡の荒爪の山を蔽ひき。

○昔者、樟樹一株、生於此村。幹枝秀高、茎葉繁茂。朝日之影、蔽杵嶋郡蒲川山。暮日之影、蔽養父郡草横山也。

（「肥前国風土記」佐嘉郡）

昔者、樟樹一株、此の村に生ひたりき、幹枝秀高く、茎葉繁茂りて、朝日の影には、杵嶋の郡の蒲川山を蔽ひ、暮日の影には、養父の郡の草横山を蔽へり。

○明石駅家、駒手御井者。難波高津宮天皇之御世、楠生於井上。朝日蔭淡路嶋夕日蔭大倭嶋根。仍伐其楠造舟。其迅如飛。一楫去七浪。

（「播磨国風土記」逸文）

明石の駅家、駒手の御井は、難波の高津の宮の天皇の御世、楠、井の上に生ひたりき。朝日には淡路嶋を蔭し、夕日には大倭嶋根を蔭しき。仍ち、其の楠を伐りて舟を造に、其の迅きこと飛ぶが如く、一に七浪を去き越えき。

このように、大樹に関する諸伝承は、その共通点が用語にも見られるが、とりわけ注目されるのは、その表現がかなり類型的になっているという点である。何故、『記』『紀』、『風土記』に散見する諸伝承が、記述内容が相違するにもかかわらず、これほどに記述上の類似性を持つのか。この不審点は一つの仮説を呼ぶ。すなわち、その原型がもとは一つで、それが諸伝承に広まったかと考えられるのである。以下、この二点について考える。

まず、枯野伝承と諸伝承の文体を考えるには、純漢文体になっている以上、やはり漢籍からの影響の可能性を考えるべきであろう。そこで、これまであまり注目はされなかった『捜神記』巻十八にある一群の大樹説話を示してみようと思う。何故なら、『捜神記』に現れる大樹に関する描写の用語、構造は先に挙げた伝承に多くの類似点を持っているからである。

(イ)秦時、武都故道、有怒特祠、祠上生梓樹。秦文公二十七年、使人伐之。

(ロ)廬江龍舒県、陸亭流水辺、有一大樹、高数十丈、常有黄鳥数千枚巣其上、時久旱、長老共相謂曰、彼樹常有黄気、或有神霊、可以祈雨。

(ハ)魏、桂陽太守江夏張遼、字叔高、去鄢陵、家居。買田、田中有大樹、十余囲、枝葉扶疏、蓋地数畝、不生穀。遣客伐之。

(ニ)呉時。有梓樹、巨囲、葉広丈余、垂柯数畝。呉王伐樹作船、使童男女三十人牽挽之、船自飛下水、男女皆溺死。至今潭中時有唱喚督進之音也。

このように、『捜神記』の、「有一大樹」、「高数十丈」、「祠上生梓樹」、「枝葉扶疏」、「伐樹作船」などの表現は、枯野伝承と『紀』、『風土記』の「有一高樹」、「長九百七十丈」、「楠生於井上」、「茎葉繁茂」、「切是樹以作船」などの表現に類似点を持っている。とりわけ『捜神記』(ニ)の記事は、用語だけでなく、枯野伝承の構造にまで通じている。もし、西宮一民氏が指摘されたように、『記』の文章記述と潤色に『捜神記』の用語が影響を与えることがあったとするならば(5)、右の記事を見るかぎり、話の構造までを『捜神記』にまねた可能性がある。

しかし、問題は『捜神記』は志怪小説であるから、かりに影響関係があったとしても、『古事記』の成書理念と抵触するものであり、その関連は単なる語句、構成上の借用に終わってしまうことである。また、大樹が太陽にあたりて云々の表現は、それが通常の木にあらず、明らかに神話的な要素を帯びていることを示すものである。この点は『捜神記』には見られないため、その出典を別の文献に求める必要があろう。

大樹の出典について、河村秀根『書紀集解』と谷川士清『日本書紀通証』の指摘が示唆的である。『集解』では、前記景行紀十八年の大樹説話について、

神異経曰、東方荒外有豫章焉、此樹主九州、其高千丈、囲百尺、本上三百丈、本如有条枝、敷張如帳。

と、『神異経』にその出典を求めている。一方、『書紀通証』では、『荘子』人世間第四にある、

匠石之斉、至于曲轅、見櫟社樹。其大蔽牛数千、絜之百囲、其高臨山十仞、而後有枝。其可以為舟者。

の文章に出て来る大樹をその出典と見ている。

秀根が『神異経』を、また士清が『荘子』に注目した理由は、言うまでもなく大樹に関する描写である。『神異経』の大樹は、神話の世界に現れる、いわゆる天地の間に聳立する世界樹というものであり、極めて非現実的・観念的なものである。また、『荘子』に現れる大樹も、その描写を見るかぎり決して尋常の木ではない(6)。この点は、景行紀の伝承だけでなく、先に挙げた『記』、『風土記』の伝承にも通じていることは明かである。もし、秀根と士清の指摘するとおりであれば、前記の一連の大樹伝承も、漢籍を受容して成り立っているということになるのである。これは可能であろうか。

漢籍の神話の世界において、世界の中心としての昆侖山があり、また世界樹が天、地上、地下を貫いて聳えている。世界樹についての記述は、前記『神異経』のみならず、手近に『芸文類聚』の「桑」を引けば、『山海経』の次の文章が見られる。

宣山上有桑、大五十尺、其枝四衢。葉大尺余、赤理青華。

ここに現れる扶桑の、その世界樹たる様相が、『海内十州記』、『述異記』などにも見られる。また、扶桑という名でなく、『淮南子』、『山海経図讃』にはそれぞれ、

○若木在建木西。末有十日、其華照下地。

○渺渺尋木、生於河辺。竦枝千里、上干雲天。垂陰四極、下蓋虞淵。（巻四・墜形訓）

というような世界樹が記されている。

さて、『記』・『紀』、『風土記』の大樹は、その描写を見るかぎり、右記漢籍の伝える世界樹と共通点を持っていることが分かる。とりわけ、枯野伝承を含む大樹の朝日・夕日にあたりて云々の表現は、おそらく神話に強く影響を受けた次の『文選』にある世界樹の表現に基づいているだろう。『文選』巻十八嵇康の「琴賦」では、

含天地之醇和兮、吸日月之休光……夕納景於虞淵兮、旦晞幹於九陽。

という文章をもって琴の材料となる桐を讃える文章がある。「虞淵」、「九陽」などの表現から桐を世界樹「扶桑」になぞらえて描くことは明かである。更に注目したいのは、ここに描かれる桐は確かに「旦」に幹を太陽に晒し、「夕」に影を虞淵に収めるとなっており、太陽の移り変わりによって変化する大樹の影が刻明に記されているのである。枯野伝承を含む諸伝承の一連の太陽と大樹の表現はこれに由来する可能性が高い。

崑崙山を中心に世界の構図を考える思想は、上代すでに日本に伝来し、『古事記』に影を落としていることは、福永光司氏によって指摘されているところである(7)。また、『日本国見在書目録』も先に挙げた諸漢籍の伝来の可能性を示しているのである(8)。

では、上代文献において、ほかに上述したような漢籍の世界樹の受容の用例が見られるだろうか。ここで、その一例として、『祝詞』などに度々現れる「やくはえ」を挙げて論証してみたい。まず原文を掲げよう。

○つぎねふ　山代女の　木鍬持ち　打ちし大根　さわさわに　汝がいへせこそ　打ち渡す　夜賀波延なす　来入り参来れ（仁徳記）

○つぎねふ　山背女の　木鍬もち　打ちし大根　さわさわに　汝が言へこそ　打ち渡す　椰餓波曳なす　来入り参来れ（仁徳紀三十年十一月）

○天皇が朝廷に茂し夜久波叡の如く仕へまつり……（祝詞・春日祭）

○天皇が朝廷に、いや高にいや廣に、茂し夜具波江の如く、立ち栄えしめ仕へまつらしめたまへ……（祝詞・平野祭）

○天皇が朝廷に、いや高にいや廣に、茂し夜具波江の如く、立ち栄えしめ仕へまつらしめたまへ……（祝詞・久度・古関）

○天皇が朝廷に、茂し世に、八桑枝の如く立ち栄え仕へまつるべき……（祝詞・中臣寿詞）

「やくはえ」についての説は従来より二つに分かれている。賀茂真淵『祝詞考』は、語源を探る立場から、その義を「彌木栄を、略き轉していふ言也」とし、「彌栄えに栄えしめ給ふ」の比喩であると解している。(9)これに対して、鈴木重胤『延喜式祝詞講義』は「中臣寿詞」にある「八桑枝」の字義通りの意味をその真義とし、枝葉の茂る桑の比喩として用いられたと論じている。(10)以来、諸説は真淵説に従い、あるいは重胤説を取り、中でも真淵説の方が多く支持される傾向を持つ。古典大系、古典集成、古典全集などすべてこれに従う。『時代別国語大辞典上代編』では、その語義を未詳とし、諸説を示すだけの形になっている。一方、本居宣長『古事記伝』（三十六之巻）では、真淵の論に対して、「但し夜賀、又夜具と云は、彌木には非で、別に一の言なるも知がたし」と、そのやや強引なところを疑問視している。また、金子武雄氏も「諸説は夫々一應の理はあるが、しかし未だ必ずしも釈然たり得ないやうに思はれる」と、同じく疑問を示している。(11)

このような状況は、「やくはえ」の語義に関する考察が従来の方法では限界のあることを示している。そこで、ここに漢籍受容の立場から見ることを一方法として述べてみたい。

まず、「やくはえ」の修飾語「茂し」について調べると、先に引用した例文のほかに十二例が見られる。「やくはえ」を除き、すべて「御世」にかかる点から、「茂し」は名詞の修飾語として多用されている傾向が判明する。これでは、真淵のように「彌栄に栄えしめ給ふ」の修飾語と解釈するのは不自然ということになろう。一方、「八桑」に類似する表現としては、上代語には「八雲」、「八重垣」などの用例が見られる。従って、「やくはえ」は名詞として見るべきである。この点はやはり重胤の説が穏当であろう。

さて、「やくはえ」は『記』・『紀』の歌謡にある各一例を除けば、殆ど祝詞に現れているのがその特徴である。ところが、この祝詞に近い性質を持ち、上代宮廷行事に用いられる呪文には、先に触れた古代中国の神話の世界がそのまま援用される例が見られる。『延喜式』巻八に収める「東文忌寸部献横刀時呪」の原文は次の通りである。

謹請、皇天上帝、三極大君、日月星辰、八方諸神、司命司籍、左東王父、右西王母、五方五帝、四時四気、捧以禄人、請除禍災。捧以金刀、請延帝祚。呪曰、東至扶桑、西至虞淵、南至炎光、北至弱水、千城百国、精治萬歳、萬歳萬歳。

謹請、皇天上帝、三極大君、日月星辰、八方諸神、司命司籍、左は東王父、右は西王母、五方の五帝、四時の四気、捧ぐるに禄人をもちてし、禍災を除かむことを請ふ。捧ぐるに金刀をもちてし、帝祚を延べむことを請ふ。呪に曰はく、東は扶桑に至り、西は虞淵に至り、南は炎光に至り、北は弱水に至る、千の城百の国、精治萬歳、萬歳萬歳。

文中の「扶桑」、「虞淵」、「炎光」、「弱水」は、それぞれ神話世界の中心である昆侖山を囲む地名である。右の呪文は、『養老令』、『続日本紀』の記載を見るかぎり上代では広く用いられたことが推測されるのである(12)。これは古代宮廷の行事に唱えられる祝詞に漢籍が関与し、影響したことを示しているのである。

そこで、「やくはえ」についても、やはりこうした漢籍受容の背景を考えるべきであろう。右の地名は天皇治世の及ぶ範囲に用いられるが、世界樹の代表としての「扶桑」もその場に用いられて不思議ではないだろう。つまり、「中臣寿詞」にある「八桑枝」の表記がもとより「扶桑」を意識した表現であり、多くの桑が枝を広げている様がその原義であるとしなければならない。その同類の漢語として『山海経』巻第八には「三桑」と「三桑無枝」の表現が見られ、「八桑枝」はこれに近いものと考えられる。また、『山海経』巻第十にある「桂林八樹、在番隅東」の記事も注目される。これに対する晋・郭璞の注は「八樹成林、言其大也」となっており、「八桑」が表現するところの意にも通じる。また、『文選』巻十一孫興公「遊天台山賦」にも「八桂森挺」の表現が見られる。「八桂」は『山海経』の中で世界樹として描かれているので、「八桑」の表現はあるいはこれにも基づくだろう。

更に、傍証としていま一つ注目したいのは、栄える桑の木をもって治世を讃える表現が漢籍にも見られることである。『芸文類聚』が引用する晋・傅咸の「桑樹賦」に、

且積小以高大、生合抱於毫芒、猶帝道之将昇、亦累徳以彌光……惟皇晋之基命、爰於斯而発祥。

という文が収められている。「やくはえ」の一語はまさにこのような観念に基づいて作られた言葉であろう。こうした状況が、「やくはえ」を「八桑枝」と記すことの正当性を裏付けると同時に、これは漢籍の受容から生まれた和製漢語である可能性をも示していると思われる。その語義は鈴木重胤の言う比喩であるが、背後に前述の漢籍の知識があったにちがいない。残る問題として『記』『紀』の歌謡にある「やかはえ」があるが、これはその歌謡が共通の内容を持っている点及びほかに用例を見いだせないことから、次田潤氏の「やくはえ」の音の転訛という説に従うべきであろう(13)。

「やくはえ」のみならず、ほかにも、上代文献には世界樹と想定されるものが存在する。例えば、雄略記に天皇

治世の比喩に用いられた次のような歌謡が見られる。

纏向の　日代の宮は　朝日の　日照る宮　夕日の　日がける宮　竹の根の　根垂る宮　木の根の　根蔓ふ宮　八百土よし　い築きの宮　眞木さく　檜の御門　新嘗屋に　生ひ立てる　百足る　槻が枝は　上枝は　天を覆へり　中つ枝は　東を覆へり　下枝は　鄙を覆へり　上枝の　枝の末葉は　中つ枝に　落ち触らばへ　中つ枝の　枝の末葉は　下つ枝に　落ち觸らばへ　下枝の　枝の末葉は　あり衣の　三重の子が……

ここで注意を引くのは、歌謡に謳われている槻の木が、前に引用した『山海経』などに記されている世界樹のイメージと類似していることである。歌謡に描かれる槻の木は、その枝が天を覆い、広く四方に及ぶとなっており、前記の「其枝四衢」、または「竦枝千里、上干雲天、垂陰四極、下蓋虞淵」と描かれる世界樹と同じイメージを持っている。これもまた先に論じた「八桑枝」のイメージに一脈通じる。とりわけ、歌謡の「上枝」、「下枝」の用語は、『山海経』巻九にある「九日居下枝、一日居上枝」と記される扶桑の「上枝」、「下枝」と一致することがその関連を示し、興味深く思われる。

以上の考察により、上代では漢籍によって世界樹の観念が伝えられてきた可能性が高いと言える。では、それはどのようにして大樹の伝承とかかわったのだろうか。

大樹伝承は、すでに柳田国男の研究に見られるように、日本にも数多く存したものである。(14)ただ、『記』・『紀』・『風土記』における伝承を見るかぎり、それを記述する過程においては、おそらく上代人が持つ漢籍の知識が関与していたのではないかと思う。そして、それが様々な形で応用されたのだろう。例えば、漢籍の大樹には本来支配範囲などを示すような意味はなかったが、天地にそびえ立ち、覆いかぶさるというイメージから、そのような発想と結びつけられたと考えられる。また、「八桑枝」のように天皇の治世繁栄の比喩などにも用いられ、更に『風土記』に見られる地名の起源などにも影を落としたのである。大樹の成立について、青木周平氏は、『風土記』の地名起源に結びつく伝承の方が大樹説話の原型であり、『記』の伝承はそれを積極的に取り入れたに過ぎないとの論を示しているが[15]、青木氏の言う『風土記』から『記』・『紀』へではなく、右のような状況こそその主な原因であろう。そして、これによって諸文献の記事の類型的表現についての疑問も氷解しよう。

では、枯野伝承の大樹の出現をどう理解すればよいのか。この点はその記述の最初にある「此之御世」との関連において捉えるべきである。仁徳記は、『古事記』の中でも特に漢籍の影響を深く受けている部分であり[16]、ここに大樹が現れるということは、諸家が指摘するように、やはり一種の祥瑞を意味するものであろう。『延喜式』「治部省・祥瑞」条に「廟生祥木」、「嘉木」と記しているように、上代では大樹の出現をそのような観念で見ていたことが認められる。つまり、伝承は「此之御世」で切り出し、大樹の出現を描く背後に、仁徳治世への謳歌を企てたものがあろう。ただ、先に論じたように、その表現においては『捜神記』の文体と神話の世界に伝わる大樹の描写に依拠するものであり、漢籍の受容とそれへの依存は否定しがたい事実である。

(三)「寒泉」考

枯野伝承を構成するもう一つの要素は、大御水として天皇に献られる「寒泉」である。「寒泉」は天皇に供献される飲料水である点に諸家の見解が一致している。しかし、そもそも「寒泉」とは何か、また、わざわざ船を駆って遠く淡路島まで行って汲まなければならない理由もはっきりしないため、その本来の性質について疑問が感じられる。ここに「寒泉」の本来の意味、ひいては淡路島から運送される意義について仮説を含めて考察してみる。

宣長『古事記伝』では、「寒泉」の語義について、「寒と書ることは、水の冷やかなるを、古は寒しと云しなり」（三十七之巻）とし、更に『倭姫命世記』にある「寒御水」を引いて説明する。以後、諸家の見解はおおかたこれに従い、積極的な反論は見られない。

「寒泉」という言葉の用例は、枯野伝承の外、『紀』にたった一例しかない。景行十八年四月条に出てくる次の記事である。

壬申、自海路泊葦北小嶋而進食。時召山部阿弭古之祖小左、令進冷水。適是時、嶋中無水。不知所爲。則仰之祈于天神地祇。忽寒泉従崖傍涌出。乃酌以獻焉。

壬申に、海路より葦北の小嶋に泊りて、進食す。時に、山部阿弭古が祖小左を召して、冷き水を進らしむ。是の時に適りて、嶋の中に水無し。所爲知らず。則ち仰ぎて天神地祇に祈みもうす。忽に寒泉崖の傍より涌き出づ。乃ち酌みて獻る。

河村秀根は『書紀集解』において、その出典を次の二つのところから求めている。すなわち、『詩経』邶風の「凱風」にある「爰有寒泉、在浚之下。有子七人、母氏労苦」という詩句と、『述異記』の「神泉出高密琅琊、群人或禱祈求之、則飛泉涌出、清冷而味甘」という記事である。また、谷川士清『日本書紀通証』は「寒泉」を「出易井卦」と指摘し、『易経』にある「井冽、寒泉食」をその出典と考えている。しかし、『詩経』の「寒泉」は、冷やかなる泉という意味であり、また、『易経』の「寒泉」についても、おおかた井戸水の性質を言うものとして見られている。これらの指摘は、「寒泉」の出典とされているにもかかわらず、枯野伝承の「寒泉」とは直ちに結びつかず、疑問は依然残る。

「寒泉」の出典について、筆者はむしろ『芸文類聚』巻七「山部上」にある郭璞の「巫咸山賦」に注目すべきかと考えている。

伊巫咸之名山、崛孤停而桀峙。體岑峭以隆頽。冠崇嶺以峻起。配華霍以助鎮。致霊潤乎百里。爾乃寒泉懸涌。浚湍流帯。林薄叢蘢。幽蔚隠藹。八風之所帰起。遊鳥之所喧会……。

ここに現れる「寒泉」は巫咸山に涌く泉のことを言っているが、その内容から、神仙郷のイメージが強く認められる。漢籍において、後述するように、神仙郷に湧く泉は、古くから祥瑞の一つとして見られていた「醴泉」である場合が多い。枯野伝承の「寒泉」には、あるいは「醴泉」の性質を持っているかもしれない。

ここで河村秀根が指摘した『述異記』の「神泉」について見よう。『述異記』では「神泉」を「清冷而味甘」と記述している。これは孫子『瑞応図』に出てくる「醴泉水之精也、味甘如醴」の表現に近いものとなっている。更に、「神泉」は『芸文類聚』巻七の晋・戴逵の「山賛」にも見られる。「蔚矣名山、亭亭洪秀、……嵯峨積岨、寥籠虚岫、軽霞仰拂、神泉旁漱」にある「神泉」は、右記の「寒泉」と「醴泉」に一脈通じていることが分かる。

いま一つ、枯野伝承の「寒泉」は、従来から、『古事記』安寧天皇段、『紀』反正天皇即位前紀に見られる淡道島の御井と結びつけて考えられている。安寧記には、「坐淡道之御井宮」の記事が見られる。また、反正即位前紀の次の記事もそれと同一のものであるとされている。

天皇初生于淡路宮。生而歯如一骨。容姿美麗。於是有井。曰瑞井。則汲之洗太子。時多遲花、有于井中。因爲太子名也。

天皇、初め淡路宮に生れませり。生れましながら歯、一骨の如し。容姿美麗し。是に、井有り。瑞井と曰ふ。則ち汲みて太子を洗しまつる。時に多遅の花、井の中に有り。因りて太子の名とす。

反正紀の「瑞井」という表記は注目すべきである。「瑞井」と記されていることは、言うまでもなく瑞祥として考えられていたからである。『文選』巻八司馬長卿「上林賦」の「醴泉」の李善注に「醴泉、瑞水也」とあり、「瑞井」と記すことはこれに祥瑞の意味が託されていたと考えられる。

こうした状況から、枯野伝承の「寒泉」は、「醴泉」である可能性が考えられるのである。さしあたりその発生と展開の様相についてみよう。

「醴泉」は、古代神話にその起源が求められ、『山海経』、『淮南子』における記録はおそらくその最も原始的な形であろう。『山海経』巻十一海内西経に、「昆侖之虚方八百里、高萬仞。上有木禾、長五尋大五囲。面有九井、以玉為檻。」という記事が見られ、これに対する郭璞の注は「上有醴泉華池」となっている。この昆侖の水が「醴泉」であることを、『史記』「大宛列伝」にある次の言葉も裏付けているのである。「太史公曰、禹本紀言、河出昆侖、其上有醴泉瑶池」。また、『淮南子』巻四墜形訓にも後述するように「醴泉」の生成に関する記事が見られる。

各種漢籍における「醴泉」に関する記事を掲げてみる。

○王者徳至淵泉、則醴泉出。（『孝経援神契』）

○醴泉水之精也。味甘如醴。泉出流所及、草木皆茂。飲之、令人寿也。（孫子『瑞応図』）

○王者、得礼制、則澤谷之中白泉出。飲之、使寿長。（『礼稽命微図』）

○中元元年、是時醴泉出於京師、郡國飲醴泉者痼疾皆愈也。（『東観漢記』巻一）

○聖人能正其音、調其声、故其徳、上反太清、下及泰寧、中及萬霊、膏露降、白丹発、醴泉出、朱草生、衆祥具。（『鶡冠子』巻中・度萬第八）

「醴泉」を含む祥瑞の思想が漢代に発達し、しばしば政治の運営にまでその影響を及ぼしていたことは周知の事実である。後漢に完成した『白虎通義』巻五封禅篇には、「徳至淵泉、黄龍見、醴泉通」とあることは有名である。また、「醴泉」は神仙思想とも深く結びついていた。葛洪『抱朴子』巻第六微旨篇では、長生の道を修める場所としての太元山を描くにあたり、「金玉嵯峨、醴泉出隅」と記している。

さて、「醴泉」の思想は上代日本にも伝来し、『延喜式』治部省・祥瑞条にそれが収められていることは周知の通りである。しかし、その伝来はもっと早い時期であったと考えられている[(17)]。筆者なりに二、三の例を示そう。

祝詞「中臣寿詞」には、天皇の飲料水について次のような記事がある。

皇御孫尊乃御膳都水波、宇都志國乃水爾天都水遠加氏奉牟止、……天乃玉櫛遠事依奉氏、此玉櫛遠刺立氏、自夕日至朝日照萬氏、天都詔刀乃詔刀言遠以氏告禮。如此告波、麻知波弱韮仁由都五百篁生出牟。自其下天乃八井出牟。此遠持天、天都水止所聞食止事依奉支。

「皇御孫の尊の御膳つ水は、顕し國の水に、天つ水を加へて奉らむと申せ」と事教りたまひしによりて、……天の玉櫛を事依さしまつりて、「この玉櫛を刺し立てて、夕日より朝日の照るに至るまで、天つ詔との太詔と言をもちて告れ。かく告らば、まちは弱韮にゆつ五百篁生ひ出でむ。その下より天の八井出でむ。こを持ちて天つ水と聞しめせ」と事依さしまつりき。

「中臣寿詞」の文中に見える「天の八井」は、数字こそ違うものの、昆侖の「九井」を連想させることである。その生成の状況についても類似する描写となっている。例えば、「中臣寿詞」では、それを「まちは弱韮にゆつ五百篁生ひ出でむ。その下より八井出でむ。こを持ちて天つ水と聞しめせ」と記している。一方、昆侖の「醴泉」生成の状況について『淮南子』巻四墬形訓が、

陽闕生喬如、喬如生幹木、幹木生庶木、凡根抜木者生於庶木、根抜生程若、程若生玄玉、玄玉生醴泉。

と記している。「中臣寿詞」の「弱韮」、「五百篁」はそれぞれ「麻知」なる神聖なところに生える神聖な植物として指摘されているが(18)、『淮南子』の「醴泉」の出現にも、その前後に現れる植物などを見るかぎり、すべて祥瑞に関わるものであり、神聖視されているものである。

「中臣寿詞」の「天つ水」について、畠山篤氏と和田萃氏の論考が参考になる。畠山氏は「寒泉」を反正紀に出て来る「瑞井」と見なしつつ、これが反正天皇の出生に関わる重要なものとして指摘し、「寒泉」と「瑞井」が「中臣寿詞」にいう五百篁の下に涌出する天つ水に相当すると指摘している(19)。私見では、この「天つ水」は、「顕し國」——現実の世界に対して言うものであるから、そこには「常世」——不老不死の神仙郷が設定されていたのであると考

えられる。従って、そこに現れる「天つ水」が、「醴泉」として観念されていた可能性がある。これは前記『淮南子』の「醴泉」生成との類似からも推定することが可能である。

一方、和田氏は中世以前宮廷で行われた若水進呈の儀式に注目し、その若水が「醴泉」とも観念されていた「変若水」であることを論証しつつ、「中臣寿詞」の「天つ水」も「変若水」であると指摘している。ただ、筆者は和田氏の論点に関しては、多少異なる見解を持つものである。和田氏はその論文において、「醴泉」と「変若水」の関係を論じ、『萬葉集』などに見られる「をちみづ」を挙げながら次のように論じている。

中国の古典にみえる醴泉は美泉であり、それを飲めば病気が癒え長寿を保つとの効能が記されている。しかし若返りの効能があると記すものはない。そもそも中国には変若水の観念は存在しないようであり、古代の日本や南島に伝わるものだったらしい。その意味では、多度山の美泉を古代中国の神仙思想に基づいて醴泉としながらも、一方ではそれを古代日本にあった変若水と結びつけていることが注目される。……管見の範囲では、漢籍に「変若」の用例はない。そもそも古代中国には、若返りの水である変若水の信仰は存在しなかったらしい。[20]

しかし、「変若」という言葉の用例は確かに漢籍には見つからないが、その同義語にあたる漢語が存在することを和田氏は見落としている。『抱朴子』巻六「微旨」に「醴泉」の出現を描くにあたり、「金玉嵯峨、醴泉出隅、還年之士、挹其清流」とあるのである。「還年」は他でもなく「若返り」を意味する言葉で、一句の大意は「若返りをしようとする者は、その清らかな水をすくって飲むのだ」である。「変若」の一語が「還年」から派生した言葉かどうかは即断できないが、これによって少なくとも中国古代に「醴泉」で若返りする思想があったことを知るのである。この点、藤田富士夫氏の考察も参考される。氏は『萬葉集』に変若水、つまり若返りの水を「越水」と表記していることから（巻十三・三二四五）、「越」には若返りの神仙思想が込められていると推論している。[21]

さて、「醴泉」と思われるものは『萬葉集』にも求められる。例えば、巻一に見られる「藤原宮御井歌」（五二）は次の内容となっている。

やすみしし　わご大君　高照らす　日の皇子　あらたへの　藤井が原に　大御門　始めたまひて　埴安の　堤の上に　あり立たし　見したまへば　大和の　青香具山は　日の經の　大き御門に　春山と　しみさび立てり　畝傍の　この瑞山は　目の緯の　大き御門に　瑞山と　山さびいます　耳梨の　青菅山は　背面の　大き御門に　よろしなへ　神さび立てり　名ぐはしき　吉野の山は　影面の　大き御門ゆ　雲居こそ　遠くありける　高知るや　天の御陰　天知るや　日の御陰の　水こそば　常にあらめ　御井の清水

「御井の清水」について従来からの論は、祥瑞との関連においてあまり論じられることはなかった。小学館日本古典文学全集では、一首の性質を「藤原宮を風水思想にかなう理想的な宮都と讃えた宮讃めの歌」としているが[22]、これについて参考されるのが、福永光司氏の指摘である。その論考によれば、古代中国の都城は所謂天人相関の理念から、天上の世界を地上に実現させる形で造営されることが認められる。そして、そうした理念が日本における藤原京、難波宮の造営にも投影したということである[23]。天上とは神仙界のことを言い、そうしたところに湧く水は「醴泉」に外ならない。ここに宮讃めの文章としてよく知られる『文選』十一巻「宮殿」に収められる賦の内容について見よう。王文考「魯霊光殿」、何平叔「景福殿賦」の文章に次の表現が見える。

○玄醴騰涌於陰溝、甘露被宇而下臻。（魯霊光殿賦）
○醴泉涌於池圃、霊芝生於丘園。（景福殿賦）

このように、宮殿を讃えるにあたり「醴泉」の出現を言うことが不可欠であったことが察せられる。右の二つの賦以外の文章にも、天子が関わる場所に関する描写には「醴泉」がしばしば現れる。「藤原宮御井歌」の「御井」を改めて考えれば、一首の全体の内容から見て、「御井」には、祥瑞の思想にちなんで、「醴泉」の意味も読み込まれていたのではないかと思う。

枯野伝承の「寒泉」を考えるにあたり、やはりこうした背景を想定すべきであろう。また、反正紀における記述が「瑞井」となっていることと合わせて考えれば、「醴泉」と観念されていた可能性があるだろう。「醴泉」の出現が天子の徳が天下に広く及ぶことを示すという漢籍の思想から、「此之御世」で始まる枯野伝承にも、天皇の治世への謳歌の意味があったという可能性があろう。

さて、淡路島の「寒泉」が「醴泉」と観念されていた可能性について、更に次の二つの仮説が想定できる。一つの仮説は、淡路島という地との関連によるものである。『紀』、『続日本紀』における淡路島の記事は、それぞれ『紀』十九件、『続日本紀』三十件となる。『続日本紀』の大半は災害に関するものであるが、注意を引くのは、『紀』に見られる狩猟の地としての記事である。

○秋九月辛巳朔丙戌、天皇狩于淡路嶋。是嶋者横海、在難波之西。峯巌紛錯、陵谷相續。芳草薈蔚、長瀾潺湲。亦麋鹿・鳧・鴈、多在其嶋。故乗輿屢遊之。

秋九月の辛巳の朔丙戌に、天皇淡路嶋に狩したまふ。是の嶋は海に横りて、難波の西に在り。峯巌紛ひ錯りて、陵谷相続けり。芳草薈く蔚くして、長瀾潺き湲る。亦麋鹿・鳧・鴈、多に其の嶋に在り。故、乗輿、屢遊びたまふ。（応神二十二年九月）

○秋九月乙酉朔壬寅、天皇狩于淡路嶋。

秋九月の乙酉の朔壬寅に、天皇淡路嶋に狩したまふ。（履中五年）

○十四年秋九月癸丑朔甲子、天皇獵于淡路嶋。時麋鹿・猨・猪、莫々紛々、盈于山谷。（允恭十四年）

十四年の秋九月の癸丑の朔甲子に、天皇、淡路嶋に獵したまふ。時に麋鹿・猨・猪、莫々紛々に、山谷に盈てり。

○五月、物部大連軍衆、三度驚駭。大連元欲去餘皇子等、而立穴穂部皇子爲天皇。及至於今、望因遊獵、而謀替立、密使人於穴穂部皇子曰、願與皇子、將馳獵於淡路。謀泄。（崇峻天皇即位前紀）

五月に、物部大連が軍衆、三度驚駭む。大連、元より餘皇子等を去てて、穴穂部皇子を立てて天皇とせむとす。今に至るに及びて、遊獵するに因りて、替へ立つることを謀らむと望ひて、密に人を穴穂部皇子のもとに使にして曰さく、「願はくは皇子と、將に淡路に馳獵せむ」とまうす。謀泄りぬ。

かつて天子の巡狩には二重の意味が含まれていた。すなわち、諸侯国を巡行して政治の得失、国民の休戚を視察するための行為であった一方、為政者自らの徳行が体現されるものでもあったのである。例えば、『文選』巻八楊子雲「羽猟賦」では、天子の巡狩を詠う次の文章がその象徴性を伝える。

上猶謙譲而未俞也。方将上猟三霊之流、下決醴泉之滋。

これについて唐・張銑の注釈では、「三霊、天地人之霊也。方将修徳為猟、以取天地人之福祥。決醴泉之圃。」と解する。すなわち、狩猟は単なる狩猟にとどまらず、「修徳」のためのものでもあり、それをもって天地を感応させるためにあるのである。感応の結果として、「醴泉」がそこに涌くのである。淡路島における狩猟にも、これと同じような意味もしくは目的があったかもしれない。例えば、右の応神二十二年の淡路島に関する記事は、前記『文選』巻八の「羽猟賦」などの表現と同様、天子の遊猟地を神仙郷のように描いている。これは、淡路島を単なる狩猟の地としてではなく、天皇大王が中国の天子と同じように「修徳」をするための地として見立てていたことを意味するものであろう。そうであるとすれば、淡路島に「醴泉」が出現することは、むしろ当然なこととして理解されるべきであろう。

もう一つの仮説は、「寒泉」の水を淡路島から運送することに関わる。

枯野伝承の「寒泉」は、淡路島から「献」上される形で記されている。ここで想起されるのは、少し時代が下るが、古代において行われた「醴泉」供献の儀礼である。この儀礼は、言うまでもなく服属を意味するものであるが、その具体的な様相について見よう。

『紀』持統天皇段に、

○己亥、遣沙門法員・善往・眞義等、試飲服近江國益須郡醴泉。

己亥に、沙門法員・善往・眞義等を遣して、試に近江國の益須郡の醴泉を飲服ましめたまふ。（持統七年十一月）

○己亥、詔曰、粤以七年歳次癸巳、醴泉涌於近江國益須郡都賀山。諸疾病人、停宿益須寺、而療差者衆。故入水田四町・布六十端。原除益須郡今年調役雜徭。國司頭至目、進位一階。賜其初驗醴泉者、葛野羽衝・百濟土羅々女、人絁二匹・布十端・鍬十口。

己亥に、詔して曰はく、「粤に七年の歳次癸巳を以て、醴泉、近江國の益須郡の都賀山に涌く。諸の疾病人、益須寺に停宿りて、療め差ゆる者衆し。故に水田四町・布六十端入れよ。益須郡の今年の調役・雜徭原し除めよ。國司の頭より目に至るまでに、位一階進めしむ。其の初めて醴泉を驗する者葛野羽衝・百濟土羅〻女に、人ごとに絁二匹・布十端・鍬十口賜ふ」とのたまふ。（持統八年三月）

と見え、続いて『続日本紀』の記事は、

○丙辰、幸当耆郡、覧多度山美泉。賜従駕五位已上物、各有差。○戊午、賜従駕主典已上、及美濃國司等物、有差。郡領已下、雜色卌一人、進位一階。又免不破・当耆二郡の今年田租、及方県・務義二郡百姓供行宮者租。○癸亥、還至近江國。賜従駕五位已上、及近江國司等物、各有差。郡領已下、雜色卌余人、進位一階。又免志我・依智二郡今年田租、及供行宮百姓之租。（養老元年九月）

丙辰、当耆郡に幸し、多度山の美泉を覧たまふ。駕に従へる五位已上に物賜ふこと各差有り。○戊午、駕に従へる主典已上と美濃の國司等とに物賜ふこと差有り。郡領已下、雜色卌一人、位一階進む。また、不破・

当耆の二郡の今年の田租と、方県・務義の二郡の百姓の行宮に供せる者の租とを免す。○癸亥、還りて近江國に至りたまふ。駕に従へる五位已上と、近江の國司等とに物賜ふこと各差有り。郡領已下、雑色卌余人に、位一階を進む。また、志我・依智の二郡の今年の田租と、行宮に供せる百姓の租とを免す。

○癸丑、天皇臨軒、詔曰、朕以今年九月、到美濃國不破行宮。留連数日。因覧当耆郡多度山美泉、自盥手面、皮膚如滑。亦洗痛処、無不除癒。在朕之躬、甚有其験。又就而飲浴之者、或白髪反黒、或頽髪更生、或闇目如明。自餘痼疾、咸皆平癒。昔聞、後漢光武時、醴泉出。飲之者、痼疾皆癒。符瑞書曰、醴泉者美泉。可以養老。蓋水之精也。寔惟、美泉即合大瑞。朕雖庸虚、何違天貺。可大赦天下、改霊亀三年、為養老元年。

（養老元年十一月）

癸丑、天皇、軒に臨みて、詔して曰く、「朕今年九月を以て、美濃國不破行宮に到る。留連すること数日なり。因て当耆郡多度山の美泉を覧て、自ら手面を盥ひしに、皮膚滑らかなるが如し。亦、痛き処を洗ひしに、除き癒えずといふこと無し。朕が躬に在りては、甚だその験有りき。また、就きて飲み浴る者、或は白髪黒に反へり、或は頽髪更に生ひ、或は闇き目明らかなるが如し。自餘の痼疾、咸く皆平癒せり。昔聞かく、「後漢の光武の時に、醴泉出でたり。これを飲みし者は、痼疾皆癒えたり」ときく。符瑞書に曰はく、「醴泉は美泉なり。以て老を養ふべし。蓋し水の精なり」といふ。寔に惟みるに、美泉は即ち大瑞に合へり。朕、庸虚なりと雖も、何ぞ天の貺み違はむ。天下に大赦して、霊亀三年を改めて、養老元年とすべし」とのたまふ。

○丁亥、令美濃國、立春暁挹醴泉、而貢於京都。為醴酒也。

（養老元年十二月）

丁亥、美濃國をして、立春の暁に醴泉を挹みて京都に貢らしむ。醴酒とするなり。

○二月壬申、行幸美濃國醴泉。

（養老二年二月）

二月壬申、美濃國の醴泉に行幸したまふ。

となっている。更に、『文徳実録』にも、このような記事が見られる。

○丙午、石見國言、「醴泉出、三日乃涸」。（斉衡元年七月）

丙午に、石見の國言はく。「醴泉出づるも、三日にして乃ち涸れり」と。

○辛亥晦詔曰、「上稽帝載、下酌皇流。無不鍾霊貺以開元、割神符以改号者。近来、石見國上醴泉、味写濁醪、状凝芳醴。（斉衡元年十一月）

辛亥晦に、詔に曰はく、上に帝載を稽め、下に皇流を酌む。霊貺を鍾めて以て開元し、神符を割きて以て改号せざる者なし。近来、石見の國醴泉を上る。味は濁醪を写し、状は芳醴の凝るがごとし。

右の諸記事は、いずれも「醴泉」の出現をきっかけに、天下への恩賜あるいは改元が行われたというものである。

これらの記事の中で、野村忠夫氏は、とりわけ養老元年十二月の「醴泉」貢献の記事に注目した。野村氏は養老元年九月当耆郡の醴泉行幸に関わった者に対して行われた褒賞において、行宮に供した人々にのみ田租免除が行われたことを指摘していると同時に、その歴史的背景として、大化前代から牟義都国造が領内の聖水を大王に供献する服属儀礼があったと論じ、その供献儀礼が一つの伝統をなしたとの説を示している(24)。野村氏の指摘をもとに考えれば、枯野伝承で「寒泉」を「献」ったと記されることもまた、服属儀礼として理解すべきであろう。これに類似する例には、『紀』応神天皇条に、「十九年の冬十月の戊戌の朔に、吉野宮に幸す。時に國樔人来朝り。因りて醴酒を以て、天皇に獻る」の記事が見られる。「醴酒」と「醴泉」の関係は養老元年十二月の記事にもあるように、宮廷にとってほぼ同等な意義を持つものである。応神紀のこの記事もやはり服属儀礼の一例として見なすべきであろう。

枯野伝承の「寒泉」供献について、岡田精司氏の説もまた参考になる。岡田氏は「この島が大和朝廷の本拠に近い地理的な位置から、王権に強く隷属する特殊性を帯びたものであろう」と歴史学の角度から淡路島の重要性を強調している。同時に、『萬葉集』や『延喜式』に見られる淡路島の「御饌ツ国」としてのあり方にも注目しつつ、「寒泉」供献がこうした古い伝統を背景にしたものと論断している。(25)

右の論考は「寒泉」の性質について踏み込んだ指摘をしていないが、その論考をふまえるならば、枯野伝承の「寒泉」供献を服属儀礼もしくはそれに近い儀礼として理解できる。「寒泉」は「醴泉」であった可能性が認められることだろう。

(四)「琴」考

次は伝承のもう一つの要素、琴について考えたい。

琴の出典にいち早く注目したのは、谷川士清である。『日本書紀通証』において、士清はこの伝承を、『後漢書』に伝わる蔡邕の焦尾琴伝承を引用したものではないかと指摘している。『後漢書』六十下「蔡邕列伝」では、蔡邕が冤罪で北方に徙刑され、大赦を得るとすぐ呉へ亡命した間の出来事として、

呉人有焼桐以爨者。邕聞火烈之声、知其良木。因請而裁為琴。果有美音。而其尾猶焦、故時人名曰焦尾琴焉。

と記されている。同じ伝承は、前章において大樹説話との関連を論じた『捜神記』巻十三にも見られる。

漢霊帝時、陳留蔡邕、以数上書陳奏、忤上旨意、又内寵悪之。慮不免。乃亡命江海、遠跡呉会。至呉、呉人有焼桐以爨者、邕聞火烈声、曰此良材也。因請之、削以為琴、果有美音。而其尾焦、因名焦尾琴。

従来から、諸家の論は、主にこの出典を中心に、枯野伝承におけるその意味を考えていたのである。しかし、仮に話の素材として焦尾琴の伝承が借用されても、枯野伝承において、借用の眼目は別にあるように考えるべきだろう。というのは、漢籍におけるそれは、蔡邕という人物の楽器製作者としての非凡さを主題とするのに対して、枯野伝

承では琴そのものの持つ霊性を謳っているからである。大樹から生まれたということ、「其音響七里」と賛美されていることは、ほかでもなく琴がその中心であることを示す。

寺川真知夫氏は『古事記』神代記大国主命の天詔（沼）琴の記事を援引しながら、琴の伝承を「展開の上で焦尾琴のモチーフを借りながら、その内容においては日本の古代信仰を基盤として、琴の呪的性能を重点に説く」と解し、その意味を「一種の祥瑞とも見なし得る出来事の出現したことを語る」ものであるとしている。[26] 一方畠山篤氏は、「琴の妙なる音が遠くまで響いたという伝えは、その琴を弾く天皇の治世を賛美しているということである」と指摘している。[27] 両者の意見はともに琴の意味を考える上で参考になるが、この結論に至った論拠は必ずしも明確ではない。そこで琴について改めて漢籍の立場から分析してみたい。

上代文学に現れる琴と漢籍の関連と言えば、雄略記に出てくる次の歌が想起される、

　呉床の神の御手もち弾く琴に舞いする女常世にもがも

この歌は『文選』巻十六にある宋玉の「高唐賦」をふまえ、神仙思想を取り入れた作品と指摘されてきた。[28] ところで、この歌は新嘗祭を含む一連の行事の中で行われていた「五節の舞」の起源に深く関わるものと見られている。[29] そして、更に注目すべきは、この「五節の舞」は神仙思想を中心とする様々な要素を持ちながらも、古代の宮廷儀礼として極めて重要な地位を占めていたことが指摘されている。[30] その性質を示す資料として、次の『続日本紀』天平十五年五月癸卯条の記事が参考になる。

　癸卯、宴群臣於内裏。皇太子、親儛五節。右大臣橘宿禰諸兄奉詔、奏太上天皇曰、天皇大命尓坐西奏賜久、掛母畏伎飛鳥浄御原宮尓大八洲所知志聖乃天皇命、天下乎治賜比平賜比氏所思坐久、上下乎斉倍和気弖无動久静加尓令有尓波、礼等楽等二都並弖志平久長久可有等随神母所思坐弖、此乃舞乎始賜比造賜比伎等聞食弖、与天地共尓絶事無久、弥継尓受賜波利行牟物等之弖、皇太子、斯王尓学志頂令荷弖、我皇天皇大前尓貢事乎奏。

癸卯、群臣を内裏に宴す。皇太子、親ら五節の儛ひたまふ。右大臣橘宿禰諸兄、詔を奉けたまはりて太上天皇に奏して曰はく、「天皇が大命に坐せ奏し賜はく、掛けまくも畏き飛鳥浄御原宮に大八洲知らしめしし聖の天皇命、天下を治め賜ひ平げ賜ひて思ほし坐さく、上下を斉へ和げて動无く静かに有らしむるには、礼と楽と二つ並べてし平けく長く有べしと神ながらも思し坐して、此の舞を始め賜ひ造り賜ひきと聞き食へて、天地と共に絶ゆる事無く、いや継に受け賜はり行かむ物として皇太子斯の王に学はし頂き荷しめて、我皇天皇の大前に貢る事を奏す」といふ。

このように、「五節の舞」は、「上下を斉へ和げ、礼と楽と二つ並べて平けく長いく有べし」ことを祈るがために舞われると明言している。ここに見える「礼楽」は言うまでもなく儒教思想に基づくものであるが、それに用いられる琴にもそうした観念が託されているはずである。こうした事情から、右記雄略天皇の作歌に見える琴についても、儒教思想との関わりにおいてその意味を改めて認識すべきであろう。

漢籍において、「琴」の美音にちなんだ表現は古くから存在しており、これがしばしば治世の比喩に用いられる。『芸文類聚』琴の項について見ると、次のような記事が記されている。

○禮記曰、舜作五弦之琴、以歌南風之詩、而天下治。
○呂氏春秋曰、宓子賤治単父、弾琴身不下堂而治。
○桓譚新論曰、神農氏継而王天下、於是始削桐為琴、縄絲為弦、以通神明之徳、合天人之和焉。

右の舜、宓子賤、神農に関する記事は、その徳によって天下が治められた象徴として琴が用いられている。特に宓子賤に関する記事は、「鳴琴而治」の逸話として有名であり、「琴堂」なる一語もこれに出典する。ともかく儒教思想が濃厚に反映されている表現である。

注目すべきことに、これらに類似する表現は、『古事記』の他の伝承にも見られる。例えば、下巻清寧記にある意祁王、袁祁王の二王子が、舞を相譲り合うくだりに、次の歌謡が収められている。

物部の　我が夫子の　取り佩ける　大刀の手上に　丹画き著け　其の緒は　赤幡を載り　立てし赤幡　見れば

五十隠る　山の三尾の　竹をかき苅り　末押し縻すなす　八弦の琴を調ぶる如　天下治め賜ひし……

また、少し時代が下るが、『東遊歌』にも、

我が夫子が今朝の言出は　七弦の八弦の琴を調べたる如や　汝をかけ山の　かづの木や　をををを

という歌が見られる。このように、政治に関する表現をいずれも琴と関連づけている。明らかに、こうした表現の根底には右記諸漢籍の琴への意識がはたらいているのである。そして、その具体的な表現、すなわち琴を整えることをもって治世を比喩する点においては、おそらく次の劉向の撰とされる『説苑』と『漢書』に伝わる典故に基づいていると思う。『説苑』政理篇には、

夫治國譬若張琴、大絃急則小絃絶矣。故曰、急轡銜者、非千里之御也。有声之声、不過百里。無声之声、延及四海。

との論述が見られる。『漢書』「董仲舒伝第二十六」にも、武帝への上表文に次のような見落とせない表現が見られる。

孔子曰、腐朽之木不可彫也、糞土之牆不可圬也。今漢継秦之後、如朽木糞牆矣。雖欲善治之、亡可奈何。法出而姦生、令下而詐起、如以湯止沸、愈甚亡益也。窃譬之琴瑟不調、甚者必解而更張之、乃可鼓也。

このように『説苑』政理篇の内容と『漢書』の両者は、いずれも政治を琴の絃を調えることに喩えている。これは右記の歌謡の表現と一致しており、その影響関係が明確に現れているのである。

このように見ると、枯野伝承の琴の表現においても、漢籍の受容が明らかに認められる。伝承では、琴を「其音響七里」と賛し、更に歌謡をもってこれを詠う。「七」は多数を表す中国の聖数であることは、すでに西宮氏の指

摘があるが、[31] ここに用いられるということは、『説苑』がいうところの、「無声之声、延及四海」という、治世の理想的状態を象徴するものと見られよう。歌謡の「かき弾くや　由良の門の　門中の海石に　ふれ立つ　なづの木のさやさや」は、西宮氏の指摘するように、「琴の妙音の聴覚語『さやさや』に懸ける」ような手法を使って、琴の音の調和を表現している。[32] 琴の美音が海中にひびきわたるをもって、「琴瑟不調」の反面、すなわち「四海」によって象徴される天下国家の安泰をこれで詠っていると解せられよう。

(五) むすび

以上枯野伝承を構成する大樹、寒泉、琴について私見を述べてみた。考察を通して得た結論は、およそ次の三つにまとめられる。

(一) 枯野伝承の大樹説話は、『日本書紀』、『風土記』に見られる大樹説話とともに、記述上『捜神記』の文体、構造及び『山海経』などの内容に共通する点が多く認められ、少なくともその表現のありかたがこれらの漢籍と深く関わっていることが考えられる。

(二) 伝承に現れる「寒泉」は、中国古代の祥瑞思想に見られる「醴泉」として観念されていた可能性があり、その出現が仁徳治世を謳歌する意味を持つほか、「寒泉」を献上する記述でもって、淡路島の政治上の隷属関係を強調したものであると言える。

(三) 琴に関する伝承は、蔡邕の焦尾琴伝説のモチーフを借りながら、琴の美音にちなんだ漢籍の表現、主として治世に対する賛美の表現にも基づいており、そこに同じく仁徳治世への謳歌の意味が込められていると考えられるのである。

枯野伝承という一つの伝承を考証することによって、『古事記』における漢籍受容の一端を見た。『古事記』が撰述されていた時代は、漢籍文化の隆盛の時代であっただけに、そこに漢語表現と漢籍思想の影響が及んだ可能性が十分にあったと想像される。その意味で、『古事記』の成立を考える場合、ある既成の観念にとらわれず、さまざまな方法を駆使すべきではないかと思う。また、そうした姿勢をとることによって、はじめて『古事記』の読解には新たな道が開けてくるのであろう。本章はもとよりこのような問題意識に基づいたものである。

注

（1）本居宣長『古事記伝・古紀典等総論』（『本居宣長全集』第九巻・筑摩書房・一九八九年）。
（2）倉野憲司「大樹説話に就て」（『民族』・一九二七年三月）。
（3）枯野伝承に関する論考は、管見の範囲では次の通りである。
◎田中巽「枯野考」（『神戸商船大学紀要』一四―一八・一九七〇年三月）。
◎土橋寛「枯野を塩に焼き」（『古代歌謡全注釈・古事記編』・角川書店・一九七二年一月）。
◎青木周平「『記』『紀』にみえる巨木伝承―その展開と定着―」（『上代文学』四一・一九七八年十一月）。
◎畠山篤「枯野伝承考―呪禱から服属そして治世謳歌へ―」（『沖縄国際大学文学部紀要』八―二・一九八〇年三月）。
◎寺川真知夫「『仁徳記』の枯野伝承の形成」（土橋寛先生古稀記念論文集刊行会編『日本古代論集』・笠間叢書・一九八〇年）。
◎佐藤良雄「古語枯野について」（『武蔵野女子大学紀要』一六・一九八一年三月）。
◎長野一雄「仁徳聖帝記と中国思想」（和漢比較文学会編『記紀と漢文学』・和漢比較文学叢書十・汲古書院・一九九三年）。
◎佐々木隆「枯野船伝説」（『伝承と言語―上代の説話から』・ひつじ書房・一九九五年）。
（4）枯野伝承が祥瑞を表すものとして見る説は次の通りである。
◎青木和夫・石母田正・小林芳規・佐伯有清校注『古事記』下巻補注四一（日本思想大系・岩波書店・一九八二年）。

（5）◎神野志隆光「仁徳・雄略の歌謡物語」（『古事記の世界観』・吉川弘文館・一九八七年）。
◎川副武胤「日の神霊と祥瑞に関する物語」（『古事記の研究』改訂増補版・至文堂・一九九〇年）。
◎西宮一民校注『古事記』（新潮日本古典集成・一九九一年）。
◎畠山、寺川、長野前掲注（3）論文。
（6）西宮一民「古事記と漢文学」（『和漢比較文学叢書』二・汲古書院・一九八七年）。
（7）『荘子』に出てくる「櫟社樹」について、中鉢雅量氏は「神話・祭祀と老荘」（『中国の祭祀と文学』・創文社・一九八九年）において、「〈櫟社〉とは言うまでもなく祭祀の行なわれる社の一つであり、この木はそこに生えている神木である」とし、この神木は「神話的表象としての、天地の中央に聳立する世界樹である」との説を示している。
（8）福永光司「日本古代の神道と中国の宗教思想」（『道教と日本文化』・人文書院・一九八二年）。
（9）『日本国見在書目録』（宮内庁書陵部所蔵室生寺本・名著刊行会・一九九六年）には、『神異経』一、『淮南子』三一、『山海経』二一、『十州記』十、『山海経図賛』一巻、などが見られ、その伝来の可能性を示している。
（10）「祝詞考」（『賀茂真淵全集』第七巻・続群書類従完成会・一九八四年）。
（11）「祝詞講義」（『延喜式祝詞講義』・国書刊行会・一九七八年）。
（12）金子武雄『延喜式祝詞講』（名著普及会・一九八八年）。
（13）『養老令』神祇令に「東西文部、読上祓刀祓詞」が見え、また、『続日本紀』文武天皇大宝二年条に「壬戌、廃大祓。但東西文部解除如常」の記事が載せられている。
（14）次田潤『祝詞新講』（明治書院・一九二七年）。
（15）大樹に関する伝承については、柳田国男「神樹篇」（『柳田国男集』第十一巻・筑摩書房・一九六三年）が参照になる。また、柳田国男監修『日本伝説名彙』「木の部」（日本放送協会編・一九七二年）にも数多くの大樹伝承が収められている。
（16）青木前掲注（3）論文。
（17）『古事記』下巻における儒教思想の影響についての論は、西宮前掲注（4）書のほか、榎本福寿氏の一連の論考が参考になる。主として「『古事記』所伝のなりたちと漢籍・その（一）」（『仏教大学研究紀要』・第七二号・一九八八年三月）、同題目・その（二）（『仏教大学大学院研究紀要』・第十六号・一九八八年三月）などが挙げられる。
(17) 東野治之「豊旗雲と祥瑞—祥瑞関係漢籍の受容に関連して—」（『遣唐使と正倉院』・岩波書店・一九九二年）は、上代文献における『符瑞図』の受容を考察することによって、奈良時代以前にすでに祥瑞思想の影響があったことを論じている。また、概論としては、土橋寛氏「上代文学と神仙思想」（『日本古代の呪禱と説話・土橋寛論文集』下・塙書房・一九八九年）があり、『古事記』、『萬葉集』などに見られる祥瑞思想を細やかに指摘している。
(18) 次田前掲注（13）書。
(19) 畠山前掲注（3）論文。
(20) 和田萃「養老改元—醴泉と変若水—」（『日本古代の儀礼と祭祀・信仰』〈中〉・塙書房・一九九五年）。
(21) 藤田富士夫「日本海文化の国際性」（『日本の古代』二・中央公論社・一九九五年）。
(22) 小島憲之・木下正俊・東野治之校注『萬葉集』（日本古典文学全集・小学館・一九九四年）。
(23) 福永光司「天皇と道教」（『道教と日本思想』・徳間書店・一九八六年）及び砺波護氏の「中国都城の思想」（岸俊男編『日本の古代〈九〉・都城の生態』・中央公論社・一九九六年）には、古代中国と日本における都城思想と道教の関係を詳細に論じている。
(24) 野村忠夫「古代国家展開期の岐阜市域」（『岐阜市史』第七章第二節・一九八〇年）。
(25) 岡田精司「記紀神話の歴史的背景」（『古代王権の祭祀と神話』・塙書房・一九七五年）。
(26) 寺川前掲注（3）論文。
(27) 畠山前掲注（3）論文。
(28) 土橋前掲注（17）論文。
(29) 『政事要略』（巻二十七・十一月三・辰日節会事）所引『本朝月令』所載「五節の舞」の起源譚は以下の内容となっている。

本朝月令曰、五節舞者、浄御原天皇之所制也。相伝曰、天皇御吉野宮、日暮弾琴有興。俄爾之間、前岫之下、雲気忽起。疑如高唐神女。髣髴応曲而舞。独入天矚、他人不見。挙袖五変、故謂之五節。

(30) 新間一美「五節の舞の起源譚と源氏物語—をとめごが袖ふる山—」（『大谷女子大国文』第二十八号・一九九八年三

月)。

(31) 西宮前掲注(4)書。

(32) 西宮前掲注(4)書。

【附記】 本章の中で引用する漢籍は、とくにことわらないかぎり、すべて台湾中華書局刊行の『四部備要』に拠るものである。

第六章 「天津水影」考

――『日本書紀』―漢字表記の訓詁をめぐって

(一) はじめに

上代日本に伝来された形・音・義の三要素をそなえた中国の漢字が日本語を表記するのにも使用され、用字機能は主として音・義に集中していたことは周知の事実である。『萬葉集』に多用される「音仮名」と、『古事記』、『日本書紀』など漢文体で書かれた数多くの上代文献における表意機能の漢字が我々にその様相を伝えている。更に、こうした表音と表意機能以外に、所謂「表訓漢字」―漢字の訓に基づく用法も存在するものである。この「訓」とは、従来の解義解釈をさす「訓詁」の意ではなく、漢字の日本読み、要するに和訓の意になり、小林芳規氏の言葉を借りれば、「漢字の字義を翻訳した日本語の音形がその漢字に結びついたものである」(1)。これらの「表訓漢字」は、例えば「馬飼《うまかひ》」、「牛飼《うしかひ》」、「心前《こころさき》」のような古語を記したと思われるものが上代文献にしばしば現れる(2)。しかし、「表訓漢字」の中でも、「正訓字」ならともかく、場合によって「表訓」とも「表意」ともつかない、所謂「戯書」またはそれに近いような、複雑な構成及び成立背景を持つ漢字表記も時折存在するものである。こうした用例は一般的に使用者の主観的な支えが強く、構成も多様に分かれ、訓詁する者をして困惑させてしまうことが多い。その原因は、使用者の「文字に対する高度の教養に裏付けられた余裕」に由来することが考えられ、「個人的趣味に片寄り、興味の質も多様であることから、普遍性を欠き、ほとんど一回的なものに留まる」という特徴が指摘されている。(3)その具体例に、「金《あき》」、「羲之《てし》」、「少熱《ぬる》」、「山上復有山《いで》」などが挙げられる。こうした漢字表記の訓詁は、出典とするテクストの性質を踏まえつつ、広く和漢の域に渉ってその訓義を明らかにするべきであり、そこに日本漢文学研究の原点なるものが存在すると言っても過言ではなかろう。その意味において、本章で取りあげる『日本書紀』仲哀紀に見える「天津水影」という漢字表記もその一例であるといえる。

『日本書紀』仲哀天皇八年九月条に次のような記事が見られる。

秋九月乙亥朔己卯、詔群臣以議討熊襲。時有神、託皇后而誨曰、天皇何憂熊襲之不服。是膂宍之空國也。豈足擧兵伐乎。愈茲國而有寶國、譬如處女之睩、有向津國。睩、此云麻用弭枳。眼炎之金・銀・彩色、多在其國。是謂栲衾新羅國焉。若能祭吾者、則曾不血刃、其國必自服矣。復熊襲爲服。其祭之、以天皇之御船、及穴門直踐立所獻之水田、名大田、是等物爲幣也。天皇聞神言、有疑之情。便登高岳、遥望之大海、曠遠而不見國。於是、天皇對神曰、朕周望之、有海無國。豈於大虚有國乎。誰神徒誘朕。復我皇祖諸天皇等、盡祭神祇。豈有遺神耶。時神亦託皇后曰、如天津水影、押伏而我所見國、何謂無國、以誹謗我言。其汝王之、如此言而、遂不信者、汝不得其國。

(傍線、筆者による、以下同じ)

秋九月の乙亥の朔己卯に、群臣に詔して、熊襲を討たむことを議らしめたまふ。時に、神有して、皇后に託りて誨へまつりて曰はく、「天皇、何ぞ熊襲の服はざることを憂へたまふ。是、膂宍の空國ぞ。豈、兵を擧げて伐つに足らむや。茲の國に愈りて寶有る國、譬へば處女の睩の如くにして、津に向へる國有り。睩、此をば麻用弭枳と云ふ。眼炎く金・銀・彩色、多に其の國に在り。是を栲衾新羅國と謂ふ。若し能く吾を祭りたまはば、曾て刃に血らずして、其の國必ず自づから服ひなむ。復、熊襲も爲服ひなむ。其の祭りたまはむには、天皇の御船、及び穴門直踐立の獻れる水田、名けて大田といふ、是等の物を以て幣ひたまへ」とのたまふ。天皇、神の言を聞しめして、疑の情有します。便ち高き岳に登りて、遥に大海を望るに、曠遠くして國も見えず。是に、天皇、神に對へまつりて曰はく、「朕、周望すに、海のみ有りて國無し。豈大虚に國有らめや。誰ぞの神ぞ徒に朕を誘くや。復、我が皇祖諸天皇等、盡に神祇を祭りたまふ。豈、遺れる神有さむや」とのたまふ。時に、神亦皇后に託りて曰はく、「如天津水影、押伏而我所見國、何ぞ國無しと謂ひて、我が言を誹謗りたまふ。其れ汝王、如此言ひて、遂に信けたまはずは、汝、其の國を得たまはじ……」

右の記事は『古事記』中巻にも見られ(4)、両者を照らし合わせて見れば、その概ねの意味は、神託を受けた仲哀天皇が、山に登って新羅の国を眺望しようとしたが、眼前に広がる海しかなかったため、ついに神への不満を口にする。これに怒った神が、「如天津水影、押伏而我所見國」といった上で、天皇への罰として「汝不得其國」と祟った、というものである。

さて、本章が考えようとするのは、右記記事の傍線部、「如天津水影、押伏而我所見國」という一文の訓詁である。ほぼ純粋な漢文体に混じって、「天津水影」という見慣れない用語と日本語動詞「押伏《おしふ》す」の使用という、やや和習の強いこの一文は、読解にある程度の困難をもたらしたためか、これまでの解釈にはなお疑問を感じられるところが残されている。以下、一文をめぐる解釈、とりわけ「天津水影」という漢字表記の訓義について私見を述べてみたい。

(二)「天つ水の影」か、それとも「天つ水影」か

諸注釈書では、一文が「天つ水影《みづかげ》如《な》す押《お》し伏《ふ》せて我《あれ》が見る国」と訓まれ、その意を「水にうつる影の如く鮮明に、

自分が上から見下ろしている国があるのに[5]」、または「水に映っている影のように、天上から押し伏せて私が見下ろしている国」とされている。[6] 文中の「天津水影」が「あまつみづかげ」と訓まれていることから、「天津水影」を「表訓漢字」として見ているようである。その訓義については、「アマツは、高天原の意。ここでは水影の美称[7]」、「天ツ水は〈水影〉の美称。〈水影〉は水に映る影。その鮮明さを〈天つ〉といったもの」と解しているのである。[8]

両説いずれも左記の『書紀集解』の解釈、

如影伏在水中、髣髴而我所見。

影の水中に伏して、髣髴して我の見るところが如し。

を踏襲していることが分かる。

ところが、以上の解釈では、「天津水影」の語義が「天つ水の影」か、それとも「天つ水影」なのか、今ひとつ明確ではなく、なお疑問が残っているのである。とりわけ諸注釈では、「天つ」を「高天原」とし、「天津水影」を「天ツ水は〈水影〉の美称。〈水影〉は水に映る影」とするが、『萬葉集』に、

○天下四方之人乃大船之思憑而天水仰而待尓

天の下四方の人の大舟の想ひ頼みて天つ水仰ぎて待つに　（巻二・一六七）

○弥騰里児乃知許布我其登久安麻都美豆安布藝弖麻都

みどり児の乳乞ふが如く天つ水仰ぎてぞ待つ　（巻十八・四一二二）

の歌があり、また、『延喜式』祝詞に見える「中臣寿詞」にも、天皇の飲料水となる「御膳水」の取り方について、

○皇御孫尊乃御膳都水波、宇都志國乃水爾天都水遠加氏奉牟止申世止事教給志仁依氏、……天乃玉櫛遠事依奉氏、此玉櫛遠刺立氏、自夕日至朝日照萬氏、天都詔刀乃太詔刀言遠以氏告禮。如此告波、麻知波弱韮仁由都五百篁生出牟。自其下天乃八井出牟。此遠持天、天都水止所聞食止事依奉支。

「皇御孫の尊の御膳つ水は、顕し國の水に天つ水を加へて奉らむと申せ」と事教りたまひしによりて、……天の玉櫛を事依さしまつりて、「この玉櫛を刺し立てて、夕日より朝日の照るに至るまで、天つ詔との太詔と言をもちて告れ。かく告らば、まちは弱韮にゆつ五百篁生ひ出でむ。その下より天の八井出でむ。こを持ちて天つ水と聞しめせ」と事依さしまつりき。

とある内容が見られるように、「天つ水」は古くから存在する言葉である。『萬葉集』の「天つ水」は枕詞にも使われ、「天の水」、「雨」と解され、「中臣寿詞」の「天つ水」は、「天の八井」から汲み取る水の意で、「顕し国＝現実の国の水」の反対として、「天津国」、つまり「天からの水」と解されている。(9)

さて、上代文献にしばしば見られる「天つ神」「天つ風」「天つ国」「天つ罪」などの用例と合わせて見れば、「天つ水」はそれらに類した、「天」と「水」の複合語であった可能性が高いのである。(10)となれば、「天津水影」については、「天つ水の影」と訓むよりは、同じく「天」と「水影」の複合語とした上で、訓詁の重心を「水影」に置いて差し支えないであろう。

（三）漢語としての「水影」

「みづかげ」という和訓を漢字で表記した例は上代文献に二種類求められる。それぞれ「水陰」と「水影」である。前者はともに『萬葉集』に収められている。

○天漢水陰草金風靡見者時来〻
　天の川水陰草の秋風になびかふ見れば時は来にけり　（巻十・二〇一三）

○山川水陰生山草不止妹所念鴨

山川の水陰に生ふる山菅の止まずも妹は思ほゆるかも　（巻十二・二八六二）

そして、上代文献における「水影」の用例は『萬葉集』巻十六「獻新田部親王歌一首」の左註に、

勝間田之池者我知蓮無然言君之鬚無如之　（三八三五）

右、或有人聞之曰、新田部親王出遊于堵裏、御見勝間田之池、感緒御心之中。還自彼池、不忍怜愛。於時語婦人曰、今日遊行、見勝田池、水影濤々、蓮花灼々。可怜断腸、不可得言。

勝間田の池は我知る蓮無し然言ふ君がひげなきごとし

右、或る人聞きて曰く、新田部親王、堵裏に出遊す。勝間田の池を御見し、御心の中に感緒づ。その池より還りて、怜愛に忍びず。ここに婦人に語りて曰く、「今日遊行でて、勝間田の池を見るに、水影濤々に、蓮花灼々なり。可怜きこと腸を断ち、得て言ふべからず」といふ。

との一例が見られ、本章が扱う仲哀紀の「天津水影」と合わせてわずか二例である。

さて、「水陰」の用例は和歌に限られた上、いずれも「草」にかかわる用語であり、それに「かげ」に「陰」という訓漢字を宛てられていることから、その訓詁について考える場合、表記が相違する「水影」との間に一線を画すべきであろう。「水影」をめぐる例がいずれも漢文脈に用いられていることに鑑みて、ここに「水影」を所謂「表訓漢字」としてではなく、漢籍との関連において見ることにし、「天津水影」の訓詁をめぐる新たな糸口を探ってみたいと思う。

「水影」をめぐる用例は、主として六朝詩に多く求められる。順次に並べれば、およそ次のような内容となっている。

澄江涵皓月　　澄江　皓月を涵し
水影若浮天　　水影　天を浮べるが若し

風来如可泛　風来りて泛ふ可きが如く
流急不成圓　流れ急にして圓を成さず
（梁・孝元帝「望江中月影」）

竹密山斎冷　竹密にして山斎冷たく
荷開水殿香　荷開きて水殿香る
山花臨舞席　山花　舞席に臨み
水影照歌床　水影　歌床を照らす
（梁・庾肩吾「和竹書詩」）

況乃豫遊仁寿　況や乃ち仁寿に豫遊し
行楽徽音　徽音に行楽す
水影揺日　水影　日を揺らし
花光照林　花光　林を照らす
（梁・庾信「象戯賦」）

行雲数番過　行雲　数番過ぎ
白鶴一雙来　白鶴　一雙来る
水影揺叢竹　水影　叢竹を揺らし
林香動落梅　林香　落梅を動かす
（梁・庾信「詠畫屏風詩に十四首」）

夕鳥已西度　夕鳥　已に西に度り

残霞亦半消　　残霞　亦た半ば消ゆ
風声動密竹　　風声　密竹を動かし
水影漾長橋　　水影　長橋を漾わす　　（梁・何遜「夕望江橋詩」）

このように、右記の詩文における「水影」の用法、すなわち「天を浮かべる」、「歌床を照らす」、「日を揺らす」、「叢竹を揺らす」、「長橋を漾わす」等の表現から、「水影」は「水に映った影」というよりも、物を映し出す「水面」の意として使われていた傾向が強く認められる。つまり、「影」の意が薄れた故に、「浮」「照」「揺」「漾」等の他動詞と結びつき、「水面」に映る様々な情景を描写出来たということであろう。

さて、「水影」をめぐるこのような用法から、前記『萬葉集』「獻新田部親王歌一首」左註に見える「水影」に関する訓義にも再考の余地が出てくるのである。新日本古典文学大系では、「水影濤々」を「水に映った影が波に大きく揺れる」と訳しているが[11]、ここはやはり日本古典集成の、「水面一面に波が揺れ動く」に従うべきであろう[12]。そして、同じく、「如天津水影、押伏而我所見国」の「水影」についても、「水に映っている影」ではなく、「水面」と解した方がより妥当であろう。

ところで、「水影」における「影」の意が薄れたことで、従来の「天つ水影如す押し伏せて我が見る国」、すなわち「水に映っている影のように、天上から押し伏せて私が見下ろしている国」との訓義が成り立ち難くなったのである。こうした事情を承けて、自然に一文に関する新たな訓義を求める必要性に迫られることになろう。そこで、漢詩から一歩離れてみれば、漢文における「水影」が、地上に生ずる水の影のようなもの、言わば蜃気楼に近い現象をも指すような用例が目に入る。例えば、『晋書』苻堅伝には、

（一）長安有水影、遠観若水、視地則見人。

との記事が見え、類似の記事として、

（二）神龍中、洛城東地若水影、纖微必照、就視則無所見。（唐・劉餗『隋唐嘉話』下）
（三）洛陽東七里有水影、側近樹木車馬之影、歴々見水影中。（『旧唐書』五行志）
（四）長安街中往々見水影。（『新唐書』五行志）
（五）青州城南遠望、見地中如水有影、謂之地鏡。（『南史』宋文帝紀）

などが諸漢籍に散見する。その内容に拠れば、「水影」は（二）の「纖微必照」や（三）の「歴々見水影中」との特徴から、（五）の「地鏡」という別称まで与えられている。これらの例に照らして「天津水影」を見れば、一文における その意味は、「国」を間接的に映し出す、鏡のような「水影」の意として使われていたことが推測される。では、果たして「水影」を「鏡」と訓むことが可能であろうか。

（四）鏡としての「水影」

仲哀紀の「天津水影」が鏡である可能性を示唆する指摘としてまず注目したいのは、谷川士清『日本書紀通証』の当該表記に関する解釈である。谷川は『鎮座本紀』なる文献にある左記の内容、

止由氣大神復昇高天原弖日之少宮坐、于時以吾天津水影乃霊鏡留居吉佐宮。

止由氣の大神、復び高天原に昇りて日之少宮に坐します。時に吾が天津水影の霊鏡を以て吉佐宮に留り居ます。

を引用して、「天津水影」が「霊鏡」の名称であることを示した上で、更に『八雲御抄』にある「水影、波の物の写りたるなり」との内容を引用して、「水影」は鏡のようにものを映し出す性質を示している。この指摘自身は、前引六朝詩に見える用例と一致している。

さて、「水影」が「鏡」または「地鏡」の別称として使われた例について触れたが、実際漢詩文においてもしばしば見受けられるものである。例えば庾信の「鏡」という詩に、次のような描写が見られる。

玉匣聊開鏡　玉匣　聊か鏡を開き
軽灰暫拭塵　軽灰　暫く塵を拭く
光如一片水　光　一片の水の如き
影照両辺人　影　両辺の人を照らす
月生無有桂　月生じ桂有ること無く
花開不逐春　花開きて春を逐わず
試掛淮南竹　試みに淮南の竹に掛け
堪能見四鄰　能く四鄰を見るに耐へむ

手持無沙汰に開いた鏡、静止した水面のように、内外にいる人の姿が映し出されている。庾信一流の幻想的なタッチで、鏡の神秘を詠ったものである。ここでは、「水影」という熟語こそ用いられていないものの、「光如一片水、影照両辺人」の表現は、「水」と「影」を組み合わせるによって、鏡を喩えている。とりわけ「影」は、映しだされる「かげ」の意ではなく、ここに「水面」を指す用語として使用されている。

「水影」をめぐるこうした認識が、やがて同じ庾信の「春賦」に、

百丈山頭日欲斜　百丈山頭日斜かんと欲し、
三晡未酔莫還家　三晡未だ酔わざれば家に還ること莫し
池中水影懸勝鏡　池中の水影懸りて鏡に勝り
屋裏衣香不如花　屋裏の衣香花に如かず

とのように「水影」を「鏡」と直接形容するようになる。のみならず、直接「地鏡」と詠む詩も見られる。

地鏡階基遠　　地鏡の階基遠く
天窓影跡深　　天窓の影跡深し
碧玉成雙樹　　碧玉　雙樹と成り
空青為一林　　空青　一林を為す
（庾信「道士歩虚詞十首」）

草茂瓊階緑　　草茂くして瓊階緑なり
花繁宝樹紅　　花繁くして宝樹紅いなり
石楼紛似画　　石楼　紛として画に似たり
地鏡淼如空　　地鏡　淼として空の如く
（唐・楊炯「和輔先入昊天観星瞻」）

右記二例の「地鏡」は、いずれも「水影」に反射されている映像を詠うものであるが、ここに興味深く思われるのは、右記庾信「春賦」に見える「地鏡」について、清の学者倪璠は、『地鏡図』という書物に見える「欲知宝所在地、以大鏡夜照、見影若光在鏡中者、物在下也」（宝の所在地を知らんと欲せば、大鏡を以て夜に照らし、影の光の如く鏡中に在るを見れば、物下に在るなり）とを引用して注を施しているのである。[13]『地鏡図』は、『隋書』経籍志五行に、「有『天鏡』二巻、『乾坤鏡』二巻、梁『天鏡』、『地鏡』、『日月鏡経』各一巻、『地鏡図』六巻、亡」と、佚書として著録されている。その内容については、『芸文類聚』所引十一項目にわたる『地鏡図』の引用文を見れば、左記のように、讖緯色を強く帯びた地理関係の記述である。

○古之王者、行遊諸侯、其所居国、国必有三日浸、変而為日中之霧。　（霧）
○凡観金玉宝剣銅鉄、皆以辛之日、待雨止、明日平旦、亦黄昏夜半観之、所見光白者玉也、赤者金、黄者銅、黒

者鉄。　（宝）

○銅器之精、見為馬。　（馬）

これらの引用から、『地鏡図』は、恐らく「水影」の「纎微必照」の神秘性にあやかって作成された地理にまつわる緯書であろう。[14] ちなみに同じ庾信「徴調曲」なる作品にも、理想的な治世を謳うにあたり、

地鏡則山澤倶開　　地鏡　則ち山澤倶に開き
河圖則魚龍合負　　河圖　則ち魚龍合わせて負はむ

との内容があり、治世の祥瑞として、「地鏡」「河圖」の獲得は至高であるとの意味であろう。

さて、「水影」を「鏡」と結び付けたのは、「水影」の特質は無論のこと、後述するように、古代中国の「鏡」をめぐる思想や習俗とも関わっていたのであろう。ここはともかく、「水影」という自然現象から「地鏡」の名称が生まれ、更にその名にちなんで讖緯色の強い書物まで編まれるに至ったことを通じて、古代中国における「水影」が、幾層ものの認識から構成された概念であったことを窺えれば足る。ここにむしろ注目したいのは、藤原佐世『日本国見在書目録』（宮内庁書陵部所蔵室生寺本）の「五行家」にも、『乾坤鏡』、『天鏡』、『地鏡』、『日月鏡経』等、『隋書』経籍志とほぼ同じ内容の書物が著録されていることである。そして、同項目所収『地判経』や『高麗国讖』、更に『符瑞図』等の書名からもその性質が緯書に近いものと推測される。こうした事情から、『地鏡図』及びそれに類した文献が上代日本に伝来されるとともに、「水影」と「地鏡」に関する知識ももたらされたものと考えられる。

さて、ここに「天津水影」の意味を改めて考えてみたい。

まず、国見を背景とする一文は、「水影」に「国」が映るという点で、讖緯色の強い地理書『地鏡図』が持つどんな物でも映し出すモチーフに通じるものがあったと推測される。そして、「天津水影」のあり方は、鏡を持って地下にある宝を探す『地鏡図』の「欲知宝所在地、以大鏡夜照、見影若光在鏡中者、物在下也」にも一脈通じてい

ると言えよう。そこで、もし「天津水影」を「鏡」と解し、「如天津水影、押伏而我所見國」を「天つ水影の押し伏せてが如く我見る国」と訓めば、その意は、前記「以大鏡夜照」に倣った、「天津水影」すなわち「鏡」が「押し伏せる」ように天上から国を見ることになり、一文の置かれる国見の背景にも合致することになるのである。ただ、これによって「神」を「鏡」のように譬える意になり、右記漢籍における「鏡」のあり方との間に開きをもたらしてしまう。従って、このような訓義が成り立つかどうかについて、上代日本における「鏡」のあり方と結び付けて考える必要があろう。

(五) 上代日本における鏡のあり方

鏡は、古代日本の宗教や政治生活の中で重要な機能を果たし、信仰形態まで形成していたことは、周知の事実である。考古学の研究に拠れば、鏡の歴史は文字資料より遥か以前の弥生時代に遡るが、中国からの伝来という事実がありながらも、既に指摘されたように、そのあり方が日本独特の色を帯びるようになったのである[15]。その一つは、鏡を単なる生活道具としてではなく、神の御魂、または人の身代わりとされていた点である。例えば、『古事記』下巻允恭天皇条には、

斎杙には鏡を掛け真杙には真玉を掛け真玉なす吾が思ふ妹鏡なす吾が思ふ妻

と見え、『萬葉集』にも、

まそ鏡見ませ我が背子我が形見持てらむ時に逢はざらめやも　（巻十二・二九七八）

との歌があるように、「鏡」を妹、妻の形見と見なし、或いは持ち主の姿を留めるものと見る表現は、古代人の「鏡」をめぐる素朴な信仰を表していると言える。

ところで、古代日本における鏡のあり方は、右記のように生活の中の呪物であると同時に、宗教や政治とも深く関わっていたのである。例としてよく知られるのが、左記『古事記』上巻の有名な伝承である。天照大神は、皇孫邇邇芸尊に、天下りして葦原中国を統治せよと詔するくだりにおいて、

於是副賜其遠岐斯八尺勾璁、鏡、及草那藝劒、亦常世思金神、手力男神、天石門別神而詔者、此之鏡者、専爲我御魂而、如拜吾前、伊都岐奉。次思金神者、取持前事爲政。

是に、其の遠岐斯八尺の勾璁、鏡、及草那藝劒、また常世思金神、手力男神、天石門別神を副へ賜ひて、詔りたまひしく、これの鏡は、専ら我が御魂として、吾が前を拝くが如いつきまつれ。次に思金神は、前の事を取り持ちて、政爲せよ、とのりたまひき。

と記されている。ここに、天照大神が、「鏡」、「勾璁＝玉」、「剣」を三柱の神に授けると同時に、「鏡」を「我が御魂」と強調した上で、これをもって「政為せよ」、つまり「国を治めよ」と言っているのである。かかるような、「鏡」が神体そのものと見なされ、更に権力の象徴とされていることは、古代の宗教政治儀礼における「鏡」の重要さを物語っている。とりわけ「鏡」、「玉」、「剣」から構成された所謂三種の神器が、早くに天の石屋戸伝承に現れるなど、様々な宗教や政治儀礼に登場していたのである[16]。

上代日本における「鏡」の機能の多様さは、ある意味で「鏡」信仰の幅広さを示唆するが、ここで注目したいのは、「鏡」が権力の象徴として見なされる次の二例である。『日本書紀』巻十七継体天皇元年条に、

二月辛卯朔甲午、大伴金村大連、乃跪上天子鏡劒璽符再拜。男大迹天皇謝曰、子民治國重事也。寡人不才、不足以稱。願請、廻慮擇賢者。寡人不敢當。大伴大連、伏地固請。男大迹天皇、西向讓者三。南向讓者再。大伴大連等皆曰、臣伏計之、大王子民治國、最宜稱。臣等、爲宗廟社稷、計不敢忽。

二月の辛卯の朔甲午に、大伴金村大連、乃ち跪きて天子の鏡、劒、璽の符を上りて再拝みたてまつる。男大

迹天皇、謝びて曰はく、「民を子とし國を治むることは、重き事なり。寡人不才して、稱ぐるに足らず。願請ふ、慮を廻して賢しき者を擇べ。寡人は敢へて當らじ」とのたまふ。大伴大連、地に伏して固く請ひまつる。男大迹天皇、西に向ひて讓りたまふこと三。南に向ひて讓りたまふ再。大伴大連等皆曰さく、「臣伏して計れば、大王、民を子とし國を治めたまふ、最も稱ふべし。臣等、宗廟社稷の爲に、計ること敢へて忽にせず。

との記事が見える。天皇に降伏した大伴金村大連が、跪いて献上したのが、その権力の象徴となる「鏡」と「劒」と「璽」の符である。また、類似の記事は、「天津水影」を含む一文と同じ仲哀紀の筑紫行幸のくだりにも見られる。天皇一行が筑紫に到着したことを聞きつけた縣主五十迹手は、慌てて次のように奉献し、そして、奏言したとある。

又筑紫伊覩縣主祖五十迹手、聞天皇之行、拔取五百枝賢木、立于船舳艫、上枝掛八尺瓊、中枝掛白銅鏡、下枝掛十握劒、參迎于穴門引嶋而獻之。因以奏言、臣敢所以獻是物者、天皇如八尺瓊之勾以曲妙御宇、且如白銅鏡以分明看行山川海原、乃提是十握劒平天下矣。

又、筑紫の伊覩縣主の祖五十迹手、天皇の行すを聞りて、五百枝の賢木を拔じ取りて、船の舳艫に立てて、上枝には八尺瓊を掛け、中枝には白銅鏡を掛け、下枝には十握劒を掛けて、穴門の引嶋に參迎へて獻る。因りて奏して言さく、「臣、敢へて是の物を獻る所以は、天皇、八尺瓊の勾れるが如くにして、曲妙に御宇せ、且、白銅鏡の如くにして、分明に山川海原を看行せ、乃ち是の十握劒を提げて、天下を平けたまへ、となり」とまうす。

五百枝賢木にかけるところの記述は、『記』『紀』天の石屋戸伝承の内容とほぼ一致するが、相違点は、この記事において権力を象徴するところである。「瓊」「鏡」と「剣」を献上する意味を詳しく述べているが、文中の「且如白銅鏡以分明看行山川海原」は、天皇を「白銅鏡」に喩え、「山川海原」、すなわち「国」を「看行」することを言う点が、「鏡」を神体と見なす信仰に基づきつつも、権力の象徴とも見なし、そこから古代日本における「鏡」をめぐるある種の複合的な観念が読み取れる。

ここに右の記事に見える「白銅鏡」の文章を「天津水影」の文章と比較して見よう。

○如白銅鏡以分明看行山川海原

○如天津水影押伏而我所見国

このように、両者とも歴史記述の背景を「国見」と設定した上で、それぞれ天皇を「白銅鏡」、神を「天津水影」に喩え、そして、ほぼ同じ構文を持っているのである。両文に見る高所から「鏡」、「水影」を「山川海原」及び「国」に向ける発想は、前引『地鏡図』の「欲知宝所在地、以大鏡夜照、見影若光在鏡中者、物在下也」に通じつつも、「白銅鏡」「天津水影」を直接「天皇」及び「神」と喩える点が、前述「鏡」をめぐる古代日本の固有観念を受け継いでいるのである。二つの文章は、同じ仲哀紀の作者の手によって作成されたところに、類似のモチーフから生まれた表現である可能性が考えられよう。

さて、このように「天津水影」の「水影」を「鏡」と解し、更に古代日本の宗教や政治儀礼における「鏡」のあり方と比較すれば、仲哀紀における一文が、より象徴的意義を持ったものと理解されよう。しかし、ここになお問題として残るのは、冠詞「天つ」の解釈と、鏡が持つ権力の象徴の由来である。「天つ」は、諸家に「高天原」と解されているように、「天つ神」、「天つ風」、「天つ国」、「天つ罪」に類した、古代日本のコスモロジーをめぐる信仰に由来した表現であろう。それが「鏡」の意を持つ「水影」と結びつくことによって、いかなる意味を表そうとしたのであろうか。様々な解釈が試みられようが、古代日本における「鏡」のあり方が中国古代の道教思想とも深く関連していることに鑑みて、ここにこの特殊な組み合わせを生み出した背景を、道教思想との関わりを通して考えてみたいと思う。

（六）「天津水影」と「天鏡」

「鏡」は古代日本において、「剣」、「玉」と合わせて三種の神器とされ、宗教や政治儀礼に深く関わっていたことについて先に指摘した。三種の神器の起源について、かつて福永光司氏は、「道教における鏡と剣―その思想の源流―」との論文において、漢から六朝に至るまでの道教思想における「鏡」「剣」の位置付けと結び付けつつ詳細に論じられたことがある。(17)その中でとりわけ「鏡」をめぐってしばしば使われる「天鏡」、「金鏡」、「玉鏡」などの表現について、これらいずれも「帝王の権力を象徴する言葉」と指摘し、その呪術性を次の『道蔵』所収漢代の鏡の銘文に求めている。

百錬神金、九寸円形。禽獣翼衛、七曜通霊。鑑包天地、威伏魔性。

文中の「鑑包天地」は、明らかに「鏡」の反射機能の神秘性を謳った文句であるが、「水影」から生まれた「地鏡」という呼称も、こうした「鏡」をめぐる道教的発想に由来するものであろう。この点、先に指摘したように讖緯色の強い『地鏡図』が、『乾坤鏡』、『天鏡』、『地鏡』、『日月鏡経』とともに『日本国見在書目録』五行家に収録されていたことも、「鏡」をめぐる道教的観念が早くに日本にも伝えられ、定着していたことを示唆している。

ここに注目したいのは、「天鏡」という言葉が、しばしば「玉」とセットとなって天地をかたどる存在として謳われていたことである。手近に『芸文類聚』を繙けば、次の一連の用例が見られる。

○自軒皇以降、墳素所紀、略可言者、莫崇乎堯舜、披金縄而握天鏡、開玉匣而総地維。（『南斉書』・高帝紀）

○自憑玉几握天鏡、履璿璣而端拱、居巌廊而淵黙。（梁・簡文帝「大法頌序」）

○握天鏡而授河図、執玉衡而運乾象。（陳・徐陵・「皇太子臨辟雍頌序」）

○玉検騰暉、金縄薦宝、天鏡既穆、地維既粛、遐邇一体。（斉・王倹「高帝哀策文」）
○負茲天鏡、未拾遺珠、爰初發跡、斬蛇鞠旅。（陳・沈炯「武帝哀策文」）
○有人卯金刀、握天鏡。（『春秋孔録法』）

右記諸例から、古代中国の観念において、「天鏡」と「玉＝玉匣、玉几、玉衡、玉検、遺珠」と合わせてそれぞれ天と地を司る崇高な符として崇められていたことが窺える。「鏡」と「玉」との関係について福永氏は次のように指摘している。

中国の道教では死者の世界と天上の神仙世界とはペアであるとされ、天上世界の神が死者の功過を裁き、死者の世界を管理するわけですから、死者を墓のなかに鎮める鏡と剣と玉は同時に天上世界の最高神の象徴であるともされます。(18)

福永氏は一方では、「鏡」「剣」と違って、「玉」が本来道教では重視されず、儒教系統の『周礼』などの祭祀儀式にしか現れなかったと言っているが、(19)その指摘は一面的に過ぎず、実際、例えば道教色の強い緯書も『周礼』などに見える「玉」について、

○王者得礼制則澤谷之中有白玉焉。（『礼稽命徴』）
○君乗金而王則紫玉見於深山。（『礼斗威儀』）
○龍馬金玉帝王之瑞應。（『礼含文嘉』）
○神霊滋液則有玉英。（『孝経援神契』）

と記述しているのである。これは同じ緯書の「鏡」に関する記述、すなわち、

○神霊滋液則瑠璃鏡。（『孝経援神契』）
○神霊滋液、百宝為用則儀鏡見。（『孝経援神契』）

といった発想と明らかに軌を一にする。このように「鏡」同様、「玉」も宇宙を統帥する呪物として見られ[20]、考古学者張光直氏の言葉を借りれば、古代人の観念において「玉」は「天地を貫通する象徴である以上、天地を貫通する手段の一つまたは法器でもあった」ということである[21]。そして、前記仲哀紀の記事に見える「天皇如八尺瓊之勾以曲妙御宇、且如白銅鏡以分明看行山川海原」も、「鏡」と「瓊＝玉」が併用されているが、いずれもこうした観念に近い用法であろう。

さて、右記漢籍における「天鏡」のあり方から、「如天津水影、押伏而我所見國」の「天津水影」に目を移せば、一文の用いられる背景は、天皇の新羅征伐の際に行われる国見の儀式であることから、その意について、天皇の見えない国を、「天つ水影（鏡）が押し伏せるように私が見える国」と解せば、いかにもこの場に相応しい表現である。やや大胆に推測すれば、「天津水影」は、右記「天鏡」を踏まえつつ、古代日本語「あまつ」の訓漢字「天津」を援用し、更に漢籍から「水影」をそのまま借りて、両者を一つの単語にアレンジしたものであろう。言い換えれば、「天津水影」は、古代日本の固有信仰と道教思想を習合した漢字表記ということになろう。とりわけ漢籍では「天鏡」に関して一様に「握」という動詞が使われているのに対して、一文における「天津水影」は、前引同じ仲哀紀の「如白銅鏡以分明看行山川海原」の表現同様、古代日本における「鏡」のあり方に影響を受けて、「握」の表現を借用せず、これを「如」でもって擬人化し、「神」を直接「鏡」＝「天津水影」と喩えたところに、この用語の特質が端的に現れている。そして、一文が置かれている文脈においてその意味を考える場合、左記梁の元帝の作である「玄覧賦」の内容が参考できると思う。

唯天為大、唯尭則之。唯地為厚、唯王国之。粤我皇之握鏡、實乃神而乃聖。

このように「鏡」を握る者は天地を支配する「神」「聖」に他ならぬことを明言しているが、「如天津水影、押伏而我所見國」も、「天津水影＝天鏡」との表現を通して、天皇がもらす不満、すなわち「誰神徒誘朕。復我皇祖諸天皇等、盡祭神祇。豈有遺神耶」に対して、自らを由緒ある神と証明し、天地をしっかりと「天津水影＝天鏡」のように治めていることを強調するものと理解されよう。

（七）むすび

以上、仲哀紀に見える「天津水影」の訓詁を、古代日本の固有信仰と道教思想の両面から試みてきた。思うに、類書『芸文類聚』を含む数多くの漢籍に囲まれていた『日本書紀』の撰者にとって、「水影」と「天鏡」をめぐる知識が或いは常識だったのかもしれない。[22]「天津水影」は、そうした表現を熟知した上代の知識人が、和漢の知識をアレンジした表訓と表意の二つの要素を含んだ漢字表記と推測されよう。それが時代が経つに従い、表記、訓義ともに却って難解なものとなってしまったのではないか。『日本書紀』の文章と表記は、作者が不特定多数もあることから、和習など訓詁上難解なものを数多く抱えており、[23]一見ささいな用語でありながら、その実、『古事記』とは異なる複雑な構成及び成立背景を持つ場合も少なからずある。その一つ一つと根気強く付き合っていくことは、訓詁学の終りなき使命であり、宿命でもあろう。

注

（1）小林芳規「表記の展開と文体の創造」（『日本の古代6・ことばと文字』・中公文庫・一九九六年）。

（2）例えば、小林芳規氏は、『古事記』上巻のスサノヲノミコトにまつわる伝承に見える「八拳須至于心前啼伊佐知伎也」の「心前」という漢字表記に注目し、漢籍にその類例のないことから、平安初期の訓点資料から「ココロサキ」なる語を検出し、「心前」は「ココロサキ」という古語の表訓漢字との推論を示している（小林前掲注（1）書）。

（3）井手至「上代語概説」（澤瀉久孝他編『時代別国語大辞典上代編』所収・三省堂・一九六七年）。

（4）『古事記』仲哀天皇条の内容は次のようになっている。
於是太大后歸神、言教覺詔者、西方有國。金銀爲本、目之炎耀、種種珍寶、多在其國、吾今歸賜其國。爾天皇答白、登高地見西方者、不見國土、唯有大海。謂爲詐神而、押退御琴不控、默坐。爾其神大忿詔、凡茲天下者、汝非應知國。汝者向一道。

ここに太后の歸せる神、言教へ覺して詔ひしく、「西の方に國有り。金・銀を本と爲て、目の炎耀く、種々の珍しき寶、多た其の國に在り。吾、今其の國を歸せ賜はむ」とのりたまひき。爾くして、天皇の答へて白さく、「高き地に登りて西の方を見れば、國土見えずして、唯に大き海のみ有り」とまをして、詐を爲る神と謂ひて、御琴を押し退け、控かずして、默し坐しき。爾くして、其の神、大きに忿りて詔ひしく、「凡そ、茲の天の下は、汝が知るべき國に非ず。汝は一道に向かへ」とのりたまひき。
（5）坂本太郎他注『日本書紀』（日本古典文学大系）。
（6）小島憲之他注『日本書紀』（日本古典文学全集・小学館・一九九六年）。
（7）坂本他前掲注（5）書。
（8）小島他前掲注（6）書。
（9）倉野憲司注『古事記・祝詞』（日本古典文学大系）。
（10）『時代別国語大辞典上代編』によると、上代において、漢字「天」には、ⓐ天の意、ⓑ天に関する事物に添える、ⓒ美称、の三段階の意味があり、その訓みに交替に使えるものとして「あま」と「あめ」が同時に存在し、「あま〜」にはⓐが、「あまつ」にはⓑⓒが、「あまの」にⓒが多用されている、ということである。
（11）佐竹昭広他注『萬葉集』（四）（新日本古典文学大系）。
（12）青木生子他注『萬葉集』（四）（新潮日本古典集成・一九八三年）。
（13）清・倪璠『庾子山集注』（中華書局・一九八〇年）。
（14）古代における讖緯と地理の関係について、顧頡剛氏はかつて「讖緯の内容」（『秦漢的方士與儒生』・上海古籍出版社・一九七八年）において、緯書の包括範囲と特徴を説くにあたり、「讖緯の内容は非常に複雑で、釈経、天文、暦法、神霊、地理、歴史、文字、典章制度さまざまである。範囲が広いわりには性質が単純であり、作者がひたすら陰陽五行の立場から発言しようとしている」と述べている。

(15) 例えば、日本における鏡信仰の淵源について、小林行雄氏はその名著『古鏡』(学生社・二〇〇〇年)で、鏡を化粧道具の一種とみず、あるいは神とし、あるいは鏡を用いて神を祭る風習のある社会では、逆に、その鏡から神が生まれたという信仰もつくりだされるであろう。

と指摘している。また、最近では、大谷雅夫氏も、古代日本と中国における鏡のあり方の異同について詳論している。「形見の鏡」(『歌と詩のあいだ―和漢比較文学論考』・岩波書店・二〇〇八年)。

(16) 『古事記』上巻天の石屋戸伝承では、姿を暗ました天照大神を何とかして誘い出そうと、八百万の神が共議して、次のような決定を下した。

取天安河之河上之天堅石、取天金山之鐵而、求鍛人天津麻羅而、科伊斯許理度賣命、令作鏡。科玉祖命、令作八尺勾璁之五百津之御須麻流之珠而、召天兒屋命、布刀玉命而。……取天香山之五百津眞賢木矣、根許士爾許士而。於上枝、取著八尺勾璁之五百津之御須麻流之玉、於中枝、取繋八尺鏡、於下枝、取垂白丹寸手而、青丹寸手而云々。

天安河の河上の天の堅石を取り、天の金山の鐵を取りて、鍛人天津麻羅を求ぎて、伊斯許理度賣命に科せて鏡を作らしめ、玉祖命に科せて、八尺の勾璁の五百津の御須麻流の玉を作らしむ。……天の香山の五百津眞賢木を根許士爾許士て、上枝に八尺の勾璁の五百津の御須麻流の玉を取り著け、中枝に八尺鏡を取り繫け、下枝に白丹寸手、青丹寸手を取り垂でて云々。

最終的に誘い出しに成功し、世界に再び光明を取り戻すが、類似の記事は、『日本書紀』巻一第七段にも複数見られる。

(17) 福永光司『道教思想史研究』(岩波書店・一九八九年)は、道教における「鏡」と「剣」の組み合わせとその思想の源流を、司馬承禎『含象剣鑑図』所載「含象鑑序」及び「景震剣序」を手がかりに詳しく論じている。

(18) 福永光司『道教と日本文化』(人文書院・一九九二年)。

(19) 『周礼』大宗伯における「玉」の記述は、

以玉作六器、以礼天地四方、以蒼璧礼天、以黄琮礼地。

とあり、これに対する鄭玄の注は、

礼神者必象其類、璧圓象天、琮八方象地。

となっており、よって「玉」が早くに儒教の「礼」と結びついたことが分かる。これに類した思想は、『白虎通義』巻八瑞贄篇・五瑞制度にも、

琮為之言宗也、象万物之宗聚也。……内圓象陽、外直為陰、外牙而内湊、象聚会也、故謂之琮。

のように認められる。

(20) 姚士奇『中国玉文化』（鳳凰出版社・二〇〇四年）は、「国家政治生活における玉の作用」なる章を設けて、一、万物主宰説。二、天地之精説。三、道徳模範説。四、辟邪除祟説。五、延年益寿説の諸項目に分けて、古代中国文化における「玉」の象徴的意義を詳論している。

(21) 張光直『中国青銅器時代二集』（三聯書店・一九九〇年）。

(22) 小島憲之『上代日本文学と中国文学』上巻（塙書房・一九七七年）は、『日本書紀』の出典を論じるにあたり、類書として利用されていた『芸文類聚』との密接な関連を明らかにしている。

(23) 森博達『日本書紀の謎を解く』（中公新書・一九九九年）は、音韻学と文体論の視点から『日本書紀』の成書過程を分析し、その音韻分布の特徴及び文体の多様性に基づいて撰者複数説を提出している。

第七章　音と訓のはざ間にて

——『延喜式』祝詞に見える「雑物」をめぐって

（一）はじめに

かつて小松英雄氏は、「法隆寺金堂薬師仏光背銘」に対する四者四様の現代人による訓読を論ずるにあたり、「文章作成者が表現しようとした国語文という前提の当否が改めて問い直されなければならない」と指摘したことがある。(1) 確かに、音読を前提に上代日本の文章と対面する時、正倉院仮名文書のようなすべて表音漢字仮名にて記された純和文文献を除き、「法隆寺金堂薬師仏光背銘」を始めとする変体漢文や、『日本書紀』のような純漢文は、その成立当初から必ずしも日本語の文章として択一的に還元されることを計算に入れて書かれたものではないのである。峰岸明氏の指摘に従えば、「日本人の作成した漢文は、漢文様式によって自身の感情・思想を表明した、いわば日本語文とでもいうべきものであって、訓読という行為を予想して作成されることはあっても、音読されることを作成の前提条件とはしていなかった」のである。(2) 後世の我々が、ひとつの表記に複数の訓みを与えられるのも、実はこうした理由によるところが大きい。

しかし、上代文献に関する読解が様々な形で試みられている中で、いまだに疎かにされている側面がある。それはすなわち、音読を前提とした祝詞や宣命などに現れる漢語と思われる表記が、いかなる基準において「よまれる」べきか、という点である。具体的には、亀井孝氏がいう「意味が理解できるように書かれているが、日本語の文章に還元できるように書かれていない」『古事記』のような変体漢文と違い、祝詞や宣命のような文章は、明らかに国家の祭祀儀礼等において音読されるものであり、そうした文献に現れる漢語と思われる表記が、原則的には複数の「よみ」が許されないと想定され、(3)複数の「よみ」は同時に意味のずれをもたらすことにもなろう。(4)このような視点から、本章では、祝詞に見える「雑物」という表記をめぐる従来の訓みの問題点を指摘すると同時に、音読と訓読にする当否の問題について論じてみたいと思う。

(二) 和訓畳語「くさぐさ」の各種表記と「雑物」

十世紀初頭に編纂された法令集『延喜式』には、古代日本の国家祭祀に用いられた合計二十一篇の祝詞が収録されている。祝詞はその成立年代の複層性及び内容の豊富さから、歴史学のみならず、神道史・宗教思想史、文学史においても重要な位置を占めている。なかんずくその表現形式が同時代の主流であった漢文学とは異なる、和風の文体からなるところが、古代日本語を伝える貴重な文献ともされている。現在殆どの人は、祝詞が和語のみによって訓読されるという認識を持っており、実際日本古典文学大系を始め、諸々の注釈書と研究書では全て和訓によって統一されているのである。

しかし、一方では、『延喜式』祝詞には、従来与えられている和訓によってどうしても原文の意味に齟齬をきたしてしまう表記も存在する。「雑物」という漢字表記である。この漢字表記が合計四ケ所に現れ、それぞれ次のような文脈に用いられている。

❶四方國能獻礼留御調能荷前取並氐、青海原乃物者、波多能廣物・波多能狭物、奥藻菜・邊藻菜、山野物者、甘菜・辛菜尓至麻氐、御酒者、甕上高知、甕腹満並氐、雜物乎、如横山積置氐。（春日祭）

四方の國の獻れる御調の荷前取り並べて、青海原の物は、鰭の廣物・鰭の狭物、奥つ藻菜・邊つ藻菜、山野の物は、甘菜・辛菜に至るまで、御酒者、甕の上高知り、甕の腹満て並べて、雜物を、横山の如く積み置きて。

❷四方國能進礼流御調能荷前乎取並氐、御酒波、瓱戸高知、瓱腹満並氐、山野能物波、甘菜・辛菜、青海原乃物波、波多能廣物・波多能狭物、奥都毛波・邊津毛波尓至麻氐、雜物乎、如横山置高成氐。（平野祭）

四方の國の進れる御調の荷前を取り並べて、御酒は、瓱の上高知り、瓱の腹満て並べて、山野の物は、甘菜・辛菜、青海の原の物は、鰭の廣物・鰭の狭物、奥つ藻菜・邊つ藻菜に至るまで、雜物を、横山の如く置き高成して。

❸四方國乃進礼留御調乃荷前乎取並氐、御酒波、瓱乃閉高知、瓱能腹満並氐、山野物波、甘菜・辛菜、青海原乃物波、鰭乃廣物・鰭乃狭物、奥都毛波・邊都毛波尓至末天、雜物乎、如横山置高成氐。（久度・古関）

四方の國の進れる御調の荷前を取り並べて、御酒は、瓱の上高知り、瓱の腹満て並べて、山野の物は、甘菜・辛菜、青海の原の物は、鰭の廣物・鰭の狭物、奥つ藻菜・邊つ藻菜に至るまで、雜物を、横山の如く置き高成して。

❹山野物波、甘菜・辛菜、青海原物波、鰭廣物・鰭狭物、奥津海菜・邊津海菜尓至万氐尓、雜物乎、如横山置高成氐。（鎮御魂斎戸祭）

山野の物は、甘菜・辛菜、青海の原の物は、鰭の廣物・鰭の狭物、奥つ海菜・邊つ海菜に至るまでに、雜物を、横山の如く置き高成して。

以上四例の「雜物」は、その置かれている文脈から、貢献物を総称する用語と見られるが、賀茂真淵『祝詞考』を始め、諸種注釈書はすべて「雑物」を「くさぐさのもの」と訓み、その意を「種種の物」または「様々の物」と解して疑いを容れない。(5) しかし、一見穏当なこの訓みも、同時代の他の文献にある「くさぐさのもの」という和訓の表記と比較して見ると、おのずから疑問が出てくるのである。

例えば、畳語「くさぐさ」の用例を上代文献において求めるに、左記のように多様な表記を用いられている。

①秋時花種尓有等色別尓見之明良牟流今日之貴左　（『萬葉集』巻十九・四二五五）

秋の花 種《くさぐさ》なれど色ごとに見し明らむる今の貴さ

②加須津毛瓜、加須津韓奈須比。

進物　醬津毛瓜

醬津名我

四

右種物　九月十九日　（長屋王家木簡六五号）

糟つ毛瓜、糟つ韓なすび

進る物　醬つ毛瓜

醬つ名我

四

右種《くさぐさ》の物　九月十九日

③御年皇神能前尓、白馬、白猪、白鶏、種々色物乎備奉氐。　（祝詞・祈年祭）

御年の皇神の前に白き馬・白き猪・白き鶏、種々《くさぐさ》の色物を備へまつりて。

④御服者、明妙・照妙・和妙・荒妙、五色乃物、楯・戈・御馬爾御鞍具弖、品品乃幣帛備弖。　（祝詞・龍田風神祭）

御服は、明るたへ・照るたへ・和たへ・荒たへ、五色の物、楯・戈・御馬に御鞍具へて、品品《くさぐさ》の幣帛備へて。

⑤官官爾仕奉留人等能、過犯家牟雑々罪乎、今年六月晦之大祓爾、祓給比清給事乎、諸聞食止宣。

官官に仕へまつる人等の過ち犯しけむの雑々《くさぐさ》の罪を、今年の六月の晦の大祓に、祓へたまひ清めたまふ事を、諸聞しめせと宣る。

（祝詞・六月晦大祓）

⑥此種種物者、布刀玉命、布刀御幣登取持而、天兒屋命、布刀詔戸言禱白而。

此の種種《くさぐさ》の物は、布刀玉命、布刀御幣と取り持ちて、天兒屋命、布刀詔戸言禱き白して。

（『古事記』上巻）

⑦爾大氣都比賣、自鼻口及尻、種種味物取出而、種種作具而進時、速須佐之男命、立伺其態、爲穢汚而奉進、乃殺其大宜津比賣神。

（同右）

爾に大氣都比賣、鼻口及尻より、種種《くさぐさ》の味物を取り出して、種種作り具へて進る時、速須佐之男命、其の態を立ち伺ひて、穢汚して奉進ると爲ひて、乃ち其の大宜津比賣神を殺しき。

⑧夫品物悉備、貯之百机而饗之。

（『日本書紀』神代紀・巻第一）

夫の品《くさぐさ》の物悉に備へて、百机に貯へて饗たてまつる。

⑨此遠所念波、種々法中尓波、佛大御言之國家護我多仁波勝在止聞召。

（『続日本紀』宣命・巻第十七）

此を念せば、種々《くさぐさ》の法の中には、佛の大御言し國家護るがたには勝れたりと聞こし召して。

このように、畳語「くさぐさ」の訓漢字として②「種」、④「品品」、⑤「雑々」、⑥「種種」、⑧「品」と合計五種類もあり、用字法に統一した意識が認められない。

『時代別国語大辞典上代編』は、「くさぐさ」に「品、種、雑」の漢字表記を宛てるとともに、「雑物」も用例として挙げられている。しかし、疑問になるのは、右記諸例には、「雑物」と表記する例がひとつも見当たらず、また、同じ祝詞の中でも、畳語「くさぐさ」の訓漢字として「種種」「品品」「雑々」があるが、それらが決して「雑物」の用例と重ならないのである。ところが、祝詞における他の表記、例えば海産物を意味する「あをみのはらのものは」に対しては、❶青海原乃物者、❷青海原乃物波、❸青海原物波、の如く三種類の表記を用い、物産名「おくつもは、へつもは」に対しても、❶奥藻菜・邊藻菜、❷奥津毛波・邊津毛波、❸奥都毛波・邊都毛波、❹奥津海菜・邊津海菜、と四種類の表記を用いている。

小林芳規氏は、上代木簡資料に見える音仮名表記のバラツキ現象について、その語を表す表意の漢字と和訓とが社会的に定着しなかったことを原因と見ている(6)。和訓「くさぐさのもの」をめぐる①から⑧までの用例と右記海産物名に見える表記上の差異も、そのような時代状況を反映していると見られる。諸例から、少なくとも記紀成立の八世紀から『延喜式』成立の十世紀までの間、和語「くさぐさ」の訓漢字が、始終不安定な状態にあったことが窺える。実際、このような事情を承けて、上代文献における畳語表記を論ずる際、所謂機能論の立場から「物」を省き、和訓畳語のみで訓むという論さえ現れている(7)。

ところで、右に述べたような事情から、祝詞における貢献物を意味する「雑物」の表記も、「種物」、「種種物」、「雑物」、「品物」、「品々物」などがあっても不思議でないにもかかわらず、「雑物」以外に異字同訓の用例はまったく存在しないのである。こうした表記上の差異は、用字法が統一した「雑物」とそうでない右記諸種畳語表記が意識的に使い分けられ、「雑物」が「社会的安定した」表記であったことを示唆しているかもしれない。その意味で、「雑物」について語学の角度からだけでは不十分である。ここで一旦訓みの問題から離れて、歴史学の視点から捉え直してみたい。

(三)「雑物」とは何か

前述したように、四例の「雑物」は祝詞において一連の貢献物を総称する用語と見られる。そこで注目されるの

が、右記諸例以外に見つけた「雑物」をめぐる次の一例である。『日本書紀』仁徳天皇条には、

十七年、新羅不朝貢。秋九月、遣的臣祖砥田宿禰・小泊瀬造祖賢遺臣、而問闕貢之事。於是、新羅人懼之乃貢献。調絹一千四百六十四、及種種雑物、並八十艘。（巻二十二）

十七年に、新羅、朝貢らず。秋九月に、的臣の祖砥田宿禰・小泊瀬造の祖賢遺臣を遣して、闕貢らぬ事を問はしむ。是に、新羅人懼りて、乃ち貢献る。調絹一千四百六十四、及び種種雑物、並せて八十艘。

とある内容が記述されている。文中の「種種雑物」について古典大系『日本書紀』が「くさはひのもの」という訓みを与えるが、「種種」と「雑」の併用という、前記上代文献における表記法と異なる点が、訓みの当否に疑問を抱かせる。のみならず、記事の文脈において、「種種雑物」が「新羅人懼之乃貢献」として、「調」に続く形で記される点も注目される。祝詞でも、「雑物」が「四方の國の獻れる御調」に続き、「調＋雑物」の形で記述されていることから、「雑物」については、「種種」と切り離して、何らかの貢献物の名称を表す用語として考える必要性があろう。

右記『日本書紀』の「種種雑物」を理解するには、養老職員令二十二主計寮条の古記に見える次の一文が参考される。

頭注云。計納調租財貨也。財、謂調租之外、当国所出、種々土毛交易進上、及諸蕃貢進財貨等也。

右の内容を『日本書紀』仁徳天皇条新羅人貢献記事の「種種雑物」と比べて見れば分かるように、いずれも「調＋雑物」の構文を持ち、しかも畳語「種種」が「土毛」「雑物」に掛かる表現となっている。そして、「土毛」をめぐる「調租」「進上」の表現から、「土毛」は貢献物を指す用語だったことが分かる。実際、『令義解』賦役令には「土毛条」というものが見え、「凡土毛臨時応用者云々」に対する注に、「土地之所生皆為毛也」とのように、「土毛」はその国の特産物を指す。他にも、養老職員令二十二主計寮条の古記に見える「種種土毛」のほか、『日本書紀』

応神十九年十月条吉野国栖の起源説話にも、

今國樔獻土毛之日、歌訖卽擊口仰咲者、蓋上古之遺則也。（中略）然自此之後、屢參赴以獻土毛。其土毛者、栗・菌及年魚之類焉。

今國樔、土毛獻る日に、歌訖りて卽ち口を撃ち仰ぎ咲ふは、蓋し上古の遺則なり。（中略）然れども此より後、屢參赴て、土毛を獻る。其の土毛は、栗・菌及び年魚の類なり。

との記事が見え、国樔が大和朝廷に献上する物産を「土毛」と称しているのである。また、平城京木簡にも、

武蔵国足立郡土毛蓮子一斗五升
　天平七年十一月

との記述があり、武蔵国足立郡から献上された「土毛」の具体的な内容を示したものである。

以上のことから、「種種雑物」と「種種土毛」は、いずれも貢献物をめぐる表記であることが明らかになった。これを受けて、「種種雑物」に関する大系本の「くさはひのもの」という訓みを疑問視すべきだと思う。畳語「種種」が修飾する「雑物」は、「種種土毛」の「土毛」同様、貢献物を指す用語だった可能性が高いことから、従来とは異なる訓みが考案されるべきであろう。

この点について、鈴木重胤『延喜式祝詞講義』は、早くに養老二年（七一八）に編纂された養老令賦役令冒頭の調絹絁条に見える「調雑物」の規定に注目し、両者の関連性を指摘している(8)。養老令賦役令には左記のように、

正丁一人、絹絁八尺五寸、六丁成疋。

と規定した上で、

若輸雑物者、鉄十斤、鍬三口、塩三斗、鰒一八斤以下。

とのように、多様な海産物を指定する。更に『律令』職員令・主計寮条にも、

頭一人、掌、計納調及雑物、支度国用、勘勾用度事。

との内容が見え、営繕令六在京営造条にも、

凡在京営造、及貯備雑物、毎年諸司摠料来年所須、申太政官。

との記載が見られる。この外、類似の内容として『類聚三代格』巻八にある「交易雑物制」（民部式下交易雑物条一二三）も参考になる。右の律令条文から、「雑物」が中央政権への服属儀礼に伴う貢進物―「御調」を構成する重要な要素であったことが窺える。とりわけ『律令』職員令・主計寮条にある「調及雑物」の記述は、前掲諸記事に見える「調＋雑物」の記述内容とほぼ一致しているので、その実態のいかんに関する興味をそそられる。

(四) 上代史料に見える「雑物」

周知のように「調」は、令制成立時の日本において諸国から中央政権へ貢献される物を指す。従来の研究に拠れば、「調」には、繊維製品の「正調」と水産物などの「調雑物」、「調副物」三種類あり、古くは畿の内外により内容も異なっていたが、「雑物」は、主として畿外諸国の貢進物を指すらしい(9)。そして、古代国家を支えた財政的基礎であった租庸調の一部であった「雑物」は、律令の収取制度に基づいた徴収、保管、更に再流通にも使用されていたため、上代の史料、とりわけ漢文によって綴られた『貞観交替式』、『延喜式』等の政治法令集には頻出するものである。次頁の表は、「雑物」が現れる文献を年代順に作成したものである。

表の内容でまず注目されるのが、㉓と㉕に見える「進納調庸雑物」、「貢調並雑物綱丁等」の内容である。「調＋雑物」を「貢」、「納」する構成は、前掲の諸記事とほぼ一致し、諸記事に見える「雑物」がすべて貢献物として「調」の一部をなしていたことを明示しているのである。

出典文献	事　項	No.	記　述　内　容
貞観交替式	新定内外官交替式巻下	①	倉蔵貯積**雑物**應出給事
		②	定官舎**雑物**破損大小事
		③	應早修造前司時破損**雑物**事。
		④	凡倉蔵貯積**雑物**、應出給者、先盡遠年。
		⑤	一未納物事 右水旱不熟之年、出挙**雑物**。如有未納者、以当時公廨物塡納之。
		⑥	諸国朝集使起請 一水旱不熟之年、出挙**雑物**者、未知**雑物**色。
		⑦	應責国郡司受使無返抄事。 右内大臣宣、奉勅、牧宰之輩、就使入京、或無返抄。獨帰任所。或称身病益日京下。不遂所附公使之政。求預考例。兼得公廨**雑物**未進……。
		⑧	定官舎**雑物**破損大小事。
延喜交替式		⑨	凡水旱不熟之年、出挙**雑物**如有未納者、以当時公廨物塡納之。**雑物**、謂稲粟麥才類。
延喜式	神祇一・平野神四座祭	⑩	**雑物**直、調布四端、祝詞料庸布六段、木綿四斤、米四斗、糯米四斗、大豆八升、小豆一斗二升、酒三斗、鰒、堅魚、海藻各四升、腊四斗。
		⑪	供神今食料 右供御**雑物**、各付内膳主水等司、神祇官官人率神部等、夕暁両般参入内裏。供奉其事。所供**雑物**、祭訖即給中臣忌部宮主等、一同大嘗会例。
	神祇四	⑫	造備**雑物**。
		⑬	遷宮祢宜内人等装束 太神宮絹明衣五具男三具、女二具、布明衣六十具男卅具女卅具、度会宮絹明衣二具男一具女一具、布明衣六十具男卅具女卅具。右装束**雑物**造備。
			封戸

番号	出典	本文
⑭		當国 諸国 右諸国調庸**雑物**、皆神宮司撿領。依例供用。其當国地租、収納所在官舎。随事支料。若遭年不登、損田七分已上、免徴租稲。並注帳申送所司。
⑮		践祚大嘗祭 料庸布四段、木綿二斤、麻二斤十両、鍬八口、米八升、濁酒八升、鰒四斤十両、海藻十斤六両、腊一斗六升、塩四升、䟽坏各八口、其御服、衾単、狭帖、短帖、席並廻立殿及供奉御湯之属。並給忌部等。一物已上所用**雑物**経火之物。給宮主卜部、自餘一物已上及雑舎等、悉給中臣。四點神祇官准例祭仁壽殿。又悠紀、主基両国倉代等**雑物**、列立於豊樂院庭中。
⑯	大舎人寮	凡五月廿一日。官人以下春夏衣服文申省。秋冬料十一月廿一日請秋冬馬料並元日威儀**雑物**文申省。
⑰	縫殿寮	年料**雑物**
⑱		三年一度**雑物**
⑲	民部下	凡御贖並中宮御贖。及祭忌火庭火。御竈神料**雑物**。神祇官所受。待彼官移文充之。但陰陽寮所祭者。待中務移充之。
⑳		年料別貢**雑物**（中略） 右別貢**雑物**並依前件。自雑薬見典薬式。其運送傜夫各給路糧。
㉑		交易**雑物**
㉒	主計上	紙十七張。自餘**雑物**準此。輸二分調之一。
㉓	主計下	凡調帳損益帳者、先令貢調使進納調庸**雑物**十分之九。然後待主税寮租帳勘畢移。署印下國。以為憑準。
㉔		凡諸国所進勅旨交易**雑物**。使等取内蔵寮返抄。不経省直勘會。
㉕		凡諸国貢調並**雑物**綱丁等。若失諸司収文有申官者。官先令所司勘之。即加外題。経省下寮。更写前収文。具注其由。充属共署。捺寮印與之。

次に注目されるのが、「雑物」の実態である。『貞観交替式』は、新旧官吏交替の際の事務引継の細目規定である

が、在庫「雑物」の出納・破損管理に関する内容が殆どである。「雑物」の具体的な内容については、「公廨雑物」「官舎雑物」の「破損」との記述から、その中身は器財道具を思わせるが、同時に「水旱不足之年」との記述から、農産物をも指していたことが窺える。事実、⑨『貞観交替式』の内容では、災害に遭った年における「雑物」の納入法を記すに際し、「雑物」を農産物の「稲粟麥才類」と注記している。更に、「雑物」記録が最も集中している『延喜式』では、神祇篇に祭神儀礼に使われる祭料として「供御雑物」のほか、布類から、海産物、器具類にまで至るの「装束雑物」の内容が記されている。

さて、これらの記述から、「雑物」は包括範囲の極めて広い用語であったことが窺える。とりわけ、『延喜式』民部条と主計条にそれぞれ頻出する「別貢雑物」、「調庸雑物」、「交易雑物」などの表記から、「雑物」が貢献物を指す用語であったのみならず、「〇〇雑物」の形で熟語化されていた傾向さえ認められる。「雑物」をめぐるこうした多様の記述は、後述するようにその時々の具体的なあり方に関連するが、ここで問題になるのは、律令条文に見える「雑物」との関連を指摘しながらも、鈴木重胤は依然としてその訓みを「くさぐさのもの」とする点である。これでは、前引の表記多様な畳語の意味と容易に混同され、その本来の性質を十分に表すことが出来ないのである。性質の類似する「雑物」と「土毛」がいずれも漢文脈に用いられていることから、この漢字表記を、和訓畳語「くさぐさのもの」の訓漢字としてではなく、漢語として捉え直した上で、新たな訓みを探ってみたいと思う。

(五) 漢籍における「雑物」

漢籍には「雑物」をめぐる用例が数多く求められ、手近に『大漢和辞典』と『漢語大詞典』を繙けば、左記の諸例が収録されているのである。

❶『易』繫辞下、「雑物撰徳、辨是與非。孔頴達疏、雑聚天下之物、撰数衆人之徳、辨定是之與非。」
❷『文選』魯霊光殿賦、「雑物奇怪、山神海霊。写載其状、託之丹青。呂向注、言此図画神怪之物其形各殊。」
❸『百喩経』估客駝死喩、「駝上所載多有珍宝細輭、上氎種種雑物。」
❹唐・韓愈『論変塩法事宜状』、「多用雑物及米穀博易、塩商利帰於己、無物不取。」

この中で、❶の「雑物」が動詞構成であり、❷が所謂怪異の類を言うものである。❸と❹は和訓「くさぐさのもの」の意にあたる漢語となっている。とりわけ❸の「種種雑物」は、『日本書紀』仁徳天皇条の「種種雑物」と一致しており、「くさはひのもの」という和訓も一見妥当のように見える。

数が限定されたうえ省略の多い『大漢和辞典』や『漢語大詞典』における「雑物」の用例からは貢献物としての意味が認められないが、しかし、二十四史等の歴史書において「雑物」の出典を求めて見れば、「雑物」が、古代中国の中央集権制度にまつわる貢献儀礼に深く根ざした貢献物の専門用語であることに気付く。

周知のように、古代中国の中央集権制度を支えていたのは、冊封制度と貢献制度であった。『尚書』禹貢にある「任土作貢」に示される如く、中央政権への従属のシンボルとして、統括地域や周辺諸国による物産貢献が義務付けられていた。このような貢献システムの完備が漢代に遡れるが、漢六朝期において、毎年歳首に行われる元会儀礼がその極致とも言える。元会儀礼の機能は、皇帝と中央官僚との君臣関係の更新、中央政府と地方郡国との従属—貢納関係の再生産、更に異民族の臣従をも包括する帝国的秩序を象徴し、体現するものである。この儀礼には、中央官僚、州もしくは地方使節団及び外国使節団が参列し、皇帝を中心とする形で展開される。その盛況ぶりを伝える張衡の『東京賦』や班固の『両都賦』がよく参考されるが、以下その一部を引用する。

○於是、孟春元日、群后旁戾。百僚師師、于斯胥洎。藩國奉聘、要荒来質。具惟帝臣、献琛執贄。当観乎殿下者、蓋数萬以二。（東京賦）

○春、王三朝、会同漢京。是日也、天子受四海之図籍。膺萬國之貢珍。内撫諸夏、外綏百蛮。爾乃盛礼興樂、供帳置乎雲龍之庭、陳百寮而賛群后、究皇儀而展帝容。於是庭實千品、旨酒萬鍾、列金罍、班玉觴、嘉珍御、太牢饗。（両都賦）

このように、儀礼において「百僚」、「要荒」（遠方の外国）が参列するのみならず、「琛」「贄」、「庭實」の奉献も儀式の一部をなしていたのである。「庭實」について、『後漢書』李賢注が「貢献之物也」と明らかにしているが、その貢献は元会儀礼に止まらず、それ以外の時期にも行われていたのである。例えば、『後漢書』光武帝紀下に見える「詣闕貢献、奉蕃称臣」の記載、『後漢書』和帝紀第四にある「称臣貢献」、また『太平御覧』巻六十六貢賦条所引の「称臣奉貢」の内容などは、すべてその類に属する記載である。

『儀礼』観礼第一〇には、諸侯が天子に対して礼見（観礼）を行ったのち、礼物を献上する三享の礼に移ると記すくだりがある。経文は、それについて「三享は、皆な束帛の上に璧玉をそえて献上し、庭實には、その国に産出するものだけを用いる」と述べている。原文は左記の通りとなっている。

四享（鄭玄注。四当為三）皆束帛加璧、庭實唯國所有。

「庭實」に関する貢献原理は、『儀礼』観礼が「唯國所有」と規定するように、各国・各地に産出するものを貢献するのが原則であった。すでに確認したように、張衡『東京賦』に叙述する元会での「献琛執贄」について、三国呉の薛綜は、「謂随土所出宝而貢之」と解する。無論、右記「唯國所有」、「随土所出」は、ともに古代中国の帝国貢献原理を伝える『尚書』禹貢篇序にいう「任土作貢」と通ずる貢献物貢納の常套句である。

さて、ここで注目したいのは、貢献物に関する呼称である。右記「贄」、「庭實」は同時に「方物」、「土物」、「土毛」、「雑物」とも称され、二十四史では、「方物」の用例（一二二四例）を最多として、「贄」（四六六例）、「雑物」（一四〇例）、「土物」（四三例）、「庭實」（二一〇例）、「土毛」（七例）の順で現れているのである。そして、これらが同義であることが、左記の一連の用例から窺える。

❶大宛献汗血馬、焉耆来貢方物。（『晋書』世祖武帝炎紀）

❷絶域奉贄、萬国通書。（『南斉書』張敬児列伝）

❸外郡進土物、賜貴戚朝官。（『旧唐書』韋堅列伝）

❹若蕃国遣使奉表幣、其労及戒見皆如蕃国主。庭實陳於客前、中書侍郎受表置於案。（『新唐書』志六礼樂）

❺倶羅……遷趙郡太守、後因朝集至東都、與将軍梁伯隠有舊、数相往来。又従郡多将雑物以貢献、帝不受、因遺権貴。（『北史』魚倶羅伝）

❻高麗世荷上将、専制海外、九夷黠虜、實得征之。瓶罄罍恥、誰之咎也。昔方貢之愆、責在連率。卿宜宣朕旨於卿主、務盡威懐之略、揃披害群、輯寧東裔、使二邑還復舊墟、土毛無失常貢也。（『魏書』高句麗伝）

諸漢籍に分布している貢献物の使用頻率は、そのままそれぞれのニュアンスに関わる。最も多用される「方物」は、貢献物を表す中性的な用語に対して、「贄」、「庭實」は美称に属し、「土毛」は、いささか卑下、謙遜のニュアンスを持つ表現である。例えば、『魏書』吐谷渾列伝では、吐谷渾の末裔拾寅が死んでから、

太和五年、拾寅死、子度易侯立、遣其侍郎時真貢方物、提上表称嗣事。

のように、長らく途絶えていた「方物」を貢献しようとしたが、世代交替により度重なる不敬に怒った魏王朝の群臣が「不宜納所献」と進言するに対して、高祖が、

拝受失礼、乃可加以告責、所献土毛、乃是臣之常道、杜棄所献、便是絶之、縦欲改悔、其路無由矣。

と諭した内容から見ても、「方物」と「土毛」が、同じく貢献物を意味するものの、叙述する立場によって微妙に使い分けられていたのである。類似の例は、左記宋・曾鞏『進奉熙寧七年南郊銀絹状』にも見られる。

天休不宰、故大報於親郊。上徳難名、唯駿奔於助祭。茲為邦禮、以合人情。前件物、輒用土毛、敢参庭實。第

従臣之嘉頌、獨遠清光。得萬國之歓心。庶将薄意、干冒旒扆。臣不任。(10)

「輒用土毛、敢参庭實」は、「敢えて土毛（銀絹）をもって庭實として貢献する」という意味のもので、元来同一のものを「土毛」と「庭實」という二つの異なる名称を用いて、謙遜の気持を表現している。

総じて言えば、「雑物」にしても、「贄」、「庭實」、「方物」、「土物」、「土毛」にしても、『尚書』にいう「任土作貢」の原理に基づいた用語であること明らかである。ちなみに、養老職員令二十二主計寮条の古記に見える、

謂調租之外、当国所出、種々土毛。

との記述にある「当国所出」は前引漢籍の「唯國所有」、「随土所出」をアレンジした表現であるほかなく、上代日本における貢献制度の基本理念も、『尚書』にいう「任土作貢」の流れを汲むことを明示しているのである。

(六) 古代貢献制度における「雑物」のあり方

次に、「贄」、「庭實」、「方物」、「土物」、「土毛」と同義をなす「雑物」の具体的な用法とその特徴について考えてみたい。

渡邊信一郎氏の研究に拠れば、「雑物」という名称が律令用語として正式に唐の法律法令集『大唐六典』に登場する。(11)『大唐六典』太府寺右蔵署令条は、その職掌について、「邦國の宝貨の事を掌る」と述べ、「雑物州土」として特定の州府の特定物産を記載する。その注は更に「凡そ四方から献上する（四方所献）金・玉・珠・貝、玩好の物は、皆な右蔵庫に貯蔵する。出納の規則は、左蔵庫の職務と同様だ」と述べている。

このように、「雑物」は「四方所献」の貢献物として明確に規定されているが、「贄」、「庭實」、「方物」、「土物」、「土毛」に比べて、❺の中性的な使用法を除き、「土物」同様、全体としては所謂実務レベルの用語としての性質が強

く認められる。「雑物」のこうした性質を示す例は、『隋書』志第十九食貨条に見える、

諸蠻陬俚洞、霑沐王化者、各隨輕重、收其賧物、以裨國用。又嶺外酋帥、因生口翡翠明珠犀象之饒、雄於鄉曲者、朝廷多因而署之、以收其利。歷宋、齊、梁、陳、皆因而不改。其軍國所須雜物、隨土所出、臨時折課市取、乃無恒法定令。列州郡縣、制其任土所出、以為徵賦。

文中において、軍隊及び国が必要とする「雑物」を徴収するにあたり、「隨土所出」、「任土所出」という貢献物の原理を強調しながら、一方では「臨時折課」とのように、具体的納付方法にまで言及している。ここに見られるのは、「雑物」という用語が持つ、貢献物一般としての意味と、実務レベルの用法という二面性である。そして、漢籍におけるそのあり方を更に追及すると、「雑物」をめぐっては、実務レベルでの表現の方が圧倒的に多いのである。例えば、『宋書』本紀第六孝武帝条には、

乙未、原放行獄徒繫。東諸郡大旱、壬寅、遣使開倉貸卹、聽受雜物當租。

のように、旱魃のために「租」の代わりに「雑物」の納付を認めたと記している。また、『旧唐書』食貨志二十八にも、

大和四年五月、剣南西川宣撫使、諫議大夫崔戎奏、準詔旨制置西川事条。今與郭釗商量、両税銭数内三分、二分納見銭、一分折納匹段。……不経賊処、先徵見銭、今三分一分折納雜物。

のように、現金の形で「雑物」納付を命じている内容が見られる。類似のものは『新唐書』志第四十二食貨二条の左記記事にも収録されている。

播殖非力不成、故先王定賦以布、麻、繒、纊、百穀、勉人功也。又懼物失貴賤之平、交易難準、乃定貨泉以節輕重。蓋為國之利權、守之在官、不以任下。然則穀帛、人所為也。錢貨、官所為也。人所為者、租稅取焉。官所為者、賦斂捨焉。國朝著令、租出穀、庸出絹、調出繒、纊、布、麻、曷嘗禁人鑄錢而以錢為賦。今兩稅算緡

之末法、估資産為差、以銭穀定税、折供雑物、歳目頗殊。(中略)復庸、調舊制、隨土所宜、各脩家技。物甚賤、所出不加。

右記「雑物」をめぐって用いられる「課」、「納」、「供」、「受」の表現は、前掲上代史料に見える「雑物」にまつわる「納」(⑤、⑨)、「供」(⑪)、「収納」(⑭)、「進納」(㉓)などの表現と同様、そこから「雑物」が貢献物の納付や徴収する際に使われる用語という特徴が強く認められる。そして、「雑物」がこのような実務レベルの用語であったからこそ、二十四史における「雑物」の用例には、「金銀雑物」(『隋書』列伝)、「銭絹雑物」(『旧唐書』五行志)、「異宝雑物」(『宋書』列伝)、「貂裘雑物」(『魏書』列伝)、「奴婢雑物」(『陳書』列伝)、「車馬衣服雑物」(『魏書』列伝)等のような貢献物の性質を表す熟語に近い用法さえ現れている。

こうした名称の多様性は、貢献物としての「雑物」が持つ内容の多様性だけでなく、納められた後のあり方をも表しているのである。例えば、史書には天子が臣下に「雑物」を「賜う」記事がしばしば見られ、一見貢献儀礼とは関係のないように見えるが、「雑物」のあり方が、単なる貢献儀礼上の意味に止まらず、帝国秩序を維持するために「生産的に消費」されていた性格をも有していたことが、次の指摘によって明らかにされている。

国家支配は、皇帝の即位、官僚の任命、軍隊の派遣、雨請いなど社会生活に直接かかわる祭祀・儀礼の執行を通じて達成された。その国家の公的生活部門の再生産をささえる諸価値物を製作するのが少府五署であり、その素材が全国の特定諸州から納入される雑物と全国諸州・羈縻州・諸蕃夷から貢納される貢献物なのであった。唐朝中央政府生活部門の再生産は、雑物・貢献物の帝国的編成を前提にして成り立つものであった(12)。

右の論考は、唐における貢献物の流通や再消費に関するものであるが、類似の状況が中央集権制度成立当初から既に現れている(13)。

さて、このような視点から見れば、前記上代史料に見える「公廨雑物」、「官舎雑物」、「供御雑物」、「装束雑物」

等の用語についても、同様の理解が図られよう。ちなみに「〇〇雑物」という表現は、「雑物」を用途別に称するもので、現代風に言えば、「〇〇類の貢献物」または「〇〇用の貢献物」と訳せられよう。

史料における「雑物」のあり方は、色々な様相を呈しており、紙幅の関係で贅述しないが、ここで注目されるのは、『大唐六典』に見える「雑物」と、上代史料における「雑物」との関連である。渡邊氏に拠れば、養老賦役令に規定がある「調雑物」は、唐王朝の「雑物」と関連するも、日本の「調雑物」は海産物が中心であり、物産の種類から言えば、唐の「雑物」は日本の「調副物」にほぼ一致する。養老令と唐令との間で指定される産物の違いがあるものの、唐令もしくは式にも養老賦役令の「調雑物」に相当する規定があり、それが『大唐六典』右蔵署令条の「雑物州土」として残されたと指摘している[14]。こうした日中の律令における「雑物」のあり方の異同について、大津透氏らの詳細の帰納と分析がありここに詳述しないが[15]、諸論に拠れば、前章に掲げた『貞観交替式』及び『延喜式』等に見える「雑物」をめぐる記事が、すべて唐令に影響を受けて出来た制度によるものであり、「雑物」という用語自身も、唐令をそのまま受け容れた漢語であったことが確認されている。

(七)「土毛」、「くにつもの」と「雑物」

「雑物」という表記が、「任土作貢」、「随土所出」の理念と律令貢献制度に基づいた以上、『大漢和辞典』や『漢語大詞典』に所引される諸例との間に一線を画すべきであろう。無論、従来の「くさぐさのもの」の訓みの当否も問い直されなければならない。

口誦性の強い祝詞における「雑物」の訓みについて二つの可能性が考えられる。別の和訓で「よむ」か、または漢語音のままで「よむ」かである。前者について考える場合、「くにつもの」という和訓がまず考案される。その理由について、前述の「土毛」をめぐる記事が参考される。

前引『日本書紀』応神十九年条に見える「土毛」について、岩波古典文学大系と小学館古典文学全集がいずれも「くにつもの」との訓みを与えている。「くにつもの」という和訓がいつの時代に生まれたものなのか定かではないが、『日本書紀』神功紀五十二年条に見える百済が臣服するに際して次のような内容となっている。

五十二年秋九月丁卯朔丙子、久氐等従千熊長彦詣之。則獻七枝刀一口・七子鏡一面及種々重寶。乃啓曰、臣國以西有水。源自谷那鐵山。其邈七日行之不及。当飲是水、便取是山鐵、以永奉聖朝。乃謂孫枕流王曰、今我所通、海東貴国、是天所啓。是以垂天恩、割海西而賜我。由是、國基永固。汝當善脩和好、聚斂土物、奉貢不絶、雖死何恨。自是後毎年相續朝貢焉。

五十二年の秋九月の丁卯の朔丙子に、久等、千熊長彦に従ひて詣り。則ち七枝刀一口・七子鏡一面、及び種種の重寶を獻る。仍りて啓して曰さく、「臣が國の西に水有り。源は谷那の鐵山より出づ。其の邈きこと七日行きて及らず。當に是の水を飲み、便に是の山の鐵を取りて、永に聖朝に奉らむ」とまうす。乃ち孫枕流王に謂りて曰はく、「今我が通ふ所の、海の東の貴國は、是天の啓きたまふ所なり。是を以て、天恩を垂れて、海の西を割きて我に賜へり。是に由りて、國の基永に固し。汝當善く和好を脩め、土物を聚斂めて、奉貢ること絶えずは、死ぬと雖も何の恨みかあらむ」といふ。是より後、年毎に相續ぎて朝貢る。

ここに百済の使者が、「七枝刀一口・七子鏡一面及種々重寶」を献上しながら、その由来について、自国の山の鉄「山鉄」によって造られたと述べ、貢献物が「任土作貢」、「随土所出」の原理に基づいたことを強調している。文中の「土物」に対して、北野本南北朝時代訓が「くにつもの」という義訓を与えていることが最も早い用例と見える。応神紀の「土毛」の訓みも恐らくこれに拠るものであろう。前章において論じたように、「土物」は「贄」、「庭實」、「方物」、「土毛」、「雑物」同様、「任土作貢」、「随土所出」の原理に基づいた貢献物を指す用語であることから、この訓みは一応穏当なものと言えよう。そして、これを踏まえて、「雑物」について見れば、従来の「くさぐさのもの」よりも、「くにつもの」すなわち「雑物《くにつもの》」という形が、その原意に一歩近づいた訓みとして考案される。前引『日本書紀』仁徳天皇条に見える「種種雑物」も、「くさはひのもの」ではなく、種種雑物《くさぐさのくにつもの》と訓め、右記神功紀に見える「種々重寳」についても、自国の山の鉄「山鉄」ということを踏まえて、諸家が与える「くさぐさのたから」の訓と並び、「種々重寳《くさぐさのくにつたから》」または「種々重寳《くさぐさのくにつたからもの》」と訓んでも差し支えないであろう。

ただし、祝詞において「雑物」は果たして「くにつもの」と「よまれていた」かがなお疑問である。何故なら、ほぼ純漢文によって書かれた『日本書紀』は、先に指摘したように、その成立当初から必ずしも日本語の文章として択一的に還元されることを計算に入れて書かれたものではない。現在我々が目にする『日本書紀』の訓みは、いずれもその成立後に考案されたものであり、紀伝道の流派によって訓みが違うところも、「択一的に還元されえない」その性質を端的に物語っている。従って、祝詞における「雑物」についても、「くにつもの」という和訓が、実際に祝詞読み上げの際、その通りに「よまれていた」かが疑問である。「くにつかみ」に対して「国神」、「くにつこ」に対して「国造」、「くにつやしろ」に対して「国社」、「地祇」の如き正訓字が与えられ、また「久尓都美神」との音仮名表記も存在していたように、「くにつもの」という和訓が当時既に存在していたならば、「国物」、「国津物」、「国都物」または「久尓都（津）物」の如き音仮名表記があっても不思議ではない。にもかかわらず、四例一様に「雑物」という統一した表記をすることから、同表記に「くにつもの」という和訓が併存していたことが考え難い。従って、残る今ひとつの可能性は、「雑物」を漢字音のままで「よむ」ということである。

（八）祝詞・宣命と漢語

これまで祝詞や『古事記』などの上代文献が、本居宣長がいう「もはら古語を伝ふるを旨とせられたる書」（『古事記伝』）との認識から、訓読がひたすらに強調され、漢語との関連性が薄いとされてきた。ところが、所謂純粋和語によって綴られたとされる上代文献の具体的な内容に即して見ると、こうした認識とはうらはらに、漢語を用いる例がしばしば見られる。宣命がその一つの典型である。

周知のように、祝詞は宣命体（宣命書）とも呼ばれる如く、両者は本来ともに所謂言霊信仰を背景に、和語だけで構成された、「祈りの本然性と上代人の呪的信仰との結合に基づく」文章形態である。[16]ところが、興味深いことに、例えば本居宣長自身も『続紀歴朝詔詞解』の序文において、

おほかた奈良朝よりあなたの、古言の文詞の、世につたはれるは、延喜式にのれる、もろ〳〵のふるき祝詞と、此続紀の詔詞とのみこそ有けれ、これらをはなちては、あることなし。

と、一旦祝詞と宣命の持つ言語の純粋性を高く評価したうえで、宣命に見える仏教と律令関係の用語について次のように述べている。

然るにこの続紀の詔詞といへども、まれには漢文言のまじり、又詞のみにもあらず、意さへに漢なることもおほかるこそ、なほいとあかぬわざなりけれ。かく皇国言の詔詞にしも、漢意をまじへらるゝことも、推古天皇孝徳天皇天智天皇などの御世〳〵よりぞ始まりけむ、又聖武天皇高野天皇の御世のには、仏事のいとこちたくおほかるは、殊にうるさく、ふさはしからぬわざなりかし。おほかたかくのみ、からごゝろ仏ごとの多くまじりて、詞はた漢ざまなるも、まれ〳〵にはまじらぬにしもあらざれども、猶大かたの文詞のいとめでたく、古

く雅たることはしも、後の世の人の、かけても及ばざるさまにぞありける。[17]

このように、古語に執着する本居宣長を嘆かせていたように、ほぼ純粋な日本語によってものされたとされる宣命も、こと「からごゝろ仏ごと」―律令や仏教に関する叙述に至ると、止む無く漢語を取り入れざるを得なかったのである。その具体例は、北川和彦氏の統計に拠ると六十八語にのぼり、中でもとりわけ目立つのは仏教用語と律令用語である。[18]その二、三の例について見よう。

『続日本紀』聖武天皇天平勝宝元年（七四九）四月条に、天皇が東大寺御盧舎那仏像前殿にて行われる儀式において、左大臣橘宿禰諸兄を遣わして仏へ奉げる千五百言に及ぶ長文の宣命には次のような内容が含まれている。

❶又高年人等治賜比、困乏人恵賜比、孝義有人其事免賜比、力田治賜夫。

また高年人等治め賜ひ、困乏人恵び賜ひ、孝義有る人其の事免し賜ひ、力田《りきでん》治め賜ふ。

文中の「力田」は、『後漢書』明帝紀に「其賜天下男子爵、人二級、三老孝悌力田、人三級」に対する唐・李賢の注が「三老、孝悌、力田、三者皆郷官之名」とあるように、下級官吏の固有名詞であるということが分かる。

また、光仁天皇三年（七七三）、皇太后井上（内親王）が実子他戸親王とともに巫蠱大逆の罪に問われて廃位されるにあたり、天皇は三月、五月と二度にわたり詔書を頒布した。その内容はそれぞれ左記の通りである。

❷天皇御命良麻止宣御命乎、百官人等、天下百姓、衆聞食倍止宣。今裳咋足嶋謀反事自首之申世利。（中略）辞別宣久、謀反事尓預弖隠而申左奴奴等、粟田広上・安都堅石女波、随法斬乃罪尓行賜倍之。

天皇が御命らまと宣りたまふ御命を、百官人等、天下百姓、衆聞きたまへと宣る。今裳咋足嶋謀反《むへん》の事自首し申せり。（中略）辞別きて宣りたまはく、謀反《むへん》の事に預りて隠して申さぬ奴等、粟田広上・安都堅石女は法の随に斬の罪に行ひ賜ふべし。

❸今皇太子止定賜部流他戸王、其母井上内親王乃魘魅大逆之事、一二遍能味仁不在、遍麻年久発覚奴。（中略）是以、天

之日嗣止定賜比儲賜部流皇太子位仁、謀反大逆人之子乎治賜部例婆、卿等、百官人等、天下百姓能念良麻久毛、恥志賀多自気奈志。

今皇太子と定め賜へる他戸王、其の母井上内親王の魘魅《えんみ》大逆《だいぎゃく》の事、一二遍のみに在らず、遍まねく発覚れぬ。（中略）是を以て、天の日嗣と定め賜ひ儲け賜へる皇太子の位に謀反大逆《むへんだいぎゃく》の人の子を治め賜へれば、卿等、百官人等、天下百姓の念へらまくも、恥し、かたじけなし。

文中の「謀反」、「大逆」はいずれも律令に規定される「八虐」罪である故、該当する和訓が見つからず、止む無く音読されていたのであるが、この現象がそのまま祝詞における「雑物」の「よみ」の問題につながる。両者とも音読を前提とする文章である限り、そこに現れる漢語に対して、小松英雄氏らが取る消極論ではいかないのであろう。[19]律令用語であり、特定の和訓を持つ可能性が低かった「雑物」について、ここは積極的に漢語として音読されたものと推測したい。

凡そ上代における文字表記は、その概念に近いものが日本語に存する場合、太安万侶がいう和訓・音注などによる「事趣更長」（『古事記』序文）の形でもって記せたと思われる。ところが、それが外来の文化や制度（仏典、律令）に依拠した、宣長がいう「言」も「意」も音注と和訓によって表出できない概念の場合、止む無く漢語のまま取り入れざるを得なかったのであろう。前記「力田」、「謀反」、「魘魅大逆」はすべてこうした類に属する。「雑物」も、律令制貢献儀礼に専用された、古代東アジアの朝貢制度に基づいた概念であったので、漢語として音読されていた可能性が高いのである。

（九）むすび

上代文献における漢語研究の立ち遅れについて、かつて池上禎造氏が『漢語研究の構想』において次のように指摘したことがある。

わが国の言語の研究が江戸時代のいわゆる国学者の手によるものが中心となって明治の新しい学問へと引きつがれたものであるが、その対象は平安時代前期の雅語を規準として考え出されたものであるから、当然漢語はその外にあり、語法などでも、今少し後の和漢混淆文系のものは顧みられなかったのである。(20)

右の論が世を問うて三十年近くも経つが、現状は必ずしも改善されていると言えない。上代文献に現れる漢字表記を音読すべきか、それとも訓読すべきかの問題はあまり議論されぬまま、江戸時代国学勃興に伴い訓読の方向に傾き、無反省の裡に数世紀の時間が流れた。しかし、「雑物」の考察を通して窺えたように、上代文献に現れる個々の漢字表記の性格に即した、言わばケース・バイ・ケースの考察を施さない限り、安易な訓読のみによるテクストの誤読、ひいては歴史理解の障害をもたらしかねない。

ここに本章の結論を言えば、祝詞に現れる「雑物」という表記は、古代中国の律令制度の受容に伴って伝来された漢語であり、文脈におけるその意味は、所謂「くさぐさのもの」ではなく、「調」を指す律令用語だったのである。また、口誦性の強い祝詞において、この表記が当初から音読されるために取り入れられたと推測される。従って、本章が考案した「くにつもの」という和訓が、前述したようにその成立年代が後世に出来た可能性があることから、『日本書紀』仁徳天皇条に見える「種種雑物」については種種雑物《くさぐさのくにつもの》との和訓が付せられても、祝詞における「雑物」には、読み上げの際、漢語として音読されていたと思われる。それも小松氏が「法隆寺金堂薬師仏光背銘」の漢語に対する消極的な姿勢ではなく、積極的に漢音「ざつぶつ」または呉音「ぞうもつ」と音読されなければならなかったのであろう。このような「よみかた」を通してのみ、この用語の背後に隠された、祭政一致の帝国を支える、文中の「四方国」に象徴される「天下」の仕組みが表出され得たのである。祝詞とは言え、「雑物」は、その時代の影を否応なしに反映させられた特殊な一例であろう。(21)

注

(1) 小松英雄『日本語書記史原論』(補訂版)(笠間書院・二〇〇六年)。
(2) 峰岸明「変体漢文」(国語学会編『国語学大辞典』・東京堂出版・一九八〇年)。
(3) 亀井孝「古事記はよめるか」(『古事記大成・言語文字篇』・平凡社・一九五七年)。
(4) 例えば、小松英雄氏は「法隆寺金堂薬師仏光背銘」に見える「池辺大宮治天下天皇大御身労賜時」の一文の「労賜時」をめぐる、「いたはり賜へりし時」、「やみ賜ひし時」、「つかれ賜ひし時に」、「いたづき賜ひし時」の四通りの「訓み」について、この文脈における「労」は結果として天皇が病気になったことを指しており、それを踏まえてこの文字を「やむ/いたづく」などと訓んだのでは、「病」という直截の表現を避けた筆者の意図を見失われてしまう、との指摘をしている。(小松前掲注(1)書)。
(5) 『賀茂真淵全集』第七巻(続群書類従完成会・一九八四年)、青柳高鞆『祝詞正解』上(新葉社・一八八四年)、敷田年治『祝詞辨蒙』巻之一(敬愛社・一八九五年)、鈴木重胤『延喜式祝詞講義』(国書刊行会・一九三九年)、次田潤『祝詞新講』(明治書院・一九四三年)、金子武雄『延喜式祝詞講』(武蔵野書院・一九五一年)、武田祐吉『古事記・祝詞』(日本古典文学大系)などによる。
(6) 小林芳規「表記の展開と文体の創造」(『日本の古代十四・ことばと文字』・中央公論社・一九八八年)。
(7) 例えば、犬飼隆は木簡に見える「一々物」を例にして次の論を提示している。
名詞「もの」の語義自体、抽象性が高く、「ひとつひとつ」と「ひとつひとつのもの」との知的論理的意味の相違はほとんどない。いずれに訓むか確定するには同一の対象を「物」と万葉仮名とで書きあらわした例の出現を待たなくてはならないが、その必要はないと思う。伝えようとする文意は同じになるからである。木簡の漢字列は、記紀万葉の類と異なり、一つの訓読の仕方を厳密に要求するような態度で書かれたものではない。（『木簡による日本語書記史』・笠間書院・二〇〇五年）

（8）鈴木前掲注（5）書。
（9）石上英一「日本古代における調庸制の特質」（『歴史学研究』・一九七三年別冊特集号）。
（10）『曾鞏集』下巻（中華書局・一九九八年）。
（11）渡邊信一郎「帝国の構造―元会儀礼と帝国的秩序」（『天空の玉座―中国古代帝国の朝政と儀礼』・柏書房・一九九六年）。
（12）渡邊前掲注（11）書。
（13）例えば、渡邊信一郎氏は、「漢代の財政運営と国家的物流」において、漢代の財政運営における貢献物（賦輸＝貢輸＝方物）の流通配分状況を論ずるにあたり、『急就篇』「遠取財物主平均」条に対する唐・顔師古の注、「遠方之輸賦税者。或以雑物充之」に注目し、「（この条）は均輸施行の前提をなす部分であり、遠方の郡国からの賦税が雑物（布帛等）によって中央に輸送される場合があったことを指摘する」と述べている。（『京都府立大学学術報告』人文第41号・一九八九年）。
（14）渡邊前掲注（11）書。
（15）日中の律令における「雑物」のあり方の異同について、大津透「律令収取制度の特質」（『律令国家支配構造の研究』・岩波書店・一九九三年）に詳細な論述がある。
（16）白石光邦「祝詞と宣命との関係」（『祝詞の研究』・名著普及会・一九八七年）。
（17）『本居宣長全集』第七巻（筑摩書房・一九九〇年）。
（18）北川和彦『続日本紀宣命校本総索引』（吉川弘文館・一九八二年）。
（19）小松英雄氏は、「法隆寺金堂薬師仏光背銘」に見える「労賜時」の訓みについて次のように論じている。
　こういう用法の「労」に特定の和語は対応していなかったであろうということである。ただし、訓読しなかったことは、それが音読語であったことをただちには意味しない。声に出すなら「ラウ」でしかありえなかったであろうが、要するに、この文字が、病気になったことを婉曲に表現していることさえ理解できれば、それで十分だったと考えるべきである。

このような読みに関する消極的な姿勢は、亀井孝氏がいう「意味が理解できるように書かれているが、日本語の文章に還元できるように書かれていない」『古事記』の立場に通ずる。（小松前掲注（1）書）。

(20) 池上禎造「漢語研究の課題」（『漢語研究の構想』・岩波書店・一九八四年）。

(21) 例えば、三宅和朗氏は、「『延喜式』祝詞の成立」（『古代国家の神祇と祭祀』・吉川弘文館・一九九五年）において、『延喜式』祝詞の成立年代を考察するにあたり、祝詞における「宣」と「申・白」の使い分けや、発令者の主体の相異について考察した上で、祝詞の成立を令制以前と以降の二種類に分けている。三宅氏の分類に従えば、本章が考察対象とする四つの祝詞のうち、❶❷❸はすべて令制以降に出来たものということになる。しかし、「雑物」を手がかりに見れば、❹も令制の影響を受けていると推測される。

第八章　憶良の述作と敦煌願文

――萬葉研究の新しい地平

(一) はじめに

萬葉作家の中で、数多くの漢文や和歌を残した山上憶良の作品は、幅広い典故の引用及び難渋な表現をもって知られ、現在なおも様々な解釈の可能性を示唆してやまない。憶良の述作には、儒、仏、道の思想は無論のこと、とりわけ仏教が重要な位置を占めているため、これまで注釈する者をして多くの時間を費やさせてきた。にもかかわらず、個々の表現―用語や行文の出典を定めることは決して容易ならず、従来の憶良研究が、その表現をめぐって多くの解釈を示しながら、未だ揺れている説も少なくないのである。

ところで、憶良の作品を出典論的立場から考察を行う場合、「願文」と称せられる漢籍の一群が注目に値する。所謂願文とは、仏前において叶えたい望みを祈禱するために唱える文章を指し、多くの場合その題に「願文」という二文字があることに由来しているが、その定義はおおむね左記のようなものである、

さまざまな仏教法會の場にあって、主催者（發願者・施主）自身の願意を言い表わす文章であるが、その内容は、自他の死後の冥福（極楽往生）を祈るもの（追善・逆修供養）をはじめ、国家の安泰・五穀豊饒（祈雨）、

あるいは自己の息災や近親縁者の長寿を乞う（算賀）といった現世での諸利益を祈願するものまで、実に多岐にわたる。(1)

願文は発生源が中国であるが、上代日本にも既にその作成の形跡が認められる。その原型となるものが本来敦煌文献に散在し、調査に難度が伴っていたが、中国の学者によって整理され、『敦煌願文集』と題して十数年前に出版されている。これをきっかけに、『萬葉集』との関係が指摘されるようになり、(2)とりわけ王暁平氏の憶良の述作における願文の影響に関する指摘が、先鞭をつけたものとして注目される。(3)ただし、王氏の論考は、願文一般の上代日本文学への影響を中心としているため、文体及び一部表現の類似を指摘するに止まり、願文の表現が具体的にどのように憶良によって取り入れられ、また、それらの作品が『萬葉集』においてどのような意義を持つかは関心外にあったようである。こうした事情を承けて、筆者は憶良の作品三点における敦煌願文の影響について、語句の出典から作品の意義について改めて考察を行い、憶良ひいては上代文学と願文の関連をめぐる研究を深めるための問題提起をしたいと思う。

（二）「無題漢詩序」と「臨壙文」

さて、願文は、仏前にて行われる祈禱文―「願文」、「呪願文」、「邑願文」、「当家平安願文」のようなものだけではなく、「燃燈文」、「臨壙文」、「行城文」、「布薩文」、「印仏文」、「追福文」、「亡文」、「駆儺文」等のような、目的に応じた題名も多々あるようである。この中の一種となる「臨壙文」は、本来死者を埋葬する際に読み上げられる願文であるが、興味深いことに、『萬葉集』巻五所収憶良の作となる「無題漢詩序」とは多くの点で類似しているのである。以下、「無題漢詩序」の原文、「臨壙文」の例文、更に語句の出典の比較、という順で両者の関係について試論を行う。

（1）原文

『萬葉集』巻五の冒頭に、妻大伴郎女を亡くした大伴旅人の「報凶問歌」に続き、山上憶良が献上した左記のような「無題漢詩序」が収められている。

無題漢詩序

蓋聞、四生起滅方夢皆空。三界漂流喩環不息。所以維摩大士在于方丈、有懐染疾之患、釋迦能仁坐於雙林、無免泥洹之苦。故知、二聖至極不能拂力負之尋至、三千世界誰能逃黒闇之捜来。二鼠競走而度目之鳥旦飛、四蛇争侵而過隙之駒夕走。嗟乎痛哉、紅顔共三従長逝、素質与四徳永滅。何圖偕老違於要期、獨飛生於半路。蘭室屏風徒張、断腸之哀弥痛。枕頭明鏡空懸、染筠之涙逾落。泉門一掩、無由再見、嗚呼哀哉。

愛河波浪已先滅、
苦海煩悩亦無結。
従来厭離此穢土、
本願託生彼浄刹。

右の文について出典論の立場からその性格を論じた小島憲之氏は、『文選』巻五十九所収「頭陀寺碑文」（梁・王巾作）の序に見える「蓋聞」「能仁」「双樹」「大千」「三界」といった語をこの文と共有することを指摘しているが、(4)一方、中西進氏は、一文の関連用語は、和漢の広範囲の文献に見られるところから、一つの出典に限定することは出来ないとする。(5)後に芳賀紀雄氏は文体の相違に注目しつつ、この文を誄や哀策文の類と見ることに対して疑問を呈した上で、慣用的仏教語の多用する点を、死者のための設斎文・供養願文の類と結びつけ、この文は死者の供養・

追善の機会に際して作られたものと推測し、一文を「設斎の願文の一変形」としている。

芳賀氏は、こうした類の文章は正倉院に現存する聖武天皇宸翰の『雑集』（天平三年書写）に抄出された、唐越州の僧霊実の『鏡中釈霊実集』にも見ることができると指摘し（『萬葉集における中国文学の受容』）、これを受けて佐藤美知子氏はこの文を初めとする憶良の漢詩文との語彙について調査し、憶良が聖武に提供したものとの仮説まで出している。(6) 最終的にこの説は、一文を大宰帥大伴旅人の妻大伴郎女の死後、神亀五年七月二十一日、百日の供養に際して献呈されたものと見る井村哲夫氏の考証によって支持され、(7) 現在ほぼ定着しているのである。

しかし、『敦煌願文集』所収の「臨壙文」と比較してみると、右記「無題漢詩序」は、「臨壙文」とは文体から用語まで多くの類似が認められ、より密接な関連が考えられる。以下実例に即して比較して見よう。これから引用する原文は、黄征・呉偉編校『敦煌願文集』に基づくが、引用文献の末尾に付す番号は、それぞれS＝スタイン文書（Stein, Márk Aurél）、とP＝ペリオ文書（Paul Pelliot）、北図＝北京図書館における当該文献の整理番号を指す。また、記号については『敦煌願文集』に従い、❶脱字を補う場合は［　］。❷読み替え、仮借字、省文、異体字は（　）の中に示す。❸錯字は（　）の中に示す。❹残欠の場合は一字を□で示す。

（2）「臨壙文」例

「臨壙文」は、「嘆壙文」とも称せられ、広く「亡文」―死者へ捧げる「願文」―の一種とも見られるが、主として死者の葬式に捧げられるものである。以下の例がその内容と様式を伝えている。

〈例1〉

是以受形三界、若電影之難留。人之百齢、以（似）隙光而非久。是知生死之道、熟（孰）能免之。縦使紅顔千載、終帰［□］上之塵。財積丘山、會化黄泉之土。是日、轜車颸颸、送玉質於荒郊。素盖翩翩、餞凶儀而亘道。

至孝等對孤墳而躄踴、涙下数行。扣棺槨以號咷、心推（摧）一寸。泉門永閉、再睹無期。地戸長関、更開何日。
無以奉酬罔極、仗諸佛之威光。孝等止哀停悲、大衆為稱十念、
南無大慈大悲西方極楽世界阿弥陀仏三遍
南無大慈大悲西方極楽世界観世音菩薩三遍
南無大慈大悲西方極楽世界大勢至菩薩三遍
南無大慈大悲地蔵菩薩一遍
向来称揚十念功徳、滋益亡霊神生浄土、惟願花臺花蓋、空裏来迎。寶座金床、承空接引。摩尼殿上、聴説苦、空。
八解泥（池）中、蕩除無明之垢。観音、勢至、引到□方、弥勒尊前、分明聴説。現存睠（眷）属、福楽百年。
過往亡霊、神生浄土。孝子等再拜奉辭、和南聖衆。

（〈廻向発願範本等〉・歎壙・S4474）

〈例2〉

蓋聞受形三界、若雷影而庭流。稟性閻浮、似電光之速轉。然則寶山掩（奄）碎、玉樹俄摧。落桂質於長墳、埋花容於壙（曠）野。臨棺取別、哽噎断腸。舎離恩慈、永作黄泉之客。啓音烏之兆（旐）、禮俗九原。崇白薦之熒（塋）、断聲駟馬。魂驚素柳、招泉路以飄颻。風起白雲、振松扃而蕭索。厥今請僧徒於郊外、捨施利於轜前。懇志哀非、陳斯願者、奉為亡霊臨壙追福之嘉會也。惟亡公乃志同崑玉、意並寒松。懐文抱擲地之才、韜武有猿啼之略。将謂長延世上、永處人間。豈期天壽潜移、訃臨微切。遂所（使）威力解骨、祓二鼠之侵年。毒火熒（縈）軀、為四蛇［之］促命。俄辭自（白）日、将入玄泉（下残）。

（〈亡文範本等〉・臨壙・S5639）

〈例3〉

厥今所申意□（者）、奉為亡妻某七追念之加（嘉）會也。惟妻乃彩輝桂壁、秀掩□蘭。四海之譽獨彰、千姿之禮早正。柔襟［雪］影、婦礼播於六姻。淑質霜明、女範［弘］於九族。将謂久居人代、偕老斉亡。何圖一已変

傾、半身老苦。豈謂金俄（娥）魂散、璧月光沈。霜（傷）□鏡於粧臺、貴（遺）鳳釵於綺帳。魂帰冥路、恒母子之□之燈前、望還形而再感。但以情心弥切、無路尋蹤。唯□□教之猷、福門控告。故於是日、以建斎筵、邀屈聖凡、□襲開玉相、廣竪□（珍）綺。轉念焚香、且栄□崇善、並用荘厳亡□妻神識、惟願弥（下残缺）
（〈願文範本等〉・亡妻文・S4992）

（3）語句の出典

右記三例の「臨壙文」を一読するに、「蓋聞」「紅顔」「三界」「二鼠」「四蛇」等、「無題漢詩序」に一致する用語が多く見られるが、単なる偶然でないことが、そうした用語を含めた文章表現の比較を通して知られる。

(a) 釋迦能仁坐於雙林、無免泥洹之苦

「雙林」（沙羅樹の林）、「泥洹」（涅槃、Nirvana）はともによく見る仏教用語であるが、一文の表現、「泥洹の苦しびを免るること無し」は、前掲「臨壙文」及び他の願文に見える、

○是知生死之道、熟（孰）能免之。
（〈例1〉）

○但以情（清）歳摧人、白駒過隙。未免三途之苦、常輝四瀑之流。
（〈燃燈文〉・P2854）

に類似しており、次の(b)に挙げられる例文と合わせて考えれば、憶良の表現に影響した可能性は否定し難い。

(b) 二鼠競走而度目之鳥旦飛、四蛇争侵而過隙之駒夕走

右記の出典について、契沖『代匠記』（精撰本）が「賓頭盧突羅闍為優陀延王説法経」に見える寓話を引くが、類想句として、宝亀十年「大般若波羅蜜多経巻百七十六奥書」（『古経題跋随見録』）に見える、

豈是謂四蛇侵命、二鼠催年。報運既窮、奄然去世。

や、空海『遍照金剛発揮性霊集』巻四にある、

四蛇、相闘身府、両鼠、争伐命藤。

を出典と見る説もある（芳賀『萬葉集における中国文学の受容』）。しかし、願文には、左記のように常套的な対句表現として多数求められる。

○患者乃英霊俊傑、文武雙［全］……力微動止、怯二鼠之侵騰（藤）。気惙（輟）晨霄（宵）、懼四蛇之毀怯（篋）。
（〈俗丈夫患文〉・S5561）

○惟患者乃遂為寒暑注後（匡候）、摂養乖方。染流疾於五情、抱煩痾於六府。力微動止、怯二鼠之侵騰（藤）。気惙晨霄（宵）、懼四蛇之毀愜（篋）。
（〈二月八日文等範文〉・患文・S1441・S5548）

○是以兩鼠催年、恒思嚙葛。四蛇捉（促）命、本自難留。
（〈亡文等句段集抄〉・願亡人・P2313）

○夫四山逼命、千古未免其禍。二鼠催年、百代同追其福。
（〈亡文等句段集抄〉・願亡人・P2313）

○然今施主知四蛇而同篋、悟三界之無常。造二鼠之侵騰、識六塵之非救（久）。
（〈仏文〉・P2341）

○蓋聞無餘涅槃、金棺永寂。有為生死、火宅恒然。但世界無常、暦（歴）二時如而運轉。光陰遷易、馳四想（相）以奔流。
（〈臨壙文〉・S6417）

○蓋聞無餘涅槃、金棺永寂。有為生死、火宅恒然。但世界無常、光陰千遍（變）。故有二儀運轉、四相奔流、明闇交遷、晨昏遞謝。
（〈臨壙文〉・S5573）

○無餘涅槃、金棺永謝。有為生死、火宅恒然。但世界無常、暦（歴）二時而運轉。光陰遷亦（易）、除四相以奔流。
（〈臨壙文〉・北図・7133）

更に、「四蛇争侵而過隙之駒夕走」についても、願文にある、

○人之百齢、以（似）隙光而非久。（〈例1〉）

○但以情（清）歳摧人、白駒過隙。（〈燃燈文〉・P2854）

との表現にも通じている。従って、一文の出典を考える際、右記「臨壙文」を中心とする願文の表現を優先すべきではないか。

(c) 何圖偕老違於要期、獨飛生於半路

『代匠記』は「雙鳧倶北飛、一鳧獨南翔」（『漢書』李陵与蘇武詩）及び「棲々失群鳥、日暮猶獨飛」（陶淵明「飲酒」）を示している。また、芳賀紀雄氏は、似た表現として、『遍照金剛発揮性霊集』巻七に見る空海作の願文、達嚫文の例、

○誰圖降年不遠、片鳧忽飛。（前清・丹州「為亡妻達嚫」）

○豈圖、生離哭千里、偕老喪一期。（大夫笠左衛佐「為亡室造大日楨像願文」）

を指摘しているが（『萬葉集における中国文学の受容』）、願文には、前引の例を含めて次の一連の表現が注目される。

○奉為亡妻某七追念之加（嘉）會也。……将謂久居人代、偕老斉亡。何圖一已変傾、半身老苦。（〈例3〉）

○本冀外光台粗（祖？筆者注）、内益家風。将素首以同歓、去泉臺而共住。何期雙鸞一翥、雨（両）剣単沈。斉眉之礼奚申、跪膝之儀孰要。（〈亡文範本等〉・亡夫・S5639）

○庭前悄悄、望圓月以増悲。帳［中］寥寥、對孤燈而更切。闈念以孤鸞獨處、林（臨）鏡而増悲。別鶴分飛、睹琴聲而氣盡。（〈願文等範本〉・夫亡・S2832）

○嗟一鳳之長辞、痛雙鸞之失侶。（〈願文範本〉・天王・P2044）

○何奈鴛衾半巻、鳳枕孤遺。（〈亡文範本等〉・夫人・S5639）

とある表現が見られ、「偕老」のみならず、意味の方からして、「獨飛生於半路」に対して「半身老苦」、「雙鸞一翥」、「孤鸞獨處」、「別鶴分飛」等がいずれも突然飛び立つ鳥をもって死者を喩えながら、取り残された者の孤独を言うものであり、互いに深く関わる表現と見られよう。

(d) 泉門一掩、無由再見

これについても、諸説があり、とりわけ墓誌類に集中する次の一連の表現を検出した上でその関連と見る説が有力である（芳賀『萬葉集における中国文学の受容』）。

○雖非舞鶴、即掩泉門。（『庾子山集注』巻十六）
○泉門一閉、白日淪光。（北魏「元仙墓誌」『漢魏南北朝墓誌集釈』図版84）
○泉門既掩、宝鏡自塵。（北魏「王夫人寧陵公主墓誌」同右図版190）
○泉門鎮掩、誰迎夢齢。（隋「張業暨妻路氏墓誌」同右図版462・2）
○泉門一閉、去矣攸攸。（北魏「蘇屯墓誌」同右図版258）
○泉門一閉、陵谷代遷。（北魏「渤海大守王偃墓誌」、『八瓊室金石補正』巻十八）

一方、芳賀氏は墓誌の外に、唐・駱賓王「傷祝阿王明府」の詩、

　煙晦泉門閉、日尽夜台空。（『駱臨海集』巻二）

にも関連を求めている。しかし、諸例は「泉門」こそ一致するが、その次の句は殆ど「これをもって時間が永遠に停止する」意となっており、「無由再見―もう永遠に会えない」とは異なる表現である。これに対して、晋・潘岳「悼亡詩三首」には、

　之子帰窮泉、重壌永幽隔。

とある例や、唐の詩人王梵志が作る「不慮天堂遠」なる詩に見える、

泉門一閉後　開日定無知。

がまだしも近い例に見えるが、(8)色々ある中で、やはり前引〈例1〉の、

泉門永閉、再睹無期。

は、「泉門一掩、無由再見」の意味と一致しているので、両者はより近い関係にあることが認められよう。更にもう一例も参考されよう。

慈顔一去、再睹無期。　（〈願文範本等〉・脱服・P2237）

(e) 愛河波浪已先滅、苦海煩悩亦無結。従来厭離此穢土、本願託生彼浄刹

従来の研究では、この漢詩を漢文から独立したものと見る傾向がある。中では井村哲夫氏が「憶良はこの作文に七言の詩を添えたが、その詩の趣旨は、亡き人共々後生を浄刹によせようというもので、願文の結びに相当する内容の詩である」（『萬葉集全注』）という見解を示し、更にその意義について次のように語る、

萬葉集の中で、極楽は見つけ難いのだが、山上憶良の漢詩、愛河波浪已先滅、苦海煩悩亦無結。従来厭離此穢土、本願託生彼浄刹。この結句の「浄刹」は、本願託生の願いを述べるものであるから、とりたてては例の阿弥陀の第十八願（念仏往生願）を想起し易いのであり、あるいはこれは西方極楽浄土を観想しているものかもしれない。写経願文の一例を参考しておく。

おのもおのも本願のまにま、上天に往生して弥陀を頂礼し、浄域に遊戯して弥陀に面え奉り……

（長屋王発願大般若波羅蜜多経奥跋願文）

ちなみに、この漢詩は大伴旅人が妻大伴郎女を喪った不幸に際し、その百日供養の折に供養願文の意味をこめ

て作詩し、旅人に献呈したものと考えられる作品である。厭離穢土・本願託生の語句は供養願文におきまりの成句とは言え、憶良が当時としてはかなり先鋭的だったと思われる浄土教の思想に触れていたらしいということが知られる。そのことが憶良の思想や作品形成に関わっているところもあるいは小さくないように思われる(9)。

これについては、〈例1〉に見える「孝等止哀停悲、大衆為稱十念功徳」を称揚するによって、「過往亡霊、神生浄土」――亡霊が浄土に再生されることを祈るものであるが、その目的は、「十念功徳」とある部分に注目したい。そもそも一文の最後に位置付けられるこの漢詩も、内容からして同様の機能を発揮しているのではないか。つまり、この漢詩は、本来「十念功徳」の代わりに作られたものであろう。ちなみに、願文類において、文末を飾る表現として、左記のように、

○惟願出沈淪之苦海、乗解脱之舟船。離穢濁之閻浮、生極楽之國土。

（〈発願文範本〉・北図8672）

○其僧徒［以］済済、楽法侶以詵詵。棄煩悩之愛河、登涅槃之彼岸。

（〈発願文範本〉・法・北図8454）

○唯願神生浄土、識坐蓮台。常辞五濁之中、永出六天之外。

（〈二月八日文等範本〉・亡父母文・甲巻S1441・乙巻P3825）

○唯願識託西方、魂遊浄國。

（〈亡男文〉・P2341）

○唯願遨遊浄土、身業於七池。消散蓮臺、戯心花於八水。

（〈廻向発願等範本〉・亡・S4081）

○承七花之浄國、遊八解之天宮。向十地之无窮、登一生之補處。

（〈廻向発願等範本〉・亡・S4081）

が多数見られる。とりわけ右記「発願文範本」の文章は、全文の趣旨のみならず、無題漢詩とは用語の一致も見られ、他の例と合わせていずれも駢儷文または韻文の形式を用いて死者の亡霊の浄土往生を祈念するものである。憶良が先鋭的だった浄土教の思想を一文に反映させたという見方も出来るが、右記のことは、一文の後に続く漢詩の意味、機能について再考する必要性を示唆しており、今後更に追求されるべき問題であろう。

（4）『萬葉集』における一文の意義

以上、「無題漢詩序」と敦煌願文―「臨壙文」の類似点について指摘した。ここに考えたいのは、『萬葉集』における一文の意義である。従来の研究では、日本における願文の発生は奈良朝に遡れるとされているが、本格的な作成は空海に始まるとの認識が一般的である。例えば、芳賀紀雄「憶良の挽歌詩」も、

願文は、奈良朝においては写経の跋語として添えられたもの程度しか残らないが、空海によって基盤が敷かれ、爾後盛行を見るに到ったことは周知である。先蹤となるべき中国の例に関していえば、唐代では、すでに四十九日までの供養はもとより、卒哭・小祥・大祥が仏事と結びついていただけに、願文のたぐいも頻繁に行われたと想像されるものの、ほとんどが散逸したようである。これがたんなる臆測でないことは、天平三（七三一）年聖武天皇の書写になる「聖武天皇宸翰雑集」（正倉院蔵）のなかに、霊実の作例が伝えられる事実によって明瞭であろう。すなわち『鏡中釈霊実集』所収の「為人父忌設斎文」「為人母祥文」「為人妻祥設斎文」等がそれである。『日本国見在書目録』（別集家）には『釈霊実集十巻』と録し、佚書とはなっているが、当時かかる文章が舶載されて憶良の周囲には存しており、また空海の願文の淵源となったことだけは、確言しうると思う。

とされている（芳賀『萬葉集における中国文学の受容』）。芳賀氏は憶良周辺に舶載願文が存していたことを推測しているが、『釈霊実集十巻』を見る術もない今では、両者の関係を確認することは難しい。しかし、語句の出典を通じて見たように、「無題漢詩序」における憶良の表現は、願文の手引きと見られる「範本」を始め、多様な願文を踏まえて述作しているのみならず、「臨壙文」の体裁を取ろうとする傾向さえ認められるのである。このような事情から、この「無題漢詩序」と名づけられる文章について、名称から内容に至るまで、今一度検討されねばならないと思う。筆者としては、芳賀氏が取る「設斎の願文の一変形」説よりも一歩進んで、一文を上代日本における願

文作成の先蹤と見て差し支えないと考えている。

(三)「沈痾自哀文」と「患文」

憶良の述作と願文の関係は前章に取りあげた例に止まっていない。かの「沈痾自哀文」にも、願文の一種である「患文」の影響が色濃く認められる。『敦煌願文集』に拠れば、

> 「患」は即ち病気を患うの義で、「患文」は肉親が病気に罹った時、その親類が寺院に財物を寄付し、神霊の救助や加護を祈る時に誦読する文章である。よく見られる「亡文」、「患難月文」、「臨壙文」等の文章とは大同小異で、敦煌地区で広く流行していた願文の一種である。

と定義付けられている。『敦煌願文集』には、合計二十二篇の「患文」と題する願文が収録されている。そして、個々の内容について読むと、「沈痾自哀文」とは、文体、語句、構造において多くの類似点を認めることが出来る。以下、両者を比較するために、まず「沈痾自哀文」の原文を掲げる。

(1) 原文

沈痾自哀文

竊以、朝夕佃食山野者、猶無災害而得度世、謂常執弓箭不避六斎所値禽獸不論大小孕及不孕、並皆殺食、以此爲業者也。晝夜釣漁河海者、尚有慶福而全經俗。謂、漁夫潜女各有所勤、男者手把竹竿能釣波浪之上、女者腰帶鑿籠潜採深潭之底者也。況乎我從胎生迄于今日、自有修善之志、曾無作惡之心。謂聞諸惡莫作、諸善奉行之教也。所以礼拜三寶、無日不勤、毎日誦經、發露懺悔也。敬重百神、鮮夜有闕。謂、敬拜天地諸神等也。嗟乎媿哉、我犯何罪、遭此重疾。謂、未知過去所造之罪、若是現前所犯之過。無犯罪過何獲此病乎。

初沈痾已來、年月稍多。謂、經十餘年也。是時年七十有四、鬢髮斑白、筋力尫羸。不但年老、復加斯病。諺曰、痛
瘡灌塩、短材截端、此之謂也。四支不動、百節皆疼、身體太重、猶負鈞石。廿四銖爲一兩、十六兩爲一斤、卅斤爲一鈞、四
鈞爲一石、合一百廾斤也。懸布欲立、如折翼之鳥、倚杖且歩、比跛足之驢。
吾以身已穿俗、心亦累塵。欲知禍之所伏、祟之所隱、龜卜之門、巫祝之室、無不徃問。若實若妄、隨其所教、
奉幣帛、無不祈禱。然而弥有增苦、曾無減差。吾聞、前代多有良醫、救療蒼生病患。至若楡柎扁鵲華他秦和緩
葛稚川陶隱居張仲景等、皆是在世良醫、無不除愈也。扁鵲姓秦、字越人、勃海郡人也。割胸、採心易而置之、投以神藥、即寤如平也。
華他字元化、沛國譙人也。若有病結積沈重在内者、刳腸取病、縫復摩膏、四五日差之。追望件醫、非敢所及。若逢聖醫神藥者、仰願、
割刳五藏、抄探百病、尋達膏盲之隩處、盲鬲也、心下爲膏。攻之不可、達之不及、藥不至焉。欲顯二竪之逃匿。謂、晉景公疾、秦醫
緩視而還者、可謂爲鬼所敎也。
命根既盡、終其天年、尚爲哀。聖人賢者一切含靈、誰免此道乎。何況、生録未半、爲鬼枉殺、顏色壯年、爲病横困者乎。
在世大患、孰甚于此。志恠記云、廣平前大守北海徐玄方之女、年十八歳而死。其靈謂馮馬子曰、案我生録、當壽八十餘歳。今爲妖鬼所枉敎、已經四年。
此遇馮馬子、乃得更活、是也。内教云、瞻浮州人壽百二十歳。謹案、此數非必不得過此、故、壽延經云、有比丘、名曰難達。臨命終時、詣佛請壽、則延十八年。
但善爲者天地相畢。其壽夭者業報所招、隨其脩短而爲半也。未盈斯筭而、遄死去。故曰未半也。任徵君曰、病從口入。故君子節其飲食。由斯言之、人遇疾病
不必妖鬼。夫醫方諸家之廣説、飲食禁忌之厚訓、知易行難之鈍情、三者盈目滿耳、由來久矣。抱朴子曰、人但不知其當死之日、故不憂耳。若誠知羽翮可得延
期者。必將爲之。以此而觀、乃知、我病蓋斯飲食所招而、不能自治者乎。
帛公略説曰、伏思自勵、以斯長生。生可貪也、死可畏也。天地之大德曰生。故死人不及生鼠。雖爲王侯一日絶
氣、積金如山、誰爲富哉。威勢如海、誰爲貴哉。遊仙窟曰、九泉下人、一錢不直。孔子曰、受之於天、不可變
易者形也。受之於命、不可請益者壽也。見鬼谷先生相人書。故知生之極貴、命之至重。欲言〻窮。何以言之。欲慮
〻絶。何由慮之。

惟以人無賢愚、世無古今、咸悉嗟歎。歳月競流、晝夜不息。曾子曰、往而不反者年也。宣尼臨川之歎亦是矣也。老疾相催、朝夕侵動。一代懽樂未盡席前、魏文惜時賢詩曰、未盡西苑夜、劇作北邙塵也。千年愁苦更繼坐後。古詩云、人生不滿百、何懷千年憂矣。若夫群生品類、莫不皆以有盡之身、並求無窮之命。所以道人方士、自負丹經入於名山而合藥者、養性怡神、以求長生。抱朴子曰、神農云、百病不愈、安得長生。帛公又曰、生好物也、死惡物也。若不幸而不得長生者、猶以生涯無病患者爲福大哉。今吾爲病見惱、不得臥坐。向東向西莫知所爲。無福至甚惣集于我。人願天從。如有實者、仰願、頓除此病、頼得如平。以鼠爲喩、豈不愧乎。已見上也。

右の「沈痾自哀文」は、自注の部分を除いても一千字余りとなり、『萬葉集』一の長篇である。その成立の背景について様々な憶測があるが、一般的には重病に臥した憶良が自身の身の上を嘆くものと見なされている。しかし、『敦煌願文集』所収「患文」の類と比較して見れば、「沈痾自哀文」をめぐるこうした通説にも新たな疑問が生じてくるのである。

（2）「患文」例

〈例1〉

夫佛為醫王、有疾咸救。法為良薬、無苦不治。是以應念消矢（失）、所求必遂者、則我佛、法之用也。然今即有坐前施主跪爐捨施所申意者、奉為某公染患経今数旬、薬餌果（累）醫、不蒙抽減。謹将微斯（尠）、投杖三尊。伏乞慈悲、希垂懺念諸家（之嘉）會也。惟患者乃四大假合、□（疾）瘴纏身。百節酸疼、六情恍惚。須（雖）服人間薬餌、奇聖神方。種種療治、不蒙痊愈。伏聞三寶、是出世醫王。諸佛如来、為四生福田之慈父。所以危中告佛、厄乃求僧。仰拓（託）三尊、乞祈加護。以斯捨施念誦功德、廻向福因、先用荘厳患者即體、惟願四百四病、藉此雲消。五盖十纏、因慈（茲）断滅。薬王、薬上、受（授）与神方。観音、妙音、施其妙薬。醍醐灌頂、得受不死之方、賢聖證知、垂惠長生之味。又持勝福、次用荘嚴爐施主及内外親姻等、惟願身如薬樹、万病不侵。體如金剛、常堅常固。今世後世、莫絶善縁。此劫来生、道芽轉盛。然後先亡遠代、承念誦往生西方。見在宗枝、保禎祥而延年益受（壽）。摩訶般若、利楽無邊。大衆虔誠、一切普誦。

〈患文〉・甲巻・P2058、乙巻 P3566）

〈例2〉

夫慈悲普化、遍満閻浮。大覚雄威、度群迷於六趣。故使維摩現疾、應品類之根機。馬麦金鏘（鎗）、表衆生之本業。然今施主某公祈妙福、捨所珍意者、為病患之所建也。公乃四大假合、痛悩纏身。百節酸疼、六情恍惚。雖服人間薬餌、世上醫王、種種療治、未蒙痊損。復聞三寶、是出世間之法王。諸佛如来、為四生之慈父。恒用伽陀之妙薬、済六道之沉痾。以自在之神通、拔人、天之重病。所以危中告佛、厄裏求僧。仰托三尊、乞祈加護。惟願以慈（茲）捨施功徳、念誦勝因、先用荘嚴患者即體、惟願神湯灌口、痛悩雲除。妙薬茲（滋）身、灾殃霧巻。飲雪山之甘露、恵（慧）命遐長。餌功徳之香餐、色身堅固。又持是福、次用荘嚴施主合門居眷、内外親姻等、惟願諸佛備體、龍天護持。灾障不侵、功徳圓満。然後散霑法界、普及有情。頼此勝因、咸登楽果。摩訶般若、利楽无邊。大衆虔誠、一切普誦。

（〈患文〉・P2854）

〈例3〉

夫慈悲普化、遍満閻［於］浮。大覚雄威、度群生於六道。故所（使）維摩現疾、托在毗耶。諸賢問疾之徒、往於方丈之室。菩薩現病、應品類之根機。馬麦金鏘（鎗）、表衆生之本業。然今意者、病患之也。惟公乃四大假合、尪疾纏身。百節酸疼、六情恍惚。雖復（服）人間薬餌、世上醫王、諸佛如来為種種療治、未蒙詮損。復問（聞）三保（寶）之力、是出世法王。諸佛如来、為死（四）生之慈父。所以危中告佛、厄乃求僧。仰托三尊、請求蒙護。惟願恒用加他之妙薬、済六道之沉痾。自在神通、拔天、人之重病。故知請（諸）佛聖力、不可思儀（議）、所有投成（誠）、皆蒙利益。以此功徳、先用荘厳患者即體、惟願観音放月灑芳、亦以済足大聖垂花、扇香風而湯（蕩）慮。然則六塵八苦、延恵（慧）命於（下残）。

（〈患文〉・北図6854）

（3）語句の出典

(a) 沈痾

小島憲之氏は、唐・許敬宗『文館詞林』に見える「沈此旧痾、不敢屢辞」（巻一五二、西晋・潘岳「贈王冑」）を発見し、その出典と見る。ただし、「沈此旧痾」の「沈」は、四言の親属贈答詩に見え、「むしろ俗語的といえるかもしれない。用例があまり多く見付からないのは、そこに原因があろう」と指摘している[10]。これに対して井村哲夫氏は、『晋書』楽広伝に見える、

客豁然意解、沈痾頓癒。

を挙げている（『萬葉集全注』）。いずれにも従いたいが、「沈痾」は『芸文類聚』〈疾〉項にも、

沈痾類弩影、積弊似河魚。（梁・簡文帝「臥疾詩」）

や、「歳晩沈痾詩」（梁・朱超道）との題にも見えるように、広く使われていた用語であり、出典を特定することは容易ではない。しかし、右記「患文」に見える「恒用伽陀之妙薬、済六道之沉疴」二例は、熟語としての「沉疴」を使用している。更に、「亡文等句段抄」には、

沈頓之痾、弾指之間霧歇。

（〈亡文等句段集抄〉・願亡人・P2313）

とある例から、小島が指摘する「沈此旧痾」と並んで、「沈痾」の基づいた表現である可能性が考えられる。もう一例、

慈雲布而熱悩清涼、恵（慧）影臨而沈痾頓息。

（〈亡文範本等〉・疾癒意・S5639、S5640）

このように、「患文」における「沈痾」の用例と合わせて見るに、憶良における用法は、他の漢籍よりも近い距離にあることが推測されよう。

(b) 況乎我従胎生迄于今日、自有修善之志、曾無作惡之心。……所以礼拜三寶、無日不勤。……敬重百神、鮮夜有闕。……嗟乎媿哉、我犯何罪、遭此重疾

この一節は、「私は生まれつきの信心者なのに、この重病はいったいどんな罪過を犯したせいか」という自問がポイントであるが、注目すべきは、その具体的表現が願文との類似である。〈願文範本等〉なる条には、「患文」を作成するにあたり、発願者の身分によって異なる表現を用いよ、との模範文が示されているのである。それには、僧侶が発願する場合には―「僧云」、尼が発願する場合には―「尼女云」との指示及び模範文が明示されているが、所謂「俗人」――一般人が発願する時、次のような模範文が示されている。

俗人云、乃深信因果、非乃今生。慕道情殷、誠惟曩劫。（〈願文範本等〉・願文・S343、P2255）

大意は、「一般人なら次のように言おう、深い信心の因果は今生だけではない。じつに何劫も前の昔から（曩劫「昔の劫―何劫も前から」）、仏道を慕う気持ちは、ひたすらだったのだ、と」。ちなみに殷と誠はともに信心深いの意。「曩劫」の例は、外にも例えば梁の武帝蕭衍が、皇后の郗氏が往生できるように、誌公禪師等の高僧に頼んで作成したかの名高い「慈悲道場懺法」（一名『梁皇宝懺』）に、

珍奇妙供、普奉諸佛聖賢、稱禮洪名寶號。稽顙皈依、發露投誠。切念求懺某等、遠從曩劫、直至今生。迷五蘊之去來、隨五濁之流轉。

とのように用いられている。「我從胎生迄于今日」の一文を右記文中の「遠從曩劫、直至今生」と比較して見れば、文意はほぼ同じである。「胎生」は、「曩劫」の類義語として、いずれも「遠い昔から」の意であり、もって信心の

深さを表している。ここに推測できるのは、同じく「俗人」としての憶良がこの一文を草するにあたり、自身の状況もさることながら、願文の模範文を念頭に浮かべていたこともあり得たのであろう。

(c)　**初沈痾已來、年月稍多。……四支不動、百節皆疼、……若逢聖醫神藥者、……**

「初沈痾已來」より始まり、病気の完治を祈る「欲顯二竪之逃匿」に至るまでの合計三百五十字に近い文章は、前引三例の「患文」の次の表現に通じるものである。

〇百節酸疼、六情恍惚。　〈例1〉〈2〉〈3〉

〇惟願……薬王、薬上、受（授）与神方。観音、妙音、施其妙薬。　〈例1〉

〇復聞三寶、是出世間之法王。諸佛如来、為四生之慈父。恒用伽陀之妙薬、済六道之沉痾。以自在之神通、抜人、天之重病。　〈例2〉そして、〈3〉もほぼ同文

更に、願文には、

〇不逢編（扁）鵲、寄託金人。願得痊和、清斎是賽。　〈願文等範本〉・公・S2832

〇不逢鶣鵲、冀託金師。　〈願文等範本〉・女人患・S2832

とある内容も注目される。「扁鵲に巡り合えなかったら、金人・金師（仏像）の方に願いを寄せよう」との意であるが、「若逢聖醫神藥者」や「至若楡柎扁鵲華他秦和緩葛稚川陶隱居張仲景等、皆是在世良醫」なる表現と内容に通ずる。このあたりの文章は、願文の簡潔さに比べて、「四支不動、百節皆疼」の外、「鬢髪斑白、筋力尫羸」「痛瘡灌塩、短材截端」、「鈞石」、「折翼之鳥」、「跛足之驢」等、躍動感のあるタッチで病苦や老体を生き生きと描いているところが特徴である。これは、願文の体裁を熟知する憶良が、模範文のいくらか形式ばった文章を嫌って、あえて自らの感情を盛り込んだ結果なのか、それとも単なる筆先の彩を弄したのか、どちらとも判断されようが、一

節を通して願文との深い関わりが窺えれば足る。

(d) 以此而觀、乃知、我病蓋斯飲食所招而、不能自治者乎

井村氏は、一文を評して、

憶良はここで、死ぬ時期を知らされない限り、自分ではコントロールできないものとして口腹の欲、飲食について語っている。また、飲食の節制の困難を刖劓の刑にも比して語る。この述懐の口吻からすると、憶良はかなり飲食に淫していた者であるらしい。

という（『萬葉集全注』）。憶良が果たして「飲食に淫していた」かどうかは定かでないが、「飲食の節制の困難」という解釈は、紙背を徹した読みである。一文は、「我犯何罪、遭此重疾」の問いに呼応して、あれこれと病因を模索し、とうとう「我病蓋斯飲食所招而」という回答に辿りついたものと見られる。それは左記のような願文一般に見られる飲食節制に失敗し、病を得るに至る表現に通じる。

○攝養乖方。（〈二月八日文等範本・患文〉・甲巻S1441、乙巻S5548）

○為（唯）患者乃攝養乖違、如（而）［嬰］沈疾。（〈患文〉・P2058）

○捨施意者、頃自攝巻（養）乖方、忽瓔（嬰）疥疾。屢投薬石、未沐（沐）瘳除。所恐露命難留、風燈易滅。（〈願文範本等〉・願文・S343、P2255）

○攝養乖方。（〈俗丈夫患文〉・甲巻S5561、乙巻S5522）

○攝養乖方。（〈丈夫患文〉・S5561）

「攝養乖方」とは、他ならぬ「飲食生活の不養生、不摂生」の意である。憶良はここに道教文献『帛公略説』まで引き出してあらゆる長生術にふれて養生の重要性を説くが、しまいの「我病蓋斯飲食所招而」の一文は、むしろ仏

教的観想に触発された、悔恨・懺悔の気持を表す発言と見なされよう。逆説的な証拠として、神仏に誓い、口腹の欲を抑えるという願文が左記のように求められる。

又願従今以去、至乎道場、生生世世、不復噉食衆生、乃至夢中不飲乳蜜、無論現前。……又願在在生處、若未有識知、未得本心、或以乳、或以蜜、或以魚、或以肉、凡諸生類以相逼飲者、願使弟子蕭衍口即噤即閉。若苦相逼強、舌巻入喉、終不可開。令彼慙愧、起慈悲心。噉食生類、畢竟永逝。若有人云「以水飲、以果来」、心生歓喜、口即開受、皆成甘露、微妙上薬。人甘口涼、身心慧浄、氣力充溢、慈心普遍。一切四生、受无畏施、倶得鮑（飽）満無渇想、水陸空行一切四生不相噉食、皆以慈心相向。

（梁・蕭衍〈東都発願文〉・P2189）

身体安穏及び来世平安のために、これから素食以外、生き物等を一切口にしないとの誓いである。このように見てくると、一文における憶良の思想は、単なる道教的摂生、養生の立場からの発言ではなく、根底には仏教の因果応報説も潜んでいるのではないか。

(e) **咸悉嗟歎。歳月競流、晝夜不息**

自注では、一句に対して「宣尼臨川之歎亦是矣也」とのように、もとより出典を『論語』子罕第九にある、

子在川上曰、逝者如斯夫、不舎昼夜。

とするが、これもやはり願文の常套句として左記のように数多く求められる。

○是以元興大患之嗟、仲尼有逝川之嘆。（〈願文等範本〉・因産亡事・S2832）

○悲風樹之易慟（動）、追誓（逝）水之難留。（〈願文範本等〉・亡僧号・S343、P2915）

○怨逝水之東浪（流）。（〈二月八日文等範本〉・亡文・S1441、P3825）

○荘舟（周）起嘆於西池、魯火（父）軫思於東水。（〈亡文範本等〉・願文號頭・S5639）

○何圖業運已逼、東波之浪難廻。　（〈亡考妣文範本等〉・憂婆夷・S5637）
○蓋聞泡幻不停、閲孔川而莫駐。刹那相謝、歴荘閏而何追。　（〈先聖皇帝遠忌文〉・P2854）
○恍惚幽夜泉扃、空望［於］逝川。哽咽霊儀関戸、徒追於落日。　（〈為亡兄太保追福文〉・P1104）

このように見てくると、「沈痾自哀文」における一文の由来を考える場合、憶良には、知識として『論語』の内容があったとしても、これを草するにあたり、願文の体裁が先ずその脳裏を去来していたと思われる。

(f) **聖人賢者一切含靈、誰免此道乎。……老疾相催、朝夕侵動**

右記二文は、「患文」例にはないが、前引〈臨壙文〉にある、

○是知生死之道、熟（孰）能免之。　（〈臨壙文〉〈例1〉）
○二鼠之侵年。　（〈臨壙文〉〈例2〉）
○但以情（清）歳摧人、白駒過隙。未免三途之苦、常輝四瀑之流。　（〈燃燈文〉・P2854）

に類した表現であり、同じ憶良の文章として、願文との関係において、その成立を考えたい。

（4）「自哀文」の作成意図

土屋文明『萬葉集私注』は、「哀は哀悼文の一体で、……生前ながら、久しい病気がいえないので、自分の哀悼文を作つて置くといふ程の心持である」と見る。一方、村山出氏は、陶淵明の「自祭文」を一文の先例とする。[11] また中西進氏は、盧照鄰「釈疾文」との関連を指摘した上で、「ひょっとすると、先蹤とするものは釈疾文であり、記し終った絶望の中で、自虐的に『自哀文』という題をつけたものではなかったか。ただしその内容は〈生を願う文〉というべきものであって、『哀文』の類とはほど遠いものである」としている。[12] 井村氏は、「『自ら哀しぶる文』

と理解したい。その内容は、生命の貴重を論じ、息災長生を求める群生品類の道理を説き、わが病を天に向かって告発するもので、その『自哀』文とはやがて『自愛』の文であり、論であり、説である」との見解を主張している。(13)日本古典文学全集『萬葉集』は、一文の意味を「死を予見した自悼文」としている。(14)

諸説どれも一理あるが、考察してきたように、一文の構成と用語の患文との類似から、その意味及び作成意図について改めて考える必要があろう。具体的には、例えば、従来の解釈では、「自哀」は「自ら哀しぶる文」としている。しかし、漢語としての「哀」には「カナシブ」の意を除き、馬叙倫『説文解字六書疏証』巻三に、「哀訓唁也、哭泣之事。但嗟歎以言、故謂之唁。今所謂表同情也」とのように、本来言語を伴った、「同情」を表す行為でもあった。そして、「哀」の熟語としての「哀願」は、「悲願」「歎願」、「呪願」、「哭願」とともに、仏教説話によく見られ、いずれも言語を伴った祈禱行為を指す。(15)『日本霊異記』巻下にある説話、

近江国坂田郡遠江里、有一富人、姓名未詳也。将写瑜珈論、發願未写、而淹歴年。家財漸衰、生活無便。離家捨妻子、修道求祐、猶睠願果、常愁于懐。帝姫安陪天皇御世、天平神護二年丙午秋九月、至一山寺。累日止住。其山寺内、生立一柴。其柴皮上、忽然化生彌勒菩薩像。時彼行者、見之仰瞻、巡柴哀願。諸人伝聞、來見彼像。或獻俵稲、或獻錢衣。及至供上一切財物、奉繕寫瑜伽論百巻、因設齋會、既而其像奄然不現、誠知、彌勒之高有兜率天上、應願所示。願主下在苦縛凡地、深信招祐、何更疑之也。（「弥勒菩薩応於所願示奇形縁第八」）

近江国坂田郡遠江里に、一の富める人有り。姓名詳ならず。瑜珈論を写さんむとして願を發していまだ写さずして淹しく年を歴、家の財やうやく衰へて生活くに便無し。家を離れ妻子を捨て、道を修ひて祐を求む。なほ願を果さむことを睠、常に懐に愁ふ。帝姫安陪天皇の御世の天平神護二年丙午の秋九月に、一の山寺に至りて日を累ねて止住る。其の山寺の内に一の柴生立つ。其の柴の皮の上に忽然に彌勒菩薩の像化生る。時に彼の行者見て仰ぎ瞻、柴を巡りて哀び願ふ。諸人伝へ聞き、來りて彼の像を見る。或るいは俵の稲を獻り、

或るいは錢と衣とを獻り、及至一切の財物を供上る。瑜伽論百巻を繕寫し奉りて因りて齋會を設く。既に其の像、奄然に現れず、誠に知る、彌勒は高く兜率天の上に有りて願に應へて示れ、願主は下苦縛の凡地に在りて深く信ひて祐を招くことを。何ぞ更に疑はむ。

文中の「哀願」は、言うまでもなくそうした言語を伴った祈禱行為であるが、「見之仰瞻、巡柴哀願」の「仰瞻―哀願」は、「仏像を仰ぎて見、言葉をもって願う」の意であり、願文に頻出する熟語「仰願」の基づく原表現である。『敦煌願文集』に複数見られる「歎願文」「呪願文」と題する願文も、「哀願」とともに、仏教のコンテキストに成り立つ表現と見られる。こうしたことから、「自哀文」は、憶良が従来ある「自悼文」「自祭文」の表現を倣いつつも、その意味は「自悼」「自祭」が表そうとする、古代中国の士人たちが自らの不遇、人生の無常を悲嘆する消極的なものではなく、「歎願文」「呪願文」に類した、生への積極的な希求から、重病に伏した自分のために書いた、文字通り「生を願う」(中西)患文と推測されよう。

また、先述のように、一般に願文の作成は、主催者(発願者・施主)自身の願意を神仏の前に読み上げるところにあるが、願文の中でも、しばしばこれに言及するのである。

○然今即有**坐前施主**跪爐捨施所申意者……。〈例1〉

○然今**施主**某公祈妙福、捨所珍意者、為病患之所建也。〈例2〉

○唯願發神足、運悲心、降臨**道場**……。(〈丈夫患文〉・S5561)

○伏願去定花臺、降斯**法會**。(〈僧患文〉・S5561)

○唯願發神足、運悲心、降臨**道場**……。(〈俗丈夫患文〉・甲巻S5561、乙巻S5522)

○今投**道場**、虚(希)求済抜諸(之)所見(建)也。……願今日今時、頼此**道場**、證明功徳、即日轉生。(〈丈夫患文〉・S5561)

古代中国敦煌地方における願文の用途をめぐって、中国人研究者の余欣氏が、それぞれ「道場施捨」、「設斎啓願」、「燃燈供養」という三つの場合があったことを究明し、願文は、主としてそうした場所において唱読されるものということを指摘している。[16] 上代日本におけるかかる祈禱活動がいかなる形式で行われていたかは判らないが、「沈痾自哀文」の作成も、法会、道場との関連において今後考察する必要があろう。そして、以上二つに加えて、「沈痾自哀文」を結ぶにあたり用いられた表現、

○仰願、頓除此病、頼得如平。

は、他の願文に見える常套的表現、

○惟願千殃頓絶、萬福来臻。　（〈二月八日文等範本〉・患文第四・甲巻S1441、乙巻S5548）

○伏願……身病心病、即目（日）消除。臥安覚安、起居軽利。　（〈患文〉・S4537）

○願……於（放）捨患如（児）、還復而（如）故。　（〈丈夫患文〉・S5561）

と相似ていることからも、一文が患文として作成された可能性を示唆している。

ともかく、「自哀文」の成立をめぐる諸説林立の現状は、この長文の性質の複雑さを物語っており、右記の推論を、さしずめ一つの新しい仮説として提示しておきたい。

（四）「恋男子名古日歌」と「亡文」

願文の影響は、憶良の漢文述作のみに限られていないようである。「山上の操」―その作らしい巻五の最後を飾る「男子名古日を恋ひし歌三首」と題する長歌も、願文の一種である「亡文」―逝去した者を追善、追悼する文、を踏まえた可能性が高い。まず原文を掲げよう。

(1) 原文

男子名古日を恋ひし歌三首

世の人の　貴び願ふ　七種の　宝も我は　何せむに　我が中の　生れ出でたる　白玉の　我が子古日は　明星の　明くる朝は　しきたへの　床の辺去らず　立てれども　居れども　ともに戯れ　夕星の　夕になれば　いざ寝よと　手を携はり　父母も　うへはなさがり　さきくさの　中にを寝むと　愛しく　しが語らへば　いつしかも　人となり出でて　悪しけくも　善けくも見むと　大船の　思ひ頼むに　思はぬに　横しま風の　尓布敷可尓　覆ひ来ぬれば　せむすべの　たどきを知らに　白たへの　たすきを懸け　まそ鏡　手に取り持ちて　天つ神　仰ぎ祈ひ禱み　国つ神　伏してぬかつき　かからずも　かかりも　神のまにまにと　立ちあざり　我れ祈ひ禱めど　しましくも　良けくはなしに　やくやくに　かたちつくほり　朝な朝な　言ふこと止み　たまきはる　命絶えぬれ　立ち躍り　足すり叫び　伏し仰ぎ　胸打ち嘆き　手に持てる　我が児飛ばしつ　世の中の道

〈反歌〉

若ければ　道行き知らじ　賂はせむ　下への使ひ　負ひて通らせ

布施置きて　我は乞ひ禱む　あざむかず　直に率行きて　天路知らしめ

右の長歌はこれまで挽歌と見なされ、契沖、中西進氏等による代作説、それに反対する説等、相拮抗しつつ今日に至る[17]。中では、芳賀紀雄氏が一首の表現について、「亡児哀傷」という、挽歌においては非伝統的で比類のない主題を開拓し、その成立に中国における「哀」の文体、子を哀傷する詩賦の影響を考えるべきとの見解を示すとともに、長歌の前半の明から後半の暗への展開について『文心彫龍』の「誄碑」に「体を伝にして文を頌にし、始を栄めて終を哀しむ」と述べる哀誄の構成と軌を一にすると説く（『萬葉集における中国文学の受容』）。
しかし、この長歌の構成と内容を願文の一種である「亡文」と比較して見ると、両者の間に多くの共通点が見られるので、右記諸説に見直しの余地が出ている。以下、例を掲げよう。

（2）「亡文」例

〈例1〉

毎聞朝花一落、終無反樹之期。細雨辭天、豈有帰雲之路。……惟孩子鳳鶴俊骨、天降異霊。弄影巡床、多般語笑。解行而三歩五歩、解父母之愁容。学語而一言両白、別尊卑之顔色。将為（謂）成人長大、侍奉尊親。何期逝水無情、去留有恨。朝風忽起、吹落庭梅。玉砕荊山、珠沈逝水。父念切切、垂血涙以無休。母憶惶惶、但哀號而難止。東西室内、不聞喚父之聲。南北階前、空是（見）聚□（塵）之處。親因（姻）念想、再睹何期。内外含酸、惨傷無盡。惟孩子将斎僧功徳、用資魂路。

（〈亡文範本等〉・願文号頭・S5639）

〈例2〉

曾聞荊山有玉、大海明珠。骨秀神清、紅顔紺白。似笑似語、解父母之愁容。或坐或行、遣傍人之愛美。掌擎来（未）足、怜念偏深。弄抱懐中、喜愛無之盡。或是西方化生之子、或従六欲天来。暫時影現、限満還帰浄土。何期花開値雪、吐蘂逢霜。我迩（俄爾）、之間、掩（奄）従風燭。東西室内、不聞呼母之聲。南北堂前、空見聚塵之跡。懸情永隔、再會難期。玉貌榮榮、託坐何路。則有斎主敬為亡孩子ム七斎有是設也。惟孩子化生玉殿、遊戯金臺。不歴三塗、無為八難。捨閻浮之短壽、睹浄土已（以）長生。捨有漏之形軀、證菩提之妙果。

（〈亡文範本等〉・願文号頭・S5639）

〈例3〉
昔者素王所歎苗而者於不秀、唯有項茲早亡。秀而者於不實、只歎顔回之少夭。已祐方今、然不殊意者、孩子之肌明片玉、目浄瓊珠。頰桃李之花開、眉彎彎海月初曲。能行三歩五歩、起坐未分。學語一言両言、尊比（妣）未辯（辨）。豈謂鳳鶵無託、先凋五色之花。龍駒未便、先懽（摧）千里之是（足）。慈母日悲、沈掌上之珍。厳霜、失帳中之玉。飾展薫修、用薦孩子冥路。

（〈願文等範本〉・夫亡・S2832）

＊この亡文は、〈願文等範本〉「夫亡」条に見え、前半が亡き夫へ捧げる文、後半が亡き子へ捧げる文となっており、抄録過程における誤写と見られる。（筆者注）

〈例4〉
惟孩子稟乾坤而為質、承山岳已（以）作霊。惠和也、而（如）春花秀林。聰敏也、則秋霜並操。将謂宗枝永茂、冠盖重榮。豈期珠欲圓而忽碎、花正芳而□（凌）霜。致使聚沙之處、命伴無聲。桃李園中、招花絶影。或者池邊救蟻、或者林下聚沙。遊戲尋常、不逾咫尺。豈謂春芳花果、横被霜霰之凋。掌上明珠、忽碎虎□之口。嗟孩子八歳之容華、變作九泉之灰。艶比紅蓮白玉、［化］作荒交（郊）之土。

（〈願文等範本〉・妹三（亡）日・S2832）

（3）語句の出典

(a) 白玉の　我が子古日は　明星の……夕星の……

先ず、井村氏による一句の現代語訳を掲げよう。

生まれた出た　真珠のような
夫婦の宝　わたしの古日！

明星が　またたく朝は
床の側に　いつもつききり
……夕星が　またたく　宵は……

（『萬葉集全注』）

『萬葉集』には、「朝には、夕には」との形で表現する歌が多数あるが、[18]「明星の朝……夕星の夕……」はこの一例だけである。「明星」も『萬葉集』にはこの一例のみ、「夕星」はこの例を含めて僅か三つということから、両者の併用は、異常なケースと見なさねばならない。井村氏もこの異例に気づき、「親子の情愛の日々を象徴する美しい枕詞」、「明の明星、宵の明星は、何よりも愛と幸福の日々の美しいシンボルであろう」との解釈を施しているが（『萬葉集全注』）、注目したいのは、『敦煌願文集』には、子供の誕生一ケ月を祝う願文に次の文句が並べられている、

其孩子乃色奪紅蓮、面開圓鏡。眉寫残月、日（目）帯初星。容貌分暉、敢映瓊瑶之色。

（〈願文範本〉・孩子・P2044）

文中の「眉寫残月、日（目）帯初星」は、親の目に映る子供の容貌の美しさを描くもので、「眉は残月（三日月）のように美しく、目は初星のように明るい」との意である。この長歌における「明星」「夕星」の併用は、或いは願文の対句に倣った、「朝夕」と「わが子の美しい容貌」をかけた枕詞と見られよう。「残月」と「夕星」こそ一致しないものの、「初星」も「明星」も毛詩にいう「啓明」の星である。

(b) 床の辺去らず　立てれども　居れども　ともに戯れ

一見ありふれた表現に見えるこの一句は、前引願文〈例1〉と〈例4〉にある、

○弄影巡床、
○遊戯尋常、不逾咫尺。

の翻案と見なされよう。現代風に訳せば、「床の辺をまわって離れない」、「遊ぶ時もじっとしている時も、一歩も身辺から離れない」となる。二例は、可愛げで、惻隠の心を誘う子供の姿を詠うこの一句の発想に影響を及ぼしたのであろう。

(c) **大船の　思ひ頼むに　……　思はぬに　横しま風の　尓布敷可尓　覆ひ来ぬれば**

「横しま風」の出典を仏典「横風」(『仏説七処三観経』)、「邪風」(『続高僧伝』巻十五、僧弁伝)、「無常風」(『付法蔵因縁伝』巻二)とすべきとの見解もあるが(芳賀『萬葉集における中国文学の受容』)、願文にも例えば、

○朝風忽起、吹落庭梅。〈例1〉

○我迩(俄爾)、之間、掩(奄)従風燭。〈例2〉

○何期忽翻浪以傾舟、俄庭風而滅燭。(〈亡文範本等〉・亡考妣意・S5639)

との表現が見られる。右三例は、それぞれ「(わが子が)俄か風によって吹き飛ばされた朝の梅のようだ」、「(わが子が)俄か風によって消されて消えた蠟燭の火のようだ」、「(わが母は)突然の大波に覆された船、俄か風によって消された蠟燭の火のようだ」の意になろう。類似の表現が他の願文にも多数見られる。

○豈期業韻(運)難停、忽奄(掩)風燭。(〈願文範本等〉・亡妣文・甲巻S343、乙巻P2915)

○奄従風燭。(〈武言亡男女文〉・甲巻S343、乙巻P2915)

○何期大夜忽臨、掩(奄)従風燭。(〈亡文範本等〉・亡考妣意・S5639)

○何圖玉樹先彫(凋)、金枝早折。奄従風燭、某七今臨。(〈二月八日文等範本〉・亡男・S1441、P3825)

○豈期風燭難留、掩(奄)帰大夜。(〈願文範本等〉・亡文・S343、P3259)

○何期風燭不停、奄経某七。(〈発願文範本〉・P2058)

さて、表題の句に見える難訓語「尓布敷可尓」をめぐって諸説あるが、右記諸例に照らして、「にわかに」と訓む説に従いたい。西本願寺本では、その表記が「尓母布敷可尓」となっており、橘千蔭『萬葉集略解』所引宣長説、下四字を衍字とし、「尓母」は位置が乱れて上に入ったものとし、布敷は「尓波」の誤りとみて「尓波可尓母」としている。これに鹿持雅澄『萬葉集古義』、次田潤『萬葉集新講』、金子元臣『萬葉集評釈』が従う。井上通泰『萬葉集新考』も、下四字を衍字とし、「母」を「波」の誤り、「敷可」を衍字として、「尓波布尓」と訓み、「ニハカニ」の意としているのである。

右記の論考を踏まえて、一句については、「思わぬに」は「豈期」「何圖」「何期」の訓読語、「横しま風の尓布敷可尓」は、「横しま風の　俄に」と訓まれ、「覆ひ来れば」は、右記〈亡妣文〉の「忽奄（掩）風燭」の「掩」―おおう、の訓読語とされよう。一句の大意を「大船に横しま風が俄に覆い被さってきたように」と解したい。大波によって覆される船という譬えは、右記の「何期忽翻浪以傾舟、俄庭風而滅燭」に触発された表現であろう。

(d) 立ち躍り　足すり叫び　伏し仰ぎ　胸打ち嘆き

一文については、『風土記』（意宇郡）に見える、「号天踊地行吟居嘆」を、「成踊」（『儀礼』士喪礼・既夕礼）、「哭踊」（『礼記』檀弓上・問喪）等の「踊」と交渉を持つ語と見る説がある（芳賀『萬葉集における中国文学の受容』）。「立ち踊り」「胸うち嘆き」の句は、契沖が『孝経』（喪親章）を引いて指摘する、「擗踊」を下に敷いたものということになる。

立ヲドリよりムネウチナゲキまでハ孝経云。哭泣擗踊哀以送。注曰、搥心曰擗跳曰踊。所以泄哀。男踊女擗以送之。（『代匠記』精撰本）

岸本由豆流『萬葉集攷証』でも、『礼記』（檀弓下）の、辟踊、哀之至也。有算、為之節文也。

を挙げている。これに新日本古典文学大系『萬葉集』も従うが[19]、左記の例について見よう。

○至孝等對孤墳而躄踴、涙下数行。扣棺槨以號咷。　（〈廻向発願範本等〉・歎壙・S4474）

○至孝攀號擗勇（踴）、五内分崩。　（〈臨壙文〉・S6417）

○遂乃攀號僻（擗）踴、五内分崩。　（〈臨壙文〉・S6417）

○至孝等攀號擗踴……悲叫號咷。　（〈臨壙文〉・北圖7133）

○遂乃攀號擗踴……悲叫號咷。　（〈臨壙文〉・S5957）

一読して表題句と至近の距離にあることが分かるであろう。ただし、本来は亡き親への行為として「臨壙文」に多く見られる表現であり、子供の亡文にあまり見られないものであるが、憶良によって長歌に取り入れられ、自家薬籠中にて合成したものであろう。

(e) 白玉の　我が子……　手に持てる　我が児飛ばしつ

右記表現の依拠として、「痛掌珠愛子」（江淹「傷愛子賦」『広弘明集』）や「掌中珠砕」（庾信「傷心賦」『芸文類聚』）を指摘されているが（芳賀『萬葉集における中国文学の受容』）、夭折した子供に贈る願文には、前引諸例を含めて、左記のように多くの類例が見られる。

○玉砕荊山、珠沈逝水。　〈例1〉

○荊山有玉、大海明珠。　〈例2〉

○掌擎来（未）足、怜念偏深。　〈例2〉

○慈母日悲、沈掌上之珍。　〈例3〉

○豈期珠欲圓而忽碎、〈例４〉
○掌上明珠、忽碎虎□之口。〈例４〉
○毎泣蟾光之影、猶掌失珠。（〈二月八日文範本〉・亡男・甲巻 S1441、乙巻 P3825）
○膝下亡珠、掌中碎寶。（〈亡男文〉・P2341）
○豈謂庭摧玉樹、掌碎明珠。（〈亡考妣文範本等〉・孩子歎・S5637）
○豈謂庭摧玉樹、掌碎明珠。（〈願文範本等〉・女孩子・S4992）
○豈期風摧澤葉、霜折芳苗。碎掌内之明珠、失窈窕之美色。（〈亡考妣文範本等〉・女孩子・S5637）
○片玉掌上、月浄驪珠。（〈願文範本〉・女・P2044）
○母泣断而無追、痛失掌中之寶。（〈願文範本〉・孩子・P2044）

このように、我が子を「掌」にある「珠」、或いは「玉」と比喩するところが、「白玉の　我が子」「手に持てる　我が児」の表現に通じており、右記願文の諸例こそその出典として再認識されるべきであろう。とりわけ、表題の句が表現しようとする意味が、右記「亡男」「孩子」に見える「猶掌失珠」「痛失掌中之寶」――「掌の珠を失うが猶し」「掌中の寶を痛失す」に尽されている。

(f)　いつしかも　人となり出でて　悪しけくも　善けくも見むと　大船の　思ひ頼むに

一句は、「いつの日か　大きくなって　あれこれと　見てやれようかと　心頼みに　していた矢先」と現代語訳されているが（井村『萬葉集全注』）、前引「亡文」〈例１〉にある、

将為（謂）成人長大、侍奉尊親。

とともに、亡き子の将来への期待という点において軌を一にする。ただし、「亡文」の方は、「成人して両親の面倒

が見れたら」と、所謂儒教の孝行観を盛り込まれたのに対して、長歌の方は、ただ親が子の成長を見届けてやりたいとの意味になっている。これは日本的に変容させられたものかどうか後考が必要であるが、表現のモチーフは近いものと見られる。

(g) 若ければ　道行き知らじ　賂はせむ　下への使ひ　負ひて通らせ

反歌となる右の歌における「道行き」は、後生来世までの彷徨、つまり中有の旅を指すものである。四十九日の間、閻羅王その他冥府の王の審判を受けながら旅を続ける。ここに出てくる「賂」は、死者の追善供養のために三宝に布施を捧げて、天へ導くことを祈願する。

○惟孩子将斎僧功徳、用資魂路。〈例1〉
○則有斎主敬為亡孩子ム七斎有是設也。〈例2〉
○飾展薫修、用薦孩子冥路。〈例3〉

そもそも結びの文句として「用資魂路」「薦孩子冥路」が用いられているが、反歌の機能もこれに近い。両者相俟って願文＝亡文の機能を果たしているのではないか。

（4）「亡文長歌」出現の意義——長歌成立の一側面

以上、「男子名古日を恋ひし歌」の表現と「亡文」の類似を分析し、関連の可能性について考察してみた。片や漢文、片や和歌という、一見形態を異にする二つの文章が、実は憶良一流の翻案手際によって結ばれた者同士である。かつて井村氏はこの一首を評して、

憶良の作品は一般に、黙読したり、平板に棒読みすると、ずい分ぎこちないものがあるようであるが、その情

念の浪に乗るように朗読してみると、緩急・強弱・抑揚が豊かで、案外スムーズな詞運び、内在的な韻律が有ることに気付く。

と語ったが（『萬葉集全注』）、前記の出典考察に見たように、四六駢儷文の願文を下敷きとする漢文韻文の熟読があったからこそ、このような「スムーズな詞運び、内在的な韻律」を有する「亡文長歌」とも言うべきものが作り出されたのであろう。

さて、願文を踏まえてできた、このような「亡文長歌」は、上代における長歌成立を考える点においても新たな視点を提供してくれるようである。

日野龍夫氏は、「新体詩の一源流—漢詩和訳のもたらしたもの—」なる一文において、近代における新体詩の確立には、漢学者たちによる中国の漢詩の和訳が一役を買っているという、従来の定説を覆す創見を打ち出されている。日野氏は、近体詩の源流を求めるにあたり、与謝蕪村の長詩「北寿老仙をいたむ」に注目し、「形式、内容ともに、例えば島崎藤村の『若菜集』に収めてもそのまま通りそうなほど、近代的な抒情詩に接近している」と評しながら、その達成を、頴原退蔵が指摘する俳諧の世界に伝わる長詩の流れとの関連をあえて否定し、「漢詩の悼亡詩を日本語で試みるという意図のもたらしたもの」とした上で、

人の死を悲しみ悼む詩は、日本でも、古今和歌集以来、歌集に哀傷の部を設ける習慣が固定し、古来無数に詠まれてきた。しかし、岡に登って人の死を悼む、あるいは人の死を悼むために岡に登るという設定は、日本の哀傷歌の伝統の中には多分例がない。……「君を思うて岡のべに行きつ遊ぶ／おかのべ何ぞかくかなしき」という聯は、まさにこの漢詩の悼亡詩に見出される登高感傷の思いを、日本語の詩として表したものと考えられる。そして、この聯に続く叙述は、登高して目にした野草、耳にした雉の声と、次々と思いを及ぼしてゆくのであるから、「北寿老仙をいたむ」全編は登高感傷の思いを順次展開するところに成り立っていると思う。

と論じ、「漢詩の和訳は日本文学の欠を補っているのである」との結論を示されている。[20]「男子名古日を恋ひし歌」という長歌の成立に関しても、本質的には同様のことが言えよう。「亡文」という文体が持つ構成は、弔われる者の生前と死後へ寄せる文字通り「情念の浪」を綴ったものであり、それが憶良の翻案作業を経て、始めてそれまでの和歌に類を見ない「亡児哀傷」や「死児哀傷」と言われるような「思いを順次展開」した、「内在的な韻律」を有する長歌が生まれたのであろう。

凡そ新しい文体、新しい詩想の創出には、常に時代の気運とそれに呼応する文学者の情熱が欠かせないものである。日本文学の場合、「翻訳」と「翻案」がとりわけ常に時代の先取りとして、気風を切り開いていくのが特徴だったように思われる。近体詩が、漢詩和訳でもって西洋文学の受容の礎を築いたと同様、「男子名古日を恋ひし歌」のような「亡文長歌」の成立の背後にも、敦煌願文のような漢詩文の翻案という一面があったことを、右の論考をもって証としたい。

(五) むすび

以上憶良の作品三点における敦煌願文の影響についてごく初歩的な論考を行ってきた。『敦煌願文集』所収の願文は、未刊行の分と合わせればその半分程度のみということで、本格的な研究調査はまさにこれからであるが、本章の考察を通して窺えたのは、願文という新たな漢籍の一群の萬葉研究にとっての重要性と、従来の我々が想像する以上の、憶良の多彩な文筆活動及び述作環境である。その意味で、今後刊行される予定の『敦煌願文集』続編をも視野に入れて、出典調査に加え、細かい表現の一つ一つについて、より緻密な考証を重ねながら新説を生み出していくのが、憶良研究のみならず、萬葉研究の一つの新しい方向でもあろう。

筆者としては、かかる多彩な願文の翻案と見なされる述作が何故憶良に集中していたのか、その背後にあった上代における願文の流布及び利用の状況、ひいては信仰形態はいかなるものであったのか、といった問題についても、深い関心を覚えるものである。こうした問題を順次に解いていくことによって、印象批評を超えた、より真実に近い憶良像に迫りうるのであろう。

注

（1）願文の定義について、山本真吾『平安鎌倉時代における表白・願文の文体の研究』（汲古書院・二〇〇六年）には種種集められており、中には渡辺秀夫「願文―平安朝の追善願文を中心に―」（仏教文学講座第八巻『唱導の文学』・勉誠社・一九九五年）が最も概括的である。なお、黄征「敦煌願文考論」・『香港敦煌吐魯番研究中心叢刊之六・敦煌語文叢説』（台北新文豊出版公司・一九九七年）や、饒宗頤「談仏教的發願文」・『香港敦煌吐魯番研究』第四巻（一九九九年）にも、「願文」の定義に関する議論があり、合わせて参考されたい。

（2）黄征・呉偉編校『敦煌願文集』（岳麓書社・一九九五年）参照。上代文学とりわけ『萬葉集』との関係を研究する必要性を強調したのが、芳賀紀雄「願文・書儀の受容―海東と西域の問題」（『萬葉集における中国文学の受容』・塙書房・二〇〇三年）である。

（3）王暁平氏は、その著『人文日本新書・遠伝的衣鉢―日本伝衍的敦煌仏教文学』（寧夏人民出版社・二〇〇五年）において、正倉院文書を始め、『萬葉集』や『源氏物語』などの古典における願文の影響について一通り論じている。憶良との関連について、主として「報凶問歌一首」の漢文序、「罷宴歌」及び「恋男子名古日歌」との文体または一部表現の類似を指摘している。王氏の関連研究は、外にも、「東亜願文考」（『敦煌研究』・二〇〇二年第五号〈総第七五期〉）、「晋唐願文與日本奈良時代的仏教文学」（『東北亜論壇』・二〇〇三年第二号）、「敦煌書儀與『萬葉集』書状的比較研究」（『敦煌研究』・二〇〇四年第六号〈総第八八期〉）がある。

（4）小島憲之「山上憶良の述作」『上代日本文学と中国文学』（中）（塙書房・一九六四年）。

（5）中西進『山上憶良』（河出書房新社・一九七三年）。

（6）佐藤美知子『萬葉集と中国文学受容の世界』（塙書房・二〇〇二年）。
（7）井村哲夫『萬葉集全注』巻第五（有斐閣・一九八四年）。
（8）『王梵志詩校注増訂本』下（上海古籍出版社・二〇一〇年）。
（9）井村哲夫「萬葉びとの祈り―現世安穏・後生善処」『憶良・虫麻呂と天平歌壇』（翰林書房・一九九七年）。
（10）小島憲之「学事近報」（木下正俊・稲岡耕二編『上代の文学』有斐閣選書日本文学史1・一九七六年）。
（11）村山出『山上憶良の研究』（桜楓社・一九七六年）。
（12）中西進前掲注（5）書。
（13）井村哲夫「沈痾自哀文」『セミナー万葉の歌人と作品』第五巻、（和泉書院・二〇〇〇年）。
（14）小島憲之・木下正俊・東野治之校注『萬葉集』（日本古典文学全集・小学館・一九九四年）。
（15）『敦煌願文集』の編集者黄征氏は、「敦煌願文続雑考」なる論文において、願文の題にしばしば見られる「呪」「咒」「祝」等の表現の異同を仏教祈禱方式の相異において考察したことがある。「自哀文」の意味を考えるにあたり参考になる。『敦煌学研究叢書―敦煌語言文字学研究』（甘粛教育出版社・二〇〇二年）。
（16）余欣「思遠道―為行人祈福的各種方式」『神道人心―唐宋之際敦煌民生宗教社会史研究』（中華書局・二〇〇六年）。
（17）一首をめぐる諸家の説を概括して述べたものに、村山出「男子名は古日に恋ふる歌」（『セミナー万葉の歌人と作品』前掲注（13））がある。
（18）『萬葉集』には、「朝夕」をめぐる表現は例えば左記のように数多く見られる。
○朝には　取り撫でたまひ　夕には　い寄り立たしし……（巻一・三）
○朝には　出で立ち偲び　夕には　入りゐ歎かひ……（巻三・四八一）
○朝には　庭に出立ち　夕には　床打ち払ひ……（巻八・一六二九）
○朝には　白露置き　夕には　霞たなびく……（巻十三・三二二一）
○朝には　門に出で立ち　夕には　谷を見渡し……（巻十九・四二〇九）
（19）佐竹昭広他校注『萬葉集』（新日本古典文学大系）。
（20）日野龍夫「新体詩の一源流―漢詩和訳のもたらしたもの―」（『国語国文』第七三巻第三号・二〇〇三年三月）。

第九章　長歌と願文

――萬葉語「伏仰」の訓義をめぐって

（一）はじめに

『萬葉集』における漢字表記の多様性は、作品の数だけ見られる現象であると言っても過言ではない。これまで、ある漢字表記から、その歌にもっとも相応しい和訓を復元させることが、萬葉研究第一の課題とされてきた。しかし、漢字表記から「あるべき」和訓が確定されたかに見えて、表記そのものに潜む文脈上の役割が等閑視されることによって、折角手にしようとした訓義をかえって見失いかねないこともある。とりわけそうした漢字表記が一回だけ使われた場合、作者の特別な創意が託されている可能性が高く、我々にとって、和訓が依拠するそうした漢字表記が、いかなる表現意図でもって、いかなる過程を経て作者に選ばれたかということを検証することも、作品の「こころ」を知るために、煩瑣とは知りつつも時折取らざるを得ない手続きとなる。その意味で、『萬葉集』巻五、「山上の操」とされる「男子名古日を恋ひし歌」に見える「伏仰」という表記も、そうした検証を必要としているものの一つである。

男子名古日を恋ひし歌

世の人の　貴び願ふ　七種の　宝も我は　何せむに　我が中の　生れ出でたる　白玉の　我が子古日は　明星の　明くる朝は　しきたへの　床の辺去らず　立てれども　居れども　ともに戯れ　夕星の　夕になれば　いざ寝よと　手を携はり　父母も　うへはなさがり　さきくさの　中にを寝むと　愛しく　しが語らへば　いつしかも　人となり出でて　悪しけくも　善けくも見むと　大船の　思ひ頼むに　思はぬに　横しま風の　尓布敷可尓　覆ひ来ぬれば　せむすべの　たどきを知らに　白たへの　たすきを懸け　まそ鏡　手に取り持ちて　天つ神　仰ぎ祈ひ禱み　国つ神　伏してぬかつき　かからずも　かかりも　神のまにまにと　立ちあざり　我れ祈ひ禱めど　しましくも　良けくはなしに　やくやくに　かたちつくほり　朝な朝な　言ふこと止み　たまきはる　命絶えぬれ　立ち躍り　足すり叫び　伏仰　胸打ち嘆き　手に持てる　我が児飛ばしつ　世の中の道

傍線部には、ほとんどが萬葉仮名によって綴られている「立ち躍り足すり叫び」「胸打ち嘆き」の表記に挟まれて、「伏仰」という正訓字表記が用いられている。従来の日本の先行研究ないし現代語訳は、この箇所を漢語で縮約した表現が「伏仰」だと考え、それ以上の考察は無用だと判断したようである。しかし、音数律、訓義ともに異議をはさむ余地がないかに見えるこの表記は、『萬葉集』に類例がなく、和語とも漢語ともつかぬ上、出典も定かならぬ故、別の意味において難訓語と言えるかもしれない。その由来と意味を再考することが、本章の狙いとするところである。

（二）「伏仰」・「俯仰」と「フシアフギ」

「伏仰」という用語の成り立ちをめぐって、漢語の訓読語説が、新日本古典文学大系によって示されている。「伏し仰ぎ」は漢語「俛仰、俯仰」の訓読語か。「俛仰して内に心を傷ましめ、涙下ちて揮ふべからず」（漢・

蘇武「詩四首」・文選二十九）

確かに、『類聚名義抄』（観智院本）には、「俛仰」とその同義語の「俯仰」を釈するにあたり、ともに和訓「フシアフク」が付せられている。これも新日本古典文学大系が「フシアフク」を漢籍に拠って出来た訓読語と推測する所以であろう。しかし、「男子名古日を恋ひし歌」の「フシアフク」は、その諸家による現代語訳が「地に伏し天を仰ぐ」となっているのに対して、漢語「俛仰、俯仰」の意味が必ずしも対応しない点が、早くもこの説に疑問を呈している。先ず漢籍における用例について検討してみたい。便宜上、「俯仰」の例のみ掲げる。

［Ⅰ］

○『墨子』魯問

大王俯仰而思之。

○魏・曹植「封鄄城王謝表」

俯仰慚惶、五内戰悸。奉詔之日、悲喜參至。

○晋・呂安「髑髏賦」

躊躇增愁、言遊舊鄉。惟遇髑髏、在彼路傍。余乃俯仰吒歎、告于旻蒼。此獨何人、命不永長。身銷原野、骨曝大荒。

［Ⅱ］

○『魏志』管寧伝

出處殊途、俯仰異體。

○晋・陸機「懷土賦」

眇綿邈而莫覿、徒佇立其焉屬。感亡景於存物、惋隤年於拱木。悲顧眄而有餘、思俯仰而自足。

［Ⅲ］

○晋・王羲之「蘭亭序」

俯仰之間、已為陳迹。

○南北朝・江淹「效阮公詩」

君子懐苦心、感慨不能止。駕言遠行遊、驅馬清河涘。寒暑更進退、金石有終始。光色俯仰間、英艶難久恃。

右三組の例を総括してみると、漢語「俯仰」は基本的に、［Ⅰ］うつむいたり、あおむいたりして、思案に耽るさま。または、わが身の上を顧み、反省するさま。［Ⅱ］身のこなし方、処世態度。［Ⅲ］うつむいたり、あおむいたりするわずかの間。時間の短さ、との意味に分けられる。

このように、新日本古典文学大系所引蘇武詩における「俯仰」は、明らかに右記［Ⅰ］の意味に近い。そして、上代文献に見える「俯仰」の左記の用例も、ほぼこの三種類の用法に属している。例えば、『懐風藻』（三五）には、大学博士従五位下刀利康嗣の五言詩「侍宴」があり、次のような内容となっている。

嘉辰光華節　　嘉辰　光華の節

淑景風日春　　淑景　風日の春

金堤拂弱柳　　金堤　弱柳を拂ひ

玉沼泛輕鱗　　玉沼　輕鱗泛ぶ

爰降豐宮宴　　爰に降る豐宮の宴

廣垂柏梁仁　　廣く垂る柏梁の仁

八音寥亮奏　　八音　寥亮として奏し

百味馨香陳　　百味　馨香陳る

日落松影闇　　日落ちて　松影闇く
風和花氣新　　風和やかにして花氣新たなり
俯仰一人徳　　俯仰す　一人の徳
唯壽萬歳眞　　唯だ壽ぐ　萬歳の眞

宮中の侍宴―「豊宮宴」に列席した康嗣が、浩蕩たる皇恩と良辰美景に感動しかつ酔いしれ、身の幸福はただひとり天皇の恩恵に頼るという、心底からの賛辞を捧げている。「俯仰一人徳　唯壽萬歳眞」とある「俯仰」は、まぎれもなく前記［I］に属し、一句の大意は「思えばすべてこれ天皇御一人の恩恵、ただただ心から天皇の万歳を祝い申し上げる」というものになろう。

また、『日本書紀』垂仁五年十月朔条には、謀反を謀る母兄狭穂彦王に天皇暗殺を唆された皇后狭穂姫が、天皇に問い詰められたあげく、次のような告白をした記事がある。

妾不能違兄王之志。亦不得背天皇之恩。告言則亡兄王。不言則傾社稷。是以、一則以懼、一則以悲。俯仰喉咽、進退血泣。日夜懷悒、無所訴言。唯今日也天皇枕妾膝而寢之。於是、妾一思矣、若有狂婦、成兄志者、適遇是時、不勞以成功乎。茲意未竟、眼涕自流。則擧袖拭涕、從袖溢之沾帝面。故今日夢也、必是事應焉。錦色小蛇、則授妾匕首也。

妾、兄の王の志に違ふこと能はず。亦天皇の恩に背くこと得ず。告言さば兄の王を亡してむ。言さずは社稷を傾けてむ。是を以て、一たびは以て懼り、一たびは以て悲ぶ。俯し仰ぎて喉咽び、進退ひて血泣つ。日に夜に懷悒りて、え訴言すまじ。唯今日、天皇、妾が膝に枕して寢ませり。是に、妾一たび思へらく、若し狂へる婦有りて、兄の志を成すものならば、適遇是の時に、勞かずし功を成げむ。茲の意未だ竟へざるに、眼涕自づから流る。則ち袖を擧げて涕を拭ふに、袖より溢りて帝面を沾しつ。故、今日の夢みたまふは、必ず是の事の應ならむ。錦色なる小蛇は、妾に授けたる匕首なり。

漢籍の用例に鑑みて、右記「俯仰」を含む一文は言わば対句の形で、「あれこれ思案すれば泣き咽び、出入りすれば悲しみにくれる」という意味となろう。更に、『日本書紀』崇峻天皇即位前紀にも、物部守屋一族を滅す記事内容に、捕鳥部萬が必死に抵抗していたにもかかわらず殺されてしまい、晒し首にされたとある。

朝廷下符称、斬之八段散梟八國。河内國司、卽依符旨、臨斬梟時、雷鳴大雨。爰有萬養白犬。俯仰廻吠於其屍側。遂嚙擧頭、收置古冢。横臥枕側、飢死於前。河内國司、尤異其犬、牒上朝庭。々々哀不忍聽。

朝廷、符を下したまひて称はく、「八段に斬りて、八つの國に散し梟せ」とのたまふ。河内國司、卽ち符旨に依りて、斬り梟す時に臨みて、雷鳴り大雨ふる。爰に萬が養へる白犬有り。俯し仰ぎて其の屍の傍を廻り吠ゆ。遂に頭を嚙ひ擧げて、古冢に收め置く。横に枕の側に臥して、前に飢ゑ死ぬ。河内國司、其の犬を尤め異びて、朝廷に牒し上ぐ、朝庭、哀不忍聽りたまふ。

ここの「俯仰」も、右記二例とともに［I］の部類に属し、新編日本古典文学全集の現代語訳のように、殺された萬の周囲を、萬が飼っていた白犬が「首を垂れたり仰いだりして、その屍の側を回って吠えた」様を描いたものである。(1)

さて、右記諸例における「俯仰」は、漢籍における用例と一致しているので、「フシアフク」との和訓を付せられても、容易に訓義が定められよう。ただ、「俯」「俛」という漢字の原意は、いずれも「身を屈める」「頭を垂れる」動作を指し、体ごと地面に横たわる意味を持たない。対して『類聚名義抄』ではいずれも「フス」と「ウツフス」との訓を与えられている。上代語「フス」「ウツフス」は、体ごと地面に接する動作を表すものである。訓読によって漢語と和語に間に生まれるこうした微妙な差異が、重点の置きどころによって、解釈の方にも違いをもたらしてしまう。前記『日本書紀』崇峻天皇即位前紀の例が漢語「俯仰」本来の語義に基いたため、現代語訳が「首を垂れたり仰いだりして」となっているが、垂仁天皇五年十月朔条の「俯仰喉咽」を「地に伏し天を仰いで咽び」と訳し、(2)『懐風藻』の「俯仰一人徳」が「伏して天子の高徳を仰ぎ」と訳されたのは、いずれも『類聚名義抄』のような和訓を優先した誤読であろう。(3)その意味で、新日本古典文学大系が、漢語「俛仰、俯仰」による訓読語説を掲げながら、その現代語訳を、

躍り上がり、足ずりして泣き叫び、地に伏して天を仰ぎ、胸を叩いては嘆き

と、漢語「俛仰、俯仰」の意味の枠を遙かにはみ出したものにしたのも、同じ原因によると見られよう。新古典大系と限らず、「伏仰」をめぐる諸家による翻訳が、左記のようにほとんど統一されているように見える。

○『対訳古典シリーズ万葉集』（桜井満、旺文社）

跳びあがり、じだんだを踏んで泣き叫び、うつ伏したり仰いだりして、胸をたたいて嘆き

○『日本古典文学全集』（小島憲之他、小学館）

飛び上り、じだんだを踏み　伏したり仰いだりして、胸を打って嘆き

○『新編日本古典文学全集』（小島憲之他、小学館）

飛び上り、じだんだを踏み、地に伏して天を仰ぎ、胸をたたいて嘆き

○『萬葉集全注』巻第五（井村哲夫、有斐閣）

躍り上がり、じだんだを踏み、のけぞって、胸を叩いて

○『万葉集全訳注』（中西進、講談社）

身を伏せまた天を仰ぎ、胸を打っては嘆き

ここで、漢語「俛仰、俯仰」の訓読語という説が、右の口語訳の意味的要請にどう応えるかが問題となろう。思えば、『類聚名義抄』の和訓は、言わば辞書編集者の立場から、既存の漢語に対して、「俯」「俛」には「フシ」、

「仰」には「アフク」という訓を付した、幾分消極的な訓読作業によって作り出された複合動詞に対して、『校本萬葉集』では、諸本いずれも「伏仰」で統一しているのである。「俛仰、俯仰」及び「フシアフク」という表現を知っていたはずの憶良が、敢えてそれと異なる意味を読み込むために、積極的にこの表記を用いたことが推測される。ラングとパロールの概念で表せば、「フシアフク」はあくまでもラングのレベルに属し、「伏仰」という表記は、恐らく後者に属しよう。従って、ここで「フシアフク」と訓まれる「伏仰」の出典と訓義について漢語「俛仰、俯仰」との関係から切り離して、今一度用字に即して考えたい。

(三)「天を仰ぐ」ということ

「伏仰」の現代語訳、「地に伏し天を仰ぐ」に導かれて、その共時的用法に目を向けてみたい。とりわけ、そもそも天を仰ぐという行為が、古代日本人にとっていかなる意味を持つものだったのか、ということを手がかりに、「伏仰」に込められた作者の原意をさぐってみたい。

周知の如く、古代日本人にとって、「天」とは、支配者たる神そのものであると同時に、神々の住む「高天原」をも意味し、畏怖、敬虔な気持ちをもって見上げる超越的な存在だったのである。『萬葉集』における「仰ぐ」をめぐる表現について見るに、ほぼ次の二種類、すなわち、

○「仰ぎて……見る」

○「仰ぎて……待つ」

に集中していることが分かる。具体例として、次の歌が挙げられる。

○四方の人の　大舟の　思ひ頼みて　天つ水　仰ぎて待つに　いかさまに　（巻二・一六七）

○ひさかたの　天見る如く　仰見し　皇子の御門の　荒れまく惜しも　（巻二・一六八）
○ひさかたの　天見るごとく　まそ鏡　仰ぎて見れど　春草の　いやめづらしき　我が大君かも　（巻三・二三九）
○仕へ来し　君の御門を　天の如　仰ぎて見つつ　畏けど　思ひたのみて　（巻十三・三三二四）
○みどりこの　乳乞ふが如く　天つ水　仰ぎてぞ待つ　（巻十八・四一二二）

右の諸例は、「天」、「鏡＝日の神」と来れば必ず「仰ぐ」「待つ」が来るように、いずれも「天」に対する古い信仰に成り立つ表現と見られる。そして、『古事記』雄略天皇条に見える次の例、

　故其赤猪子、仰待天皇之命、既経八十八歳。

更に、『日本書紀』推古二十六年是年条に見える、

　是年、遣河邊臣闕名。於安藝國、令造舶。至山覓舶材。便得好材、以將伐。時有人曰、霹靂木也。不可伐。河邊臣曰、其雖雷神、豈逆皇命耶。多祭幣帛、遣人夫令伐。則大雨雷電之。爰河邊臣案劒曰、雷神無犯人夫。當傷我身、而仰待之。雖十餘霹靂、不得犯河邊臣。

　是年、河邊臣名を闕せり。を安藝國に遣して、舶を造らしむ。山に至りて舶の材を覓ぐ。便に好き材を得て、伐らんとす。時に人有りて曰く、「霹靂の木なり。伐るべからず」といふ。河邊臣曰はく、「其れ雷の神なりと雖も、豈に皇命に逆はむや」といひて、多く幣帛を祭りて、人夫を遣りて伐らしむ。則ち大雨ふりて雷電す。爰に河邊臣、劒を案りて曰はく、「雷の神、人夫を犯すこと無。當に我が身を傷らむ」といひて、仰ぎて待つ。十餘霹靂すと雖も、河邊臣を犯すこと得ず。

との例も、対象が、「高天原」の神の子孫たる天皇と、天神地祇の一つである「雷神」だったからこそ、「仰ぎて待つ」という表現が使われているのであろう。「伏仰」のすこし前に、「白たへのたすきを懸けまそ鏡手に取り持ち」て、「天つ神仰ぎ祈ひ禱み国つ神伏して額つき」し、病に罹ったわが子の回復を祈る行為も、そうした天神地祇を敬う

気持ちに類したものと見られよう。また、

乾坤の神を祈りて我恋ふる君い必ず逢はざらめやも　（巻十三・三二八七）

という歌も、和語「あめつち」に「乾坤」という漢字を宛てながら、古代日本人の「天神地祇」信仰を覗わせる内容となっている。

ところで、同じ「天を仰ぐ」という表現を取りながら、「天」をあくまでも崇敬の思いでもって「仰ぎ」、その恩恵を「祈ひ禱み」、「待つ」のではなく、「天を仰いで」、大声で叫び、訴えるという意味の内容が、『萬葉集』巻九所収高橋虫麻呂の歌に見える。

菟原處女の墓を見る歌一首

吾妹子が　母に語らく　倭文手纏　賤しきわがゆゑ　大夫の　争ふ見れば　生けりとも　逢ふべくあれや　しくしろ　黄泉に待たむと　隱沼の　下延へ置きて　うち嘆き　妹が去ぬれば　血沼壯士　その夜夢に見　取り續き　追ひ行きければ　後れたる　菟原壯士い　天仰ぎ　叫びおらび　足ずりし　牙喫み建びて　如己男に　負けてはあらじと　懸佩の　小劒取り佩き　ところづら　尋め行きければ……　（巻九・一八〇九）

この例は、前記『萬葉集』における他の「仰ぐ」をめぐる表現に比べ、天を仰いで「祈る」、「見る」、「待つ」ことから一転して「叫ぶ」という行為を取るようになっている。こうした表現上の変化は、果たして作者の個人的な表現として片付けるべきか、それとも新しい思想の表れとして捉えるべきか、即断できなくても、「天つ神仰ぎ祈ひ禱み国つ神伏して額つき」のような表現と一線を画して、その意義を吟味しなければならないだろう。

そこで注意したいのは、井村哲夫氏が唱える、右記虫麻呂の「天仰ぎ叫びおらび足ずりし」という表現が、憶良の作品の模倣から生まれたという説である。(4)この指摘が正しければ、「地に伏し天を仰ぐ」と訳されている憶良の「伏仰」にも、少なくとも「叫びおらび」という意味が含まれることになる。

さて、ここでは、このやや異質性を帯びた表現の成立の経緯が問題になるが、注目すべきは、『日本霊異記』中巻第三話、「悪逆子愛妻將殺母謀現報被惡死縁第三」に見える内容である。軍務で遠地に赴いた男が、忌引で長期休暇を取るために母親の殺害を謀ろうとしたが、刀を振りかざした瞬間から、事件が次のように展開される。

逆子歩前、將殺母頸之頃。裂地而陷。母即起前、抱陷子髮、仰天哭願。吾子者託物爲事、非實現心、願免罪貺。猶取髮留子。々終陷也。慈母持髮歸家、爲子備法事。其髮入筥、置佛像前、謹請諷誦矣。

逆ふる子歩み前みて母の頸を殺らむとする頃に、地裂けて陥る。母すなわち起ちて前み、陥る子の髪を抱き、天を仰ぎて哭きて願はくは「吾が子は、物託きて事をす。實の現心にあらず。願はくは罪を免し貺へ」とねがふ。なほ髪を取り子を留む。子終に陥る。慈母髪を持ちて家に歸り、子の爲に法事を備け、其の髪を筥に入れ、佛の像の前に置き、謹みて諷誦を請ふ。

このように、文中の「仰天哭願」は、漢文脈において用いられる表現という点が、前記和歌の「天」をめぐる表現と明らかに異なるが、虫麻呂の表現に近いものとなっている。今一例は、『出雲国風土記』（意宇郡安来郷）に見える。

即、北海有毘賣埼。飛鳥淨御原宮御宇天皇御世、甲戌年七月十三日、語臣猪麻呂之女子。逍遥件埼、邂逅遇和爾所賊不皈。爾時、父猪麻呂、所賊女子、歛置濱上、大發苦憤。號天踊地、行吟居嘆。晝夜辛苦、無避歛所。作是之間、經歷數日。

すなわち、北の海に毘賣埼あり。飛鳥淨御原の宮に御宇しめしし天皇の御世、甲戌の年七月十三日、語臣猪麻呂の女子、件の埼に逍遥びて邂逅に和爾に遇ひ、賊はえて皈らざりき。その時、父猪麻呂、賊はえし女子を濱の上に歛め置き、大く苦憤を發し、天に號び地に踊り、行きては吟ひ居ては嘆き、晝夜辛苦みて、歛めし所を避ることなし。作是之間に、數日經歷たり。

文中の「號天踊地」の現代語訳は、「天を仰いで叫び地に躍りあがり」とされているが[5]、「成踊」（『儀礼』士喪礼・

既夕礼）、「哭踊」（『礼記』檀弓上・問喪）等の「踊」と交渉を持つ語と見る説が、芳賀紀雄氏によって打ち出されている。(6)

さて、右記『霊異記』と『出雲国風土記』の例、「仰天哭願」と「號天」は、それぞれ「天を仰いで泣き願う」「天に向かって号泣する」との意味であり、ここで従来の、ただ単に畏怖、敬虔な気持ちでもって「天」を「仰いで待つ」または「見る」と違い、「号」「哭」という動作が伴っているのである。二例とも虫麻呂の表現、「天仰ぎ叫びおらび」の意味とほぼ同義である。これに示唆を受けて、虫麻呂の作に見える「天仰ぎ叫びおらび」及び「地に伏し天を仰ぐ」と訳される「伏仰」という表現が持つ異質性が、漢籍または仏教説話による影響という仮説に導かれよう。

（四）「伏仰」と漢籍

日本や西洋と異なり、所謂「天人合一」という思想が主流であった古代中国では、「天」は「自立」的な存在として「万物の始源かつまた創造者」ではなく、あくまでも自立の場を持たない、「せいぜいその根拠や生成の脈絡」を意味する存在であったことは、夙に指摘されているところである。(7) そして、「天」が「時空的に万物を超えて外在する神」たり得なかったからこそ、畏まる対象であると同時に悲嘆哀願、更に不平不満を訴える対象でもあったようである。『詩経』には早くから、

彼蒼者天、殲我良人。　（『詩』国風・終南）

という文句が見られるように、君主を亡くした悲しみは、そのまま「天」への怨嗟として発せられたのである。これに始まり、「天を仰いで嘆く」「天を仰いで叫ぶ」といった意味の表現が、中国の歴史書に無数に現れ、ほとんど

常套的なものとなっている。その一部について見よう。

○『南斉書』・王思遠列伝巻四十三

而臣固求擯壓、自愍自悼、不覚涕流。謹冒鈇鉞、悉心以請。窮則呼天、仰祈一照。

○梁・沈約『斉明帝哀策文』

龍莜既撤、備物已陳。殯宮無夜、夕燎終晨。號環輬幄、攀摽應路。容衛弗改、軒檻如故。望東川而不追。仰昊天而自訴。

○『史記』淮南衡山列伝

民皆引領而望、傾耳而聽、悲號仰天、叩心而怨上。

○『後漢書』張奐伝

凡人之情、冤則呼天、窮則叩心。今呼天不聞、叩心無益、誠自傷痛。

このように、「窮」「悲」「冤」の思いをすべて「天」に向かって訴えるという中国的な発想と行為は、そのまま憶良や虫麻呂の歌に見える「天を仰ぐ」意味に通じるものと言えよう。そして、注目すべきことに、いつ頃からか、「天」に呼応して「地」も表現に組み込まれ、「天を仰いで……地を叩いて……」という熟語が生み出されるようになったのである。

○『魏書』韓麒麟・孫子列伝巻六十

臣等潜伏閭閻、於茲六載。旦號白日、夕泣星辰。叩地寂寥、呼天無響。

○『隋書』楊素列伝巻四十八

我有隋之御天下也、于今二十有四年、雖復外夷侵叛、而内難不作、修文偃武、四海晏然。朕以不天、銜恤在疚、號天叩地、無所逮及。

〇陳・徐陵「檄周文」

主上恭膺寶歷、嗣奉瑤圖。既稟聖人之材、兼富神武之略、乂安兆庶、共靖戎華。同戢干戈、永銷鋒鏑。況復追惟在楚、無忘玉帛之言。軫念過曹、猶感盤飱之惠。年馳玉節之使、歳降銀車之恩。庶彼懷音、微悟知感。而反其藏匿、招我叛臣。翊從瀟湘、空竭關隴。荊梁左右、漢沔東西。籲地呼天、望停哀救。（『芸文類聚』檄）

右記漢籍に見える「呼天」、「悲號仰天」、「號天」及び「天地」を組み合わせた「叩地寂寥、呼天無響」、「號天叩地」、「籲地呼天」が表現しようとしたのが、いずれも「窮」「悲」「冤」等様々な境地に追い込まれた時の行動である。「男子名古日を恋ひし歌」において、「立ち踊り足ずり叫び」「胸うち嘆き」と並んで、「伏仰」が表そうとする意味は、右記諸表現とは近い距離にあるものと推測されよう。その意味をやや敷衍すれば、「伏」は「叩地」「籲地」、「仰」は「悲號仰天」「呼天」と解せられ、前記諸家による現代語訳に一致するのみならず、前後の文とも均質的な内容となる。

（五）「伏仰」と仏教文献

ところが、指摘したように、漢籍の「仰天」「号天」「呼天」「號天叩地」、「籲地呼天」は様々な状況に用いられる表現であり、人の死を悲しむ用例はそのほんの一部に過ぎない。従って、それらの表現と「伏仰」との間に、一定の類似性が認められても、訓義云々は扨置き、ともかく出典論という立場からは、関連を決めるのが極めて難しい。それに比べて、仏教文献の方にむしろより多くの類似表現が、人の死を悼む際に用いられているので、注目に値する。その一部を掲げよう。

❶百官黎民哀慟塞路、躄踊宛轉靡不呼天。（『六度集経』巻第一）

❷我時比丘、至後園看見有死人。宗族五親散發蓬頭、呼天扣地圍繞啼哭。時我比丘、問彼禦者、斯是何人。宗族五親散發蓬頭、呼天扣地圍繞啼哭。禦者報曰……。（『出曜経』巻第二）

❸舉國臣民、靡不躄踊呼天奈何。瓶沙王即得道跡、上生天上。（『仏説未生冤経』）

❹王甯見人欲死時不、諸家內外聚會其邊、椎胸呼天皆云奈何。嘟呷哽咽涙下交流、嗚呼痛哉神靈獨逝。舍吾如之乎、聞之者莫不傷心。（『仏説諫王経』）

❺古昔有一國王名為普明、在餘城中治化。有一尼乾與比丘諍競、詣王判決。時王曲就人情、尼乾得理、比丘不合則呼天扣地。（『無量寿経義疏』）

❻世間榮位如幻如夢、不可久保。人欲死時、諸家內外、聚會其邊、椎胸呼天、皆云柰何。涙下交横、嗚呼痛哉。（『法苑珠林』巻第四十四）

❼時諸人衆無量無數圍繞王城。或舉兩手、或複合掌、或號天扣地、或舉身自撲、或右膝著地、或著弊衣眼無光色、悲聲大叫。（『大方広仏華厳経』巻第五十四）

右記仏教文献に見える一連の用例は、このように、ほとんど人の死を悲しむ表現となっている。中でもとりわけ❶❸❹❻に見える「躄踊宛轉靡不呼天」「躄踊呼天」「椎胸呼天」の意味は、「男子名古日を恋ひし歌」の「立ち踊り足ずり叫び」「胸うち嘆き」に対応するものである。これについて、夙に契沖が、『孝経』（喪親章）を引いて、

立ヲドリよりムネウチナゲキまでハ孝経云。哭泣擗踊哀以送。注曰、搥心曰擗跳曰踊。所以泄哀。男踊女擗以送之。（『代匠記』精撰本）

と指摘し、更に、岸本由豆流『萬葉集攷証』でも、『礼記』（檀弓下）の、

辟踊、哀之至也。

を挙げてその関連を示唆しているが、「伏仰」の訓義との関連に至っては両者ともに触れようとしない。

しかし、ここに注目したいのは、右記仏典に見える諸用例が、契沖・岸本由豆流が指摘する漢籍よりも、重要な手掛かりを提示してくれることである。それによって我々は、「男子名古日を恋ひし歌」と右記仏典のすべての例に通じて隠された文脈を見出すことができるのである。

例えば、❶「百官黎民哀慟塞路、躄踊宛轉靡不呼天」という例では、「百官黎民」―国中の者が、悲しみにくれながら道路に溢れ、「躄踊宛轉」―「躄」―胸を打ち、「踊」―立ち踊り、「宛轉」―地面にねころんだりして、「靡不呼天」―「天」を呼ばない者はいない、という描写になっているが、「躄踊宛轉」しながら、「天を呼ぶ」という行為が伴われていることを明記しているのである。そして、同じような意味が、❸の「擧國臣民、靡不躄踊呼天奈何」にも見られる。事実、他の例文でそうした動作が別々に表現されても、左記のように、

○躄踊呼天

○椎胸呼天

と、立ち踊るにしても、胸を打ちたたくにしても、必ず「呼天」という行為が伴っているのである。とりわけ「宛轉」とは、地面に体がころぶ様であり、この動作にも「天を呼ぶ」という行為が伴えば、それは疑いもなく、からだごと地面に伏し、時折仰いで天を呼ぶという、文字通り、

○呼天扣地・號天扣地

という表現になるのである。これに拠って、「男子名古日を恋ひし歌」において、「立ち踊り足ずり叫び」「胸うち嘆き」と並んで使われる「伏仰」にも、単なる「地に伏し天を仰ぐ」という動作をいうものではなく、必ずや「天を呼ぶ」意味も帯びていることが推測される。「叫び」「嘆き」が暗示する「天を呼ぶ」と並んで、「伏仰」も、「天を呼ぶ」行為の伴った、「呼天扣地・號天扣地」そのものであろう。かくして、「男子名古日を恋ひし歌」の一連の表現が、「靡不呼天」―「天を呼ばざるものは靡し」という隠された文脈の働きによって、初めて互いに意味の見

合った、均質な表現となり、右記❶❸❹❻の用例とも意味上完全に重なるのである。

すでに佐竹昭広氏にも指摘されたように、萬葉作家の中では、とりわけ憶良を含む四人の歌人の表現には、仏典の数々の表現が翻案され、活用されている。それも仏典との広汎な接触による可能性が高いということである。(8) 従って、「伏仰」の訓義と出典を考えるならば、前記漢籍よりも、右記仏典の方が近いという推論も成り立つようである。

(六)「伏仰」と願文

しかし、「伏仰」の訓義に近い表現を漢籍と仏教文献から考察して、右記のように推論が出来ても、上代人に広く利用されていたこの二つのジャンルの膨大な文献から「伏仰」の出典を突き止めることは至難の業である。が、幸いにも、「男子名古日を恋ひし歌」の形態と機能をたよって模索するという方法がまだ残されている。

かつて井村哲夫氏は、「報凶問と日本挽歌」なる一文において、この作品とその直前の悼亡詩文が、大伴旅人亡妻の百日供養の意味を持つ献呈作品であると述べた。(9) 芳賀紀雄氏は「憶良の挽歌詩」において井村説の蓋然性の高いことを支持し、同時に憶良の悼亡詩文が文体・句法等の点から、「死者のための設斎ないし追薦供養の際につくられた願文の類」という説を打ち出した。(10) これを受けて、井村氏は、この歌の反歌二首の注釈に際してその構成を追薦供養の始終を歌ったものとし、愛児を喪った某のためにその追薦供養の終わる頃に贈られた作品であると、自説を発展させ、(11) これについても芳賀氏は肯いつつ、一首の願文的な性格を漢籍の博捜によって推論を重ねている。(12)

かくして両者の研究が願文との関連を強く意識しているところに、新たな糸口が示されているのである。

所謂願文とは、仏前において叶えたい望みを祈禱するために唱える文章を指し、多く場合その題に「願文」という二文字があることに由来する。願文は発生源が中国であるが、上代日本にも既にその作成の形跡が認められる。空海『性霊集』に見える数々の願文がよく知られているが、その伝来は、もっと早い時期にあったと推測される。(13)

先ず、『大日本古文書』(四)所収の「東大寺献物帳」を繙けば、正倉院文書には、聖武天皇追善のための願文が見える。これは、聖武太上天皇の七七忌にあたる天平勝宝八歳六月二十一日に、光明皇太后は聖武遺愛の品々を東大寺の盧舎那仏に献じると同時に奉げられたものであるが、その内容は次のようなものとなっている。

「奉為　太上天皇捨国家珍宝等入東大寺願文」皇太后御製

妾聞、悠々三界猛火常流。杳々五道毒網是壮。所以自在大雄天人師佛、垂法鈎而利物。開智鏡而済世。遂使擾々群生、入寂滅之域、蠢々品類、趣常楽之庭。故有帰依則滅罪无量、供養則獲福无上。伏惟、先帝陛下徳合乾坤、明並日月、崇三寶而遏悪、統四攝而楊休。聲籠天竺、菩提僧正渉流沙而遠到。化及振旦、鑒真和上凌滄海而遥来。(中略)誰期幽途有阻、閲水悲涼、霊寿無増、穀林搖落、隙駟難駐、七々俄来、茶襟転積、酷意彌深、披后土而無徴、訴皇天而不弔……。(「東大寺献物帳」)

この中に見える「披后土而無徴、訴皇天而不弔」は、現代風に訳せば、「后土―地の神を叩いても応えはなく、皇天―天に訴えても憐みを賜われない」という意になろう。(「披」を「叩く」とするについては、後述するように異文発生と関係がある)「后土を叩き」「天に訴える」という動作は、前引漢籍・仏典に見える「呼天扣地・號天扣地」とほぼ同義である。先に論じたように、こうした動作には、「天を呼ぶ」という文脈が自明のものとして含まれているのである。

今一例について見よう。唐招提寺所蔵の文書には、同じ八世紀中頃(宝亀拾年)に作られた願文があり、左記のような内容が確認される。

大般若波羅蜜多経巻一七六(唐招提寺所蔵)

……孝誠有闕、慈親無感。泉路轉深、終隔親見。仰天伏地、而雖悲嘆、都無一益、空沾領袖……。

（『寧楽遺文』中巻）

文中の「仰天伏地、而雖悲嘆」は、「呼天扣地・號天扣地」をやや長びかせた表現であり、逆に「伏仰」がその略された方と見られる。「仰天伏地」に続く「悲嘆」は、隠された文脈である「天を呼ぶ」という意味に他ならない。この用例は、表現と訓義にわたって「伏仰」にもっとも近いものとして、注釈すれば、本来この文献に拠るべきではないかとも考えられる。

さて、右記「東大寺献物帳」と『寧楽遺文』に見える二つの願文は、ともに憶良の作品より半世紀ほど遅れて作成されたものの、日本における仏教伝来とともに、願文という文章形態と機能が、様々な人に共有されていた可能性を考えれば、憶良の作品と『寧楽遺文』所収願文との内的関連性は看過してはならないことだろう。「東大寺献物帳」と『寧楽遺文』の用例は、願文の受容に成り立つと見られることが、『敦煌願文集』から掲げる左記の諸例によっても裏付けられよう。(14)

［第一部分］

①至孝等對孤墳而躄踴、涙下数行。扣棺槨以號咷。　（〈廻向発願範本等〉・嘆壙・S4474）

②至孝攀號擗勇（踴）、五内分崩。　（〈臨壙文〉・S6417）

③遂乃攀號僻（擗）踴、五内分崩。　（〈臨壙文〉・S6417）

④至孝等攀號擗踴……悲叫號咷。　（〈臨壙文〉・北図7133）

⑤遂乃攀號擗踴……悲叫號咷。　（〈臨壙文〉・S5957）

［第二部分］

⑥孫子等扣地擢絶、號天泣血。　（〈願文等範本〉・夫人・S2832）

⑦至孝酷毒稱天、崩心毀乎五内。號咷擗地、隳性滅乎六情。（〈発願文範本等〉・考・S4624）
⑧志（至）孝等号天叩地、難酬訓育之恩。粉骨碎軀、豈報生身之礼。（〈亡文範本等〉・願文号頭・S5639）
⑨積亹尤深、望昊天而洒涙。哀傷五内、瞻案机（几）以悲唆（酸）。（〈亡考妣文範文等〉・僧尼三周・S5637）
⑩至孝等攀號靡及、雖叩地而无追。欲報何階、縱昊天而罔極。（〈亡考妣文範文等〉・亡考妣三周・S5637）
⑪至孝等攀號靡及、雖叩地而无追。欲報何階、昊上（天）罔極。（〈脱服文〉・S5957、P3756）
⑫孤女叩地、崩五内而無追。哀子叫天、粧（粉）百身而何贖。（〈臨曠〈壙〉文〉・P2341）
⑬門人等咷啼叩地、最痛情深。（〈僧尼追薦用語〉・尼・P2341）
⑭痛蒼蒼之不仁、撫黄泉而流涕。（〈願文範本〉・亡僧大祥・P2044）
⑮不幸薄福、早喪尊親。泣泉壌以增悲、仰穹昊而何及。（〈大般涅槃経薛崇徽題記願文〉・S2136）

右は『敦煌願文集』に見える種々の願文から拾い出した例である。

先ず、「東大寺献物帳」に見える「披后土而無徵、訴皇天而不弔」に近い例として、⑩と⑪の「雖叩地而无追……縱昊天而罔極」が注目されよう。また、表現こそ一致しないものの、『寧楽遺文』の「仰天伏地、而雖悲嘆」と意味を同じくした表現が［第二部分］に集中しているのである。

次に、「男子名古日を恋ひし歌」との類例としては、［第一部分］の内容と「立ち踊り足ずり叫び」「胸うち嘆き」との対応、更に［第二部分］の内容と「伏仰」の対応は、一目瞭然である。諸例に描かれるすべての動作を、隠された文脈である「天を呼ぶ」でもって読み直せば、既に明言された⑥「號天」⑦「稱天」⑧「号天叩地」⑫「叫天」を除き、①から⑤まで、そして、⑥「扣地」⑦「號咷擗地」、⑩⑪の「攀號」「叩地、」⑫⑬「叩地」、⑭「撫黄泉」⑮「泣泉壌」「仰穹昊」の表現は、すべて「天を呼ぶ」という意味によって統一されていると言える。

敦煌願文が、どのように日本にもたらされ、利用されるに至ったかは、現在まだ謎のままであるが、前記表現の類似以外にも、影響と受容の痕跡が窺える。異文発生における類似性である。

例えば、敦煌願文及び変文には、使うべき漢字の代わりに、所謂「同音」「近音」「俗音」の漢字で書いてしまう現象が顕著である。右記諸例に即して見れば、踴→勇、擗→僻、至→志、そして他の願文と変文からは、相→想、易→亦、清→情、扁→編、唯→為、希→虚、運→韻、周→舟、等のように枚挙に暇がない。これは願文及び変文が、民間に流行っていたのと、願文自身が仏前にて「よまれる」ものだった点から、もともと「音」に重点が置かれていたと推測される。換言すれば、願文本来の機能に支障がない限り、借音字使用への寛大な一面もあったということであろう。(15)

興味深いことに、右と同じ「借音」現象が、前記『大日本古文書』所収の「東大寺献物帳」に見える聖武天皇追善の願文にも見られる。例えば、「統四攝而楊休」では、本来「揚」(揚げる、の意)とすべきを「楊」、「化及振旦」では、「震旦」を「振旦」、更に「披后土而無徵」では、本来「擗后土而無徵」(「擗」は叩く、の意。前引⑦「號咷擗地」のように、后土を叩いても応えがない)とすべきを「披后土而無徵」(「披」はひらく、の意。ここでは「后土をひらいても応えがない」意になるが、これでは文意不通)にするように、「同音」または「近音」で記しているのである。

敦煌願文及び変文の一大特徴をなす右記のような用字上の現象が、八世紀の日本の文献に見られるということは、かかる願文の執筆背景をめぐって様々な想像を働かせてくれる。とりわけ、願文の基盤を敷いたと言われる空海に至れば、同類の現象がまったく認められないという点が、口で「よむ」願文から目で「読む」願文への移行の可能性という、更なる興味をそそるものである。ここはただ、敦煌願文と『大日本古文書』や『寧楽遺文』所収願文の類似性から、空海以前から既に願文の創作が日本にて行われていたことを確認しておきたい。

（七）むすび

以上、「伏仰」という漢字表記の訓義を、漢籍とりわけ敦煌文献の一種である願文との関係において考察してみた。願文は、仏教信仰が盛んであった上代において、その表現しやすさと実用性などから、上代人にとって手近に利用された文章形式であったと想像される。「伏仰」という漢字表記も、恐らくは願文に頻出する「呼天叩地」などに類した熟語表現を翻訳したものと見られよう。その出典は、漢語「俛仰、俯仰」とはそもそも関係のないものであり、『類聚名義抄』の和訓「フシアフク」との間にも、意味上一線を画すべきだったのであろう。「伏仰」という漢字表記は、恐らくは音数律の制限から、わずか五音節の内に「呼天叩地」という意味を読み込むために、憶良の苦心によって案出された、一回きりの正訓字表記であろう。前記願文における類例の多様性から、本来の表記は「伏仰」でも「仰伏」でもよく、和訓も「フシアフギ」と「アフギフシ」のどちらかで、十分意味が成りたったものと推測される。憶良にとっては、この表記に込められた意味を、用字のみならず、その前後の文脈においても感知して欲しかったのかもしれない。ともあれ、願文の受容を通して、和歌における「天」をめぐる新しい表現が、かくして憶良によって創められた点は、この長歌が有するもう一つの意義であろう。

『萬葉集』の和訓の成立と漢語との関係について考える時、漢籍の狭義的理解―儒・仏・道の経典ならびに文学史の正統にもっぱら目を向けることによって、願文のような、言わば「非正統・非主流」の文献の重要性を看過する憾みが余儀なくもたらされ、結果として、「伏仰」と「仰天伏地、而雖悲嘆」のような上代文献の内在的関連をも看過している。我々の前に、和歌の訓読語の「こころ」を知るために、広義的な漢籍との対比を通して、「確定」されたと信じられる和訓において、「隠された文脈（訓義）の再発掘」という道もまだ横たわっているのである。

注

（1）小島憲之・木下正俊・東野治之校注『日本書紀』（新編日本古典文学全集・小学館・一九九八年）。
（2）小島他前掲注（1）書。
（3）江口孝夫『全訳注・懐風藻』（講談社学術文庫・二〇〇〇年）。
（4）井村哲夫「憶良から虫麻呂へ」『憶良と虫麻呂』（桜楓社・一九七三年）。同「高橋虫麻呂―第四期初発歌人説・再論」『憶良・虫麻呂と天平歌壇』（翰林書房・一九九七年）。
（5）植垣節也校注『風土記』（新編日本古典文学全集）。
（6）芳賀紀雄「掌中の愛」『萬葉集における中国文学の受容』（塙書房・二〇〇三年）。
（7）溝口雄三「中国の『天』（下）」（『文学』第五六巻・一九八八年二月）。
（8）佐竹昭広「『無常』について」『佐竹昭広集』第五巻（岩波書店・二〇一〇年）。
（9）井村哲夫「報凶問歌と日本挽歌」『赤ら小船―万葉作家作品論』（和泉書院・一九八六年）。
（10）芳賀前掲注（6）書。
（11）井村前掲注（9）書。
（12）芳賀前掲注（6）書。
（13）敦煌願文が上代日本に伝来された可能性及び影響について、拙稿「憶良の述作と敦煌願文」（国際日本文化研究センター『日本研究』第四〇集・角川学芸出版・二〇〇九年。本書所収）において考察したので、合わせて参照をお願いしたい。
（14）黄征・呉偉編校『敦煌願文集』（岳麓書社・一九九五年）。
（15）黄征「敦煌写本異文総析」『敦煌語言文字学研究』（甘粛教育出版社・二〇〇二年）は、異文発生の原因として、「同音借代」「近音借代」「俗音借代」という現象を取りあげて、その背後に文献が持つ「口語性」という要因の存在を指摘している。

第十章　『三大考』とその周辺

――宣長・朱子学・山崎闇斎

（一）はじめに

服部中庸『三大考』は、天地宇宙をめぐる儒教と仏教の解釈をあくまでも否定しながら、上代文献に伝わる古代神話を手がかりに、「皇国」日本を中心とする新たなコスモロジーへの再創造を図ったものである。中庸は時おり激しい口調で、儒教と仏教の宇宙観を「皆己が心を以て、智の及ぶたけ考え度りて、必如此あるべき理ぞと、おしあてに定めて、造りいへるもの也」と批判し、「古伝」が伝える世界像こそ、「ただ有りしさまのままを、おほらかに語り伝へたる」ものであるとしたのである。『三大考』が本居宣長『古事記伝』に収録されることによって広く知られるようになり、爾来『古事記伝』と相俟って、古代神話再構成のテクストとして読まれ続けてきた。

ところで、『三大考』は一方において、同時代の国学者たちの間に激しい論争を呼び起こし、この論争は「三大考論争」と呼ばれるほど、近世思想史における一事件として語り継がれてきたのである。「三大考論争」に現れる諸種の言説が、近世国学思想が持つ様々な側面、とりわけコスモロジーに関する認識を知る上で重要な手がかりを提供してくれるが、従来の『三大考』研究は、殆どこの「三大考論争」に集中していたため、近世思想史におけるその意義に対する全体的な把握が欠けていたように思われる。このような事情を承けて、本章ではより完全な『三大考』論のために、少し違う角度から新たな視座を提供しようと思う。

(二)「三大考論争」をめぐる問題点

『三大考』は寛政九年(一七九七)、『古事記伝』巻十七附巻として刊行された。本居宣長によって「古今未発の妙論也」と賞賛されるその内容は、上梓されるや否や、本居門内から厳しい批判を浴びせられたのである。その経緯について金沢英之氏の詳論があるのでここに繰り返さないが、[1] 論争の焦点は、主としてその構図と言説が国学者たちの神話認識に背くところにあるとされる。すなわち『三大考』が示す宇宙生成論において、須佐之男命と月読命を同一神、その統治する泉国と夜之食国も同一の世界として、更にこの「泉」=夜之食国を「月」、また高天原を「日」という現実の天体に同定するという、特異な主張に集中しているのである。

事実、既に指摘されているように、『記』『紀』等の古代神話に見られる宇宙観は、すべて「天」と「地」によって構成された、言わば二元論に基づいたものであり、それに対して「天」「地」「月=泉」をそれぞれ独立した天体とする『三大考』の言説は、特異と言えば特異である。この故、鈴木朖『三大考鈴木朖説』が、

畢竟遥ニ西ナル国人ノ考得タル説共トワカ古伝トアハヌ事ノアルヲ憂テアナカチニ引合セントスル

と、その原因を西洋天文学の影響と見ており、本居大平『三大考弁』も、

神代の御典の天地のはじめのことはまことに伝えなきことどものみにて、知れざることとなれば、必ず知らずてあるべきことなるを、外国どもに量術してさまざまな言挙げし、また理ごともて強説せることもあるになぞらえて、古学の輩も何くれと考え著わせるはよきことにやあらむ、いかがあらむ。

とのように、ほぼ同じ立場から批判を行っている。

ところが、興味深いことに、国学者側がその特異性を西洋天文学に由来すると見て非難するのに対して、西洋天文学をいち早く吸収していた町人学者山片蟠桃からは、

コノ図ハ、本居氏ノ門人服部中庸画シテ、古事記伝ニ附スルモノナリ。本居氏ノ跋アリテ大キニ称誉ス。黄泉ノ図ナルモノツイニ地ヨリ下リテ、天・地・泉ト三ツニ分レタルヲ、又転ジテ月天トス。珍説古今ニ類ナシ。其知及ベシ、其愚及ブベカラザルナリ。

（『夢ノ代』天文第一）

とのような批判を寄せられているのである。無神論者で、自然科学者でもあった蟠桃は、周知のように天文学知識において時代の再先端を歩んでいた者であり、その蟠桃から見れば、当時既に定着しつつあるコペルニックスの地動説を無視して、なおも地球を中心に宇宙図を構築する『三大考』の説は荒唐無稽だったに相違ない。

『三大考』をめぐる国学者たちと蟠桃の見解が右記のように完全にすれ違ったものになっているが、西洋天文学に対する中庸自身の態度はどのようなものだったのだろうか。『三大考』の次の引用について見よう。

近き代になりて、遙に西なる國々の人どもは、海路を心にまかせて、あまねく廻りありくによりて、此大地のありかたを、よく見究めて、地は圓にして、虚空に浮べるを、日月は其上下へ廻ることなど、考へ得たるに、彼漢國の古き説どもは、皆いたく違へることの多きを以て、すべて理を以ておしあてに定むることの、信がたきをさとるべし。

このように、幾分西洋天文学を肯定する発言とも取れるが、しかし、中庸は同時にまた、

さてたとひ大地をめぐる物としても、古えの伝への旨に合わざることもなく、己が此考にもいささかも妨はなきなり。

と言うように、地動説に関する認識を窺わせながらも、それに対して決して積極的な態度を取っているのではなく、

『三大考』には自ら依拠する「古伝」―『記』『紀』のあることを強調しているのである。

「三大考論争」は最終的に服部中庸の自説への修正と平田篤胤等の新説の出現によって収束を迎えたが、後世の研究者たちは、『三大考』の占める思想史的位相を主として国学思想と外来思想（西洋天文学）との関係を軸に捉え、服部中庸が繰り返し強調する「古伝」をあたかも自明のことの如く認識してきたのである。そのため、現在における『三大考』論は、基本的に国学的宇宙観と西洋的宇宙観の関係論の域から出ておらず、その思想史的意義に関する論究も十分に行われているとは言えない。(2)

（三）『三大考』の言説と『朱子語類』

『三大考』において中庸は西洋天文学の存在を認める一方、それが「古えの伝への旨に合わざることもなく」と言っていることから、中庸にとって西洋天文学よりも所謂「古伝」がその理論的依拠であることが推察される。しかし、ここで問題にしたいのは、中庸がいう「古伝」の内実である。何故なら、『三大考』の内容を仔細に読めば、その「古伝」とされるものの内容と文中の朱子学批判との間に著しい矛盾が認められるのである。

例えば、『三大考』の中で中庸は、宇宙形成について次のように述べるくだりがある。

日と地と月との三つ、初めには一つにて、分ちなく混れて、彼浮脂の如くなりし物これ也。其中に清明かなる者分れて、葦芽の萌出る如く、上方へ騰り去て、天となれる、是即日也、又重濁れる物は、分れて下方へ垂降り去て、泉となれる、是即月なり、かくて其中間にのこり留まれる物、是大地なり、されば日の質は、清明かにして此地なる物にては、火と近き物也。（中略）日は物に着たる物にはあらざれども、もとより清て凝らざる物のなれなれば、火とはそのやう異也。次に月の質は、重く濁りて、此地なるにては、水と近き物也。然れども是も、水と全く同物には非ず、既に分れ降りて、月となれるところと、地に残り留まりて、水となれるところとは、異有て、地にある水は、月の垂下りぬる跡に、のこれる滓の如き物也、但し是は、重く凝濁れる物の滓なれば、滓の方が返て軽く淡き也、さて今現に海潮の満干の、月のめぐりに随ふも、本一つなるが故なり、さて思ふに、記に須佐之男命に所知せとある海原、又書紀に、滄海原潮之八百重とあるは、すなはち泉国を云るにもあらむか。

ここに、宇宙の生成から説き起こし、更に天、地、月の形成及びその性質について述べている。しかし、右記の内容を「古伝」とされる『日本書紀』や『古事記』の関連内容と照合すれば、その間に大きな違いがあることに気づく。例えば、『日本書紀』神代巻における天地開闢の記載を見れば、

古天地未剖、陰陽不分、混沌如鶏子、溟涬而含牙。及其清陽者、薄靡而為天、重濁者、淹滞而為地、精妙之合摶易、重濁之凝竭難。故天成而地後定。然後神聖生其中焉。（巻一神代上）

古に天地未だ剖れず、陰陽分れざりしとき、混沌れたること鶏子の如くして、溟涬にして牙を含めり。其れ清陽なるものは、薄靡きて天と為り、重濁れるものは、淹滞ゐて地と為るに及びて、精妙なるが合へる摶り易く、重濁れるが凝りたるは竭り難し。故、天成りて地後に定る。然して後に、神聖、其の中に生れます。

とあるように、『三大考』に比べ、極めて簡潔な内容となっている(3)。一方、変体漢文で天地の始まりを記す『古事記』の内容も、多分に神話的な要素を含まれたものであり、『三大考』と直接に結び付け難い。とりわけ『三大考』の大地を「水」の「滓」とする比喩及びそれを中心に月日がめぐる等の記述は、「古伝」とされる『記』『紀』にないものであり、その内容には、旧説に見られないある種の新しさを帯びているのである。

では、このような記述は一体どのようにして生まれたものだろうか。ここに注目したいのは、宋の哲学者朱熹の言論集『朱子語類』に収められる次の内容である。

○天地始初、混沌未分時、想只有水火二者。水之渣滓便成地。今登而望、群山皆為波浪之状、便是水泛如此。只不知因什麼時凝了、初間極軟、後来方凝得硬。問、想得如潮水涌起砂相似。曰、然。水之極濁、便成地、火之極清、便成風霆雷電日星之属。（巻一太極天地）

天地の初め、混沌未分の時には、水と火の二つしか無く、水の澱が地になったのだろう。今高い所に登って見渡せば、山々がすべて波の形をしているのは、水が波打ってそのような形にさせたからだ。ただ、それが何時凝固したのだろうか。初めはごく軟らかかったのが、後に固まって硬くなったようだ。

○天地初間只是陰陽之氣。這一箇氣運行、磨来磨去、磨得急了、便拶許多查滓、裏面無處出、便結成箇地在中央。氣之清者、便為天為日月為星辰、只在外常周環運轉。地便只在中央不動、不是在下。（同右）

天地の初めはただ陰陽の気に過ぎず。その一気が運動してひたすら摩擦を繰り返し、摩擦が速くなると、大量の查滓（かす）が押し出されるが、内側には出る所がないので、それらが凝結して真ん中に地が出来た。気の清んだ部分が天、日、月そして星辰となって、外側で常時ぐるぐる回っている。地は真ん中にあって動かない。下にあるのではないのだ。

右記『朱子語類』の文章は、宇宙の生成及びその性質に関する解説であるが、その内容を前記中庸の文章と比べると、いくつかの注目すべき類似点が見られる。まず、天体の構成については、『三大考』では、上方へ騰り去て、天となれる、是即日也、又重濁れる物は、分れて下方へ垂降り去て、泉となれる、是即月なり、かくて其中間にのこり留まれる物、是大地なり。

とのように、「大地」を中心に「日」が上で、「泉＝月」が下方にあると説き、やや後に続く文章にも、是よりして、天も泉も、地を中におきて、恒に相旋ること、今の現のごとし。

との説を披露しているが、これは二元論で天地の構成を説く『記』『紀』の記述とは明らかに合わないものである。

しかし、これを前記『朱子語類』の「天地初間只是陰陽之氣。這一箇氣運行、磨来磨去、磨得急了、便拶許多査滓、裏面無處出、便結成箇地在中央。氣之清者、便為天為日月為星辰、只在外常周環運轉。地便只在中央不動、不是在下」と合わせて見れば、双方の説がほぼ一致していることが分かる。

今一つ、両文の「水」を「月」の「滓」と喩えるところ、すなわち「此地なるにては、水と近き物也……のこれる滓の如き物也」と「水之渣滓便成地」の内容も類似しているのである。『淮南子』天文訓には、確かに「積陰之寒氣為水、水氣之精者為月」とある内容が見られるが、「大地」を「水」の「滓」とする如き描写はどこにも見当たらない。『三大考』のこうした記述は、やはり『朱子語類』に影響を受けたと見られて差し支えないようである。

また、山の形成について『三大考』では、

天と地とつづきてありし帯の天浮橋、数條ありしやうにも聞えたり、若然らば、富士信濃の浅間嶽日向の霧嶋山などは、其帯の断離れたるあとの蔕にもやあらむ、山のさまも然云べきさま也、又今に火に出るも、初に昇りゆきし氣のなごりの、なほのこりて騰るにやあらむ。

と描写するところが、凝結した液体の途切れた跡を「山」の形状に関連づける『朱子語類』の「群山皆為波浪之状」及び、

初間未有物、只是氣塞。及天開些子後、便有一塊査滓在其中。初則溶軟、後漸堅實。今山形自高而下、便似潟出来模様。（巻四十五論語二十七）

初めは物など存在せず、ただ氣だけが充満していた。天が少し開いた後、その中に一塊の査滓（かす）が現れた。初めはどろどろした柔らかいものだったが、それが徐々に固くなったのだ。今我々が目にする山の上から下までの形状も、液体がこぼれた跡のようなものだ。

とある内容にも通じており、『三大考』の山の形成に関する描写は、こうした朱子の言説に影響を受けて出来たも

のと推測される。

それだけではなく、宇宙はあくまでも気の循環という朱子学の理論も、どうやら『三大考』に受け容れられているようである。例えば、『朱子語類』では、前記の「天地初間只是陰陽之氣。這一箇氣運行、磨来磨去」という文言が示すように、「氣」を宇宙運行の原動力としているが、『三大考』の文に「火に出るも、初に昇りゆきし氣のなごりの、なほのこりて騰るにやあらむ」とあるのが見える外に、

今水晶などを以て、日の火月の水を取るといふことあり、これは日は火月は水なるによりて、其水火の降来ると思ふめれど、然にはあらず、日月の親しくうつり来る故に、其氣に牽れて、地なる水火のより来るなり。

とのように、「氣」が「日」「月」を運行させるものと認識しているのである。こうした「氣」をめぐる表現を前記『朱子語類』の内容と合わせて見れば、朱子学の理論を踏まえた概念と見られよう。

右記一連の事例から、『三大考』が理論的依拠しているという「古伝」は、『記』『紀』の内容への忠実な継承というより、新しい要素が多分に取り入られたものである。とりわけ『朱子語類』との間に見る記述の類似は、この種の解釈が朱子学による影響という可能性を示している。しかも、その関係も単なる偶然の類似または断章取義的借用と見なされない、より深いもののように思われる。こうした現象が、『三大考』に溢れる朱子学批判との間に齟齬を来しているだけに、『三大考』をめぐる思想的状況の複雑さを物語っており、今少し追求してよい問題であろう。

(四)「理」と「神」の対立

『三大考』において中庸は、仏教的宇宙観もさることながら、こと朱子学に至れば決まって容赦ない批判を浴び

せるのである。それが殆ど自らの論を披露するごとに展開され、中でも注目されるのは、朱子学の「理」へのこだわりという点である。

○いわゆる仏にもあれ、聖人にもあれ、皆己が心以て、智の及ぶたけ考へ度りて、必如此あるべき理ぞと、おしあてに定めて、造りいへるもの也。

○其太極無極陰陽八卦五行など云理は、もと無きことなるを……、理を以て云説は、信じられず。

○太極陰陽乾坤などいふ理を以て、かしこげにいふ、漢国人の説などは、……しらざる故の妄説也。

このように、中庸が「理」を「もと無き」「造りいへる」「妄説」と決め、完全に否定している。こうした中庸の言説が、そのまま宣長の次の論に通じる。

○たゞ外国のみだりなる説をのみ信じて、天といふことを、いみしき事に心得居て、万の事に、その理をのみいふは、いかにぞや、又太極無極陰陽乾坤八卦五行など、ことゞゝしくこちたくいふなる事共も、たゞ漢国人のわたくしの造説にて、まことには其理とてはあることなし。

（『玉かつま』一の巻）

○漢国の人は、聖人の智は、天地万物の理を周く知尽せる物と心得居るから、そのさかしらを手本として、己が限ある小智をもて、知がたき事をも、強てはかりしらんとする故に、その理の測りがたき事に至りては、これを信ぜず、おしてその理なしと定むるは、かしこげには聞ゆれ共、返りて己が智の小きほどをあらはすもの也。

（『くず花』上つ巻）

右記の両者の言説を対比して見れば、中庸の「理」をめぐる考えも宣長のそれを受け継いだものと見られる。

こうした「理」への批判と同時に注目されるのは、中庸と宣長によって繰り返し強調される「測知べき限にあらぬ」「神」という概念である。両者の批判を支え、そして「理」に対置させせられているこの概念について、『三大考』では次のように説明している。

○此一物の、虚空に初めて生れるより始めて、次第に第十図の如くに、成了るまで、これ皆悉く、高御産巣日神神産巣日神の産霊によりて、生成る也、其産霊は、いとも〳〵霊く奇く、妙なるものにして、さらに尋常の理を以て測知べき限にあらず。

○天も泉も、地を中におきて、恒に相旋ること、今の現のごとし、これらの事、すべて神の産霊の、奇く妙なる理によりて然るなれば、さらに人の小き智を以て、とかく測り識るべき限にあらず。

（『くず花』下つ巻）

一方、宣長にも、

○神は聖人とは又大に異なる物にて、甚奇く霊しく坐まして、人の智のはかり知ることあたはざる處おほく、又善も悪も有て、その徳もしわざも、又勝れたるもあり、劣れるも有、さま〴〵にて、さらに一準に定めがたきもの也。

（同右上つ巻）

○すべて神の御所行は、尋常の理をもて、人のよく測り知ところにあらず。

（『直毘霊』）

○されば神は、理の当不をもて、思ひはかるべきものにあらず。

との言説が見られる。「理」に対立させられる「神」は、「人の「智」のはかり知ることあたはざる所おほく」、「理の当不をもて、思ひはかるべきものにあらず」、「人のよく測り知ところにあらず」というところが、中庸の言う「測知べき限にあらぬ」にそのまま通じており、この点においても両者は認識を同じくしていることが分かる。

さて、宣長と中庸がここに「神」なるものを「測知べき限にあらず」と称するところが、容易に『易経』の「陰陽不測之謂神」（繫辞上伝）と、「神也者妙万物而為言者也」（説卦伝）とある表現を想起させるが、ここに注目したいのは、この「神」は後世に至り、朱子学における最も重要な「理」と「氣」の概念に関する解釈として用いられるようになったことである。その中で、「理」と「氣」が「測り知れない」ものとされながら、

○氣之精英者為神。金木水火土非神。所以金木水火土是神。在人則為理、所以仁義礼智信者是也。

○鬼神只是氣。屈伸往来者、氣也。天地間、無非氣。（『朱子語類』巻一太極天地）
○静而無動、動而無静、物也。動而無動、静而無静、神也。（同右巻三鬼神）
○天地挙全体而言、鬼神指其功用之迹、似有所為者。（同右巻九四太極図）

などとあるように、天地の気一般をすべて鬼神としている。朱子学における「測り知れない」「鬼神」はあくまでも「理」「氣」の体現として理解されているように、抽象的な概念に他ならないのである。（『朱子文集』巻六十答潘子善）

ところで、朱子学の「理」に対して中庸は、「高御産巣日神神産巣日神」という神話の神を「測知るべきにあらず」と規定しつつ、両者をあくまでも相容れないものとして、対立させているのである。この「理」と「神」の対立も、やはり「漢意」をひたすら厳しく排斥する宣長の思想に通じている。例えば、宣長は『くず花』において、産巣日神というのは仮の名ではないか、という問いを立てて、

仮の名と見るは、漢流の邪見なり、御国にて神と申物は、さらに仮の名にあらず、こと〳〵実物なり。

と言っているのである。宣長における「神」概念と漢籍における「神」の異同について既に別に論じているように、「物」と「心」と共に、漢籍に比べ形而下的な傾向を強く持つものである。(4)『鈴屋答問録』において宣長が、

かみと唐に云ふ神とは、七八分は同じくて、二三分は異なる事あり。然るを、古来たゞ神の字に委ねて、全く同物とのみ心得て、異なる處あることを考へず。今その異なる所をいはゞ、易に陰陽不測之謂神。あるひは、氣之伸者為神、屈者為鬼と云るたぐひ、これらは神と云物の現にあるにはあらず、不測なる處を指て云ひ、氣之屈伸せる處をさして云るのみ也。故に人をほめて、神聖など云ときの神字も、たゞ神霊不測なると云るにてこそあれ。其人を直に神と云にはあらず。さて皇国にて云かみは、実物の称に云るのみにて、物なきに、たゞ其理を指て云ることはなき也。

と述べているように、漢籍における「神」と日本語における「かみ」の違いを指摘した上で、易の「陰陽不測之謂神」と朱子の「氣之伸者為神、屈者為鬼」に批判を加えながら、「陰陽」の概念とは異なる、「妙なる理」と「測知べき限にあらぬ」「神」の存在を主張しているのである。ここに、形而上的な朱子学の「理」とそれを代表する「神」が否定され、対して実在の「神」が置かれたのであり、源了圓氏の言葉を借りれば、宣長にとって「神は最高の実在であり、それを基礎づける何の原理をも必要としなかった」のである。[5]

しかし、ここで問題になるのは、やはり既に指摘した『三大考』の内容における『朱子語類』との類似の間にある矛盾である。こうした同じ『三大考』における朱子学言説への受容と批判という二律背反をどのように理解すれば良いのか。更に言えば、中庸と宣長は朱子学の「神」を否定することによって新しい解釈を成立させているようであるが、中庸と宣長におけるこうした形而上の「神」から形而下の「神」への飛躍は、果たしてその独自の理論によって成し遂げられたものだろうか。これらの問題に答えるためには、日本朱子学受容史における山崎闇斎の役割と存在を忘れてはならない。

(五)「理」と「神」の結合

宣長の学問の源流に触れて、本居大平がその『恩頼』の中で、「ソライ、タサイ、東カイ」に続いて、「垂加」と記すように、「荻生徂徠」、「太宰春台」、「伊藤東涯」の外に、山崎闇斎も挙げているのである。ところが、戦後の宣長研究において、闇斎と宣長の間には恰もある種の断絶を認められているように、その関係がさほど重視されて来なかったのである。これについて、前田勉氏は、二つの原因を挙げている。一つは、宣長の次の発言、すなわち、

かの垂加にいたりて、いよ〳〵ます〳〵漢意の雲霧、ふかく立ちみちて、闇の夜のごと。（『天祖都城弁弁』）

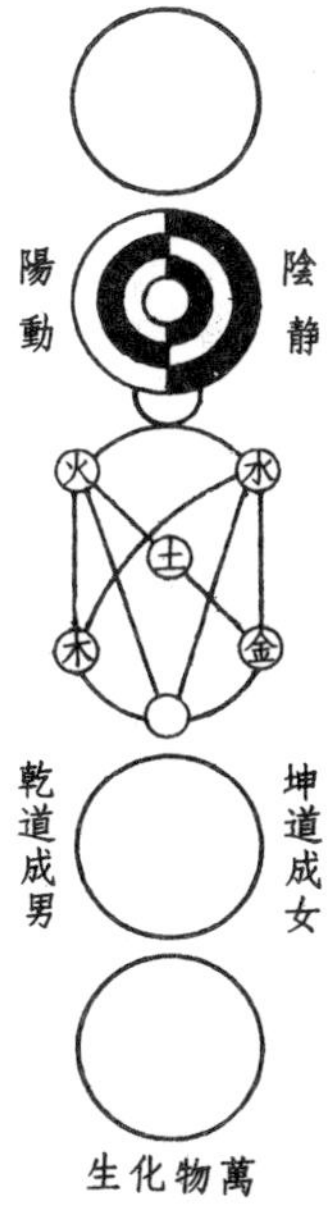

周濂渓の「太極図」
『周敦頤集』中華書局
1990年版・1頁

と述べるところが、研究者たちにある種の誤認を与えていること、今一つは、戦前において「尊皇論」によって緊密に結ばれていた両者が、戦後の皇国史観への反動から、その関係について論ずるのが憚られていたことである。(6)

しかし、近世思想史の流れに照らして両者の関係について見る場合、とりわけ朱子学との関わりという点においては、闇斎の学流への宣長の継承は、無視できない史実である。

周知のように、山崎闇斎（一六一八—一六八二）の近世日本思想史におけるその重要な役割の一つは、朱子学を批判的に継承し、神道思想との融合を図っていた点である。その中で重要なものの一つは、朱子学の「理」「氣」と「神」の関係を、独自の解釈でもって行われていたことである。前述したように、朱子学における「神」は、本来実体としての「鬼」と「理」及び「氣」の神妙な作用の形容として用いられたのである。その概念を要約すれば、すなわち実体ではなく、神妙、霊妙な働きをいうものであり、「氣」と「理」、実体と作用の交錯重複する関係を示しているものである。

ところで、この朱子学の「理」が、山崎闇斎の解釈を経て、本来の形而上的な意味から形而下的な意味の方向へと徐々に傾斜して行ったのである。例えば、「洪範全書序」において闇斎が、

倭開国之古、伊奘諾尊、伊奘冊尊、奉天神卜合之教、順陰陽之理、正彝倫之始。蓋宇宙唯一理、則神聖之生。
雖日出處日没處之異、然其道自有妙契者存焉。（『垂加文集』中之二）

と述べているように、本来抽象的な陰陽理念を、『記』『紀』神話の「伊奘諾尊」と「伊奘冊尊」の両神と結びつけ

るによって、陰陽理念の実体化を図ろうとしたのである。最も、こうした傾向は闇斎以前より既に神道の世界で断片的に見られるが(7)、高島元洋氏が指摘するように、闇斎に至って、これが系統化された理論でもって始めて完成されたのである(8)。

今一つの例は、闇斎が朱子学の陰陽五行概念をすべて「天神七代」という概念で読み替えようとするところである。

天神第一代者、天地一氣之神、自二代至六代、此水、火、木、金、土之神、第七代者、則陰陽之神也。（『垂加社語』）

朱謙之氏はこうした闇斎の言説について、宋儒の『太極図説』に附会して神代史を解釈しようとした、すぐれて神秘主義的な傾向を持つものと評しているが(9)、その新しい「神」概念が確立できるのも、見てきたように、終始朱子学を足場としなければならなかったのである。

闇斎における「神」が具体的な名前で現れたのが、『垂加文集』（上之一）の次の文章においてである。

原、夫神之為神、初不有此名此字也。其惟妙不測者、為陰陽五行之主而、萬物萬化、莫不由此出焉。是故、自然発於人声、然後有此名此字也。日本紀所謂国常立尊者、乃尊奉号之也。（『伊勢太神宮儀式序』）

ここに闇斎は「神」の古典的定義である「其惟妙不測者」を、本来「理」と「氣」の作用の形容である「神」から、「国常立尊」という『日本書紀』にある神名に読み替え、「神」の実体化を図ったのである。この「国常立尊」について、闇斎が「嘉謂、国常立尊・天御中主尊者同体異名也」（『中臣祓風水草』）、「天御中主尊者天地一氣之神体」（『垂加社語』）と指摘するように、「天御中主尊」とは同一の神である。ここに至って日本的概念の「神」が始めて朱子学を媒介にして誕生したのである。高島元洋氏は、こうした一連の闇斎の作業を評して、

闇斎をして朱子学のさまざまな「理」の規定の中から、とりわけそれを「神」とする定義を選ばせたものが、

闇斎の「理」「氣」理解にあったことは言うまでもないだろう。闇斎も朱子学も太極を同じく「理」と捉えたわけであるが、その「理」の意味が異なっていた。朱子は、その「理」を観念とすることによって、みずからがその観念を実現して太極となろうと考えていた。つまり、いま現にあるおのれの存在を超えて、聖人となるわけである。一方、闇斎は「理」を実体と見え、その実体つまり「神」の完全な発見を求めた(10)。と述べているが、ここに改めて前記『三大考』における中庸の論、すなわち宇宙の形成はすべて「高御産巣日神神産巣日神の産霊によりて生成る也」とある言説を見れば、神名こそ異なるものの、闇斎の一連の「神」をめぐる発言に、我々は中庸と宣長の「神」をめぐる言説の源流を見いだすことが出来よう。闇斎が、「神」の実体化を図ることによって、中庸・宣長と朱子学の間に丁度橋渡し的な役割を果たしていることが分かる。言い換えれば、闇斎の「神」という概念への解釈学的（Hermeneutik）作業が無ければ、宣長における「理」に対立する「神」への飛躍もあり得なかったということである。

更に、このことを近世思想史における朱子学の受容の歴史に照らして見れば、伊藤仁斎の古学から、荻生徂徠の古文辞学へと続く流れにも通じるものであり、中庸と宣長の「神」に関する論は、そうした流れの辿り着いた一つの到達点とでも言うべきであろう。この視点から見れば、『三大考』の朱子学理論をめぐる言説上の二律背反も、近世日本における朱子学のあり方そのものを反映した、至極自然な成り行きということになろう。

（六）『三大考』と「中国論」

『三大考』における崎門派の影響は「理」と「神」の点だけに止まっていないようである。例えば、『三大考』では外国を両側に配置させ、「皇御孫命地」つまり日本を地球の頂点、しかも真ん中に据える点も、独創的な考えとい

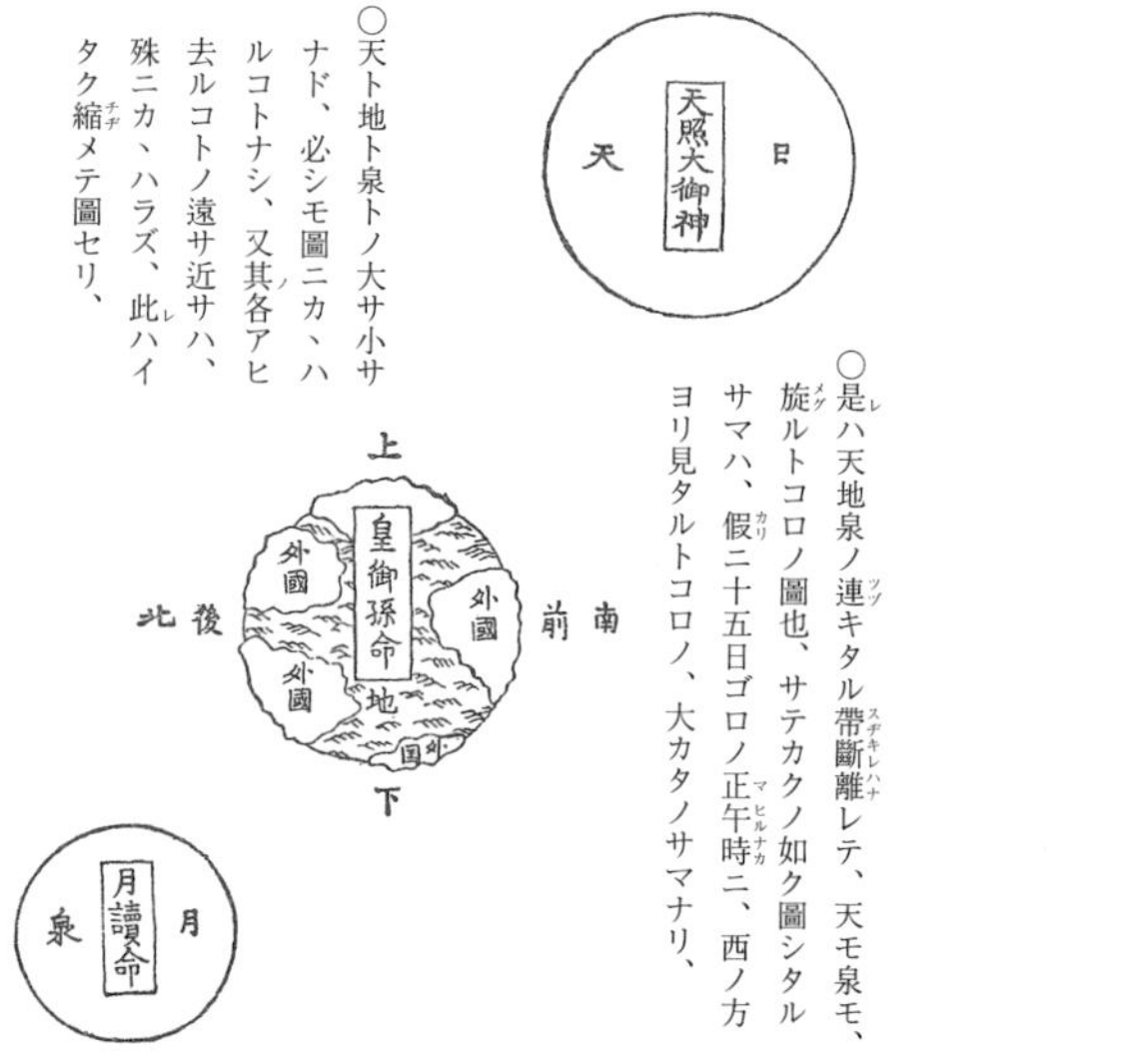
天照大御神
天
日
○是《レ》ハ天地泉ノ連《ツヅ》キタル帶斷離《スヂキレハナ》レテ、天モ泉モ、旋《メグ》ルトコロノ圖也、サテカクノ如ク圖シタルサマハ、假《カリ》ニ十五日ゴロノ正午時《マヒルナカ》ニ、西ノ方ヨリ見タルトコロノ、大カタノサマナリ、
上
皇御孫命
外國
外國
外國
地
国
下
南
前
北
後
月讀命
泉
月
○天ト地ト泉トノ大サ小サナド、必シモ圖ニカ、ハルコトナシ、又其各アヒ去ルコトノ遠サ近サハ、殊ニカ、ハラズ、此ハイタク縮《チヂ》メテ圖セリ、

『三大考』第十図
『本居宣長全集』第十巻（筑摩書房・1968年）所収「三大考」による。312頁。

うより、既存の崎門派の論理に拠るものと見られる。

まず、『三大考』の論について見よう。

凡て外国どもの成竟たるは、皇国とははるかに後のこととおぼしければ、いまだ皇御孫命の天降ざりし前の世の、外国の事は、とかく論ふべきにあらず。（中略）又或人、皇国は大地の頂上に在て、正しく天に對へりし国也と云こと、心得ず、若然らば日のめぐり、春分秋分の時、眞頂上をめぐるべきことわりなるに、恒も南方にかたよりて、斜に旋るを以て見れば、地の頂上とはいひがたしいかゞと問に、己此ことわりをえ解らず、師に問けるに、師の考に云、こは人の面の、頭頂には着ずして、目も鼻も口も、前の方にかたよりてあると同じ理也、（中略）かくて其上方の正中は、皇国にして、南方は前也、北方は後也、東方は左也、西方は右なり、故日月のやゝ南方によりてめぐるは、人面の、前方にあると同じことにて、前方をめぐるなれば、皇国の大地の頂上なること、いよゝ著明しと云れき。

右記の論説は、「皇国」日本の地球における位置を述べる内容であるが、人体を比喩に用いて、日本が人面の位置にあることを説明しつつ、太陽がその真上かつ正面から照らしていることを言っている。

右記『三大考』の、日本を世界の中心に据え、外国をその周辺に偏在させる内容から、所謂「中華思想」的な要素が多分に読みとれる。近世国学思想における日本の地理的位置に関する言説といえば、後述するように、『記』『紀』

に見られる「葦原中国」を漢籍の「中国」で読み替えることが有名である。ところが、それまでの宣長の論には関連の言説は認められない。『国号考』の「葦原中国」に関する宣長の解釈は、左記のように何の変哲も無い内容となっている。

　葦原中国とは、（中略）高天原よりいへる号にして、（中略）いと〳〵上つ代には、四方の海べたは、こと〴〵葦原にて、其中に国処は在て、上方より見下せば、葦原のめぐれる中に見えける故に、高天原よりかく名づけたるなり。

右記上代資料に即した解釈は、宣長の「葦原中国」観が依然として神話の段階に止まっていることを示すが、これと同じく、『三大考』にも「葦原中国」に関する説明が殆ど無く、いわば突如として「皇国」を世界の中心に据える説を打ち出しているのである。この点、前記「神」の概念同様、「古伝」に伝える日本の位置づけとの間に大きな飛躍が認められるのである。そして、この飛躍は、やはり山崎闇斎の言説があってこそ始めて可能だったことが、次の引用を見れば理解されよう。

　太宗謂中国唐季之乱、豈惟唐季哉、秦漢已下皆然也。推上而極言之、則包犠氏没、神農氏作、神農氏没、黄帝、尭、舜氏作、湯武革命、若我国宝祚天壌無窮之神勅万万暦暦焉、則六合之間、載籍之伝、譯説之通、所未曾見聞也。且中国之名、各国自言、則我是中而四外夷也、是故我曰豊葦原中国、亦非有我之得私也。程子論天地曰、地形有高下、無適而不為中。實至極之言也。（『文会筆録』八之二）

文中、「且中国之名、各国自言、則我是中而四外夷也、是故我曰豊葦原中国」とある言説が、宋学の重鎮である程子の言説を引くなど、「葦原中国」を新たな理念で解釈しようとしている。この点について、『書紀集解』における河村秀根の「葦原中国」の解釈も、

　史記五帝本紀曰、之中国践天子位。劉熙曰、帝王所都為中、故曰中国。

と見えるように、既に漢籍思想に近寄りつつあることが注目される。更に『朱子語類』に、

此但以中国地段四方相去言之、未説到極邊與際海處。南邊雖近海、然地形則未盡。如海外有島夷諸国、則地猶連属。彼處海猶有底、至海無底處、地形方盡。（巻二理気下）

と見える地理に関する説明にも、「中国」と「島夷諸国」とを区別して記述するところに中華思想が滲み出ており、こうしたコンテクストが『三大考』の周辺にごく自然に存在していたことが推測される。

よく知られるように、前記闇斎の「則我是中而四外夷也、是故我曰豊葦原中国」という「葦原中国」への新しい解釈が、闇斎が率いる崎門派の間で定着し、やがて「中国夷狄論」へと発展していったのであるが、ここに注目したいのは、『三大考』における日本の位置付けに関する描写とこうした闇斎の言説との関連である。『三大考』には、

かくて其上方の正中は、皇国にして、南方は前也、北方は後也、東方は左也、西方は右なり、故日月のゝ南方によりてめぐるるは、人面の、前方にあると同じことにて、前方をめぐるなれば、皇国の大地の頂上なること、いよゝ著明しと云れき

とのように「皇国」を「正中」にして、「日月」が「前方」をめぐってその「頂上」を照らすと記すところが、次の『会津風土記序』に見える、

自有天地即有我神国、而伊奘諾尊、伊奘冊尊継神建国中柱為八大洲。（中略）逮生日神授以天上之事、日神以皇孫椋ゝ杵尊為此国之王、称曰豊葦原中国、豊葦原者、葦芽発生之盛也、中国者當天地之中日月照正直之頂也。

という闇斎の説と暗合とは言い難いほど類似し、両者の関係を示唆するものである。

このように、『三大考』における日本の位置に関する構図と言説は中華思想的要素を持つ点で「古伝」の域を遙かに超えて出ており、その形成は前述の「神」概念の確立と同様、やはり崎門派の先行思想があって始めて可能だったのであろう。

（七）むすび

以上、『三大考』の成立をめぐる思想史的状況についてささやかな考察を加えてみた。従来の研究とは異なる角度から見れば、『三大考』が文献として依拠するところは、所謂「古伝」というより、多くの場合、徳川思想の主流をなしていた朱子学関連のものだったと見られる。また、そこに展開される理論も、近世日本における朱子学の受容から揚棄（Aufheben）へのプロセスから一歩も踏み外していないということが分かる。その意味で、『三大考』という文献には、単なる一国学者の宇宙論には止まらぬ、近世思想史が抱える多くの側面が、いわば縮図の形で含まれていると言えよう。

更に、戦後の宣長研究は、宣長の崎門派批判から何時の間にか両者の間に一種の断絶を認められてきたが、少なくとも『三大考』において崎門派の理論が継承され、しかもそれが「古今未発の妙論也」と賞賛されているのを見る限り、改めて近世思想史が持つユニークで複雑な一面を思い知らされよう。だからこそ『三大考』について論ずる場合、過去の論争を含めて、その周辺の言説を鵜呑みすることなく、広く思想史の流れに照らしながら、それらに対して慎重かつ懐疑的な態度で臨むことが必要であろう。

注

（1）金沢英之「三大考論争―神話的世界像の終焉と『古事記』のあらたな始まり」（『宣長と三大考』・笠間書院・二〇〇五年）。なお、「三大考論争」の沿革について、同書「三大考論争略年譜」を参照。

（2）宮川康子『自由学問都市大坂―懐徳堂と日本的理性の誕生』（講談社・二〇〇二年）及び荒川紘『日本人の宇宙観

―飛鳥時代から現代まで』（紀伊国屋書店・二〇〇二年）等を参照。

（3）『日本書紀』の天地開闢説は、古典文学大系の注に拠れば、『淮南子』や『芸文類聚』の内容を踏まえたものとされているが、因みに、その原文について確認すれば、『淮南子』天文訓に、

精陽者薄靡而為天、重濁者凝滞而為地。清妙之合専易、重濁之凝竭難、故天先成而地後定。

とある類似内容が見え、『芸文類聚』天部には種々ある引用の中に、

廣雅曰、太初氣之始也。清濁未分、太始形之始也、清者為精、濁者為形。（中略）三五暦記曰、天地混沌如鶏子。盤古生其中、萬八千歳。天地開闢、陽清為天、陰濁為地。

との内容が見える。

（4）拙稿「The Cultural differentiation, On Shen 神 & Xin 心 in Chinese and Japanese」（*Ex/Change*, Issue 3, City University of Hong Kong, Newsletter of Centre for Cross-Cultural Studies, Trans. Neather Robert. 2002）

（5）源了圓『徳川合理思想の系譜』（中央公論社・二〇〇〇年）。

（6）前田勉「宣長における『心だに』の論理の否定―垂加神道と宣長との関係」（『近世神道と国学』・ぺりかん社・二〇〇二年）。

（7）例えば、度会神道の言説において、「神」を「太極」と解釈して、

天御中主・天常立・国常立は三名一神にてまします。儒に云、無極太極に似たり、太極の外に無極なし。

（度会延佳『神代図鈔』）

とある内容が、実体としての「神」である「天御中主・天常立・国常立」を「無極」と「太極」の対比として用いている。類似の言説は吉川神道にも、

儒には太極の注によく云へることあり。吾道にひとしき處あり。先太極は混沌ぞ。天地陰陽を太極と云た處は、此方の混沌と説く處によく叶ふたぞ。扨注に無中に含有と云へり。天地未分の處には、何もないと云ふことにはあらず、万物の本体、歴々然としてあること也。

（吉川惟足『神道大意講談』）

とあるのが見える。更に吉田神道にも、

神は天地人の三才より先、混沌の始に在るものなり。氣香も無く、形声も有ず、洋々として明々たり。氣がよ

れば香を顕し、声をうつすれば形あり。是を神と名づく。万物の妙理なり。無極と云ものならむ。国常立尊の一代は混沌含牙の時に化生あり、氣香形声顕れざる前なり。太極と云つべし。（卜部兼夏『神道大意』）

とあるように、ここでは既に「国常立尊」をもって「万物の妙理」を代えていることが分かる。

（8）高島元洋『山崎闇斎―日本朱子学と垂加神道』（ぺりかん社・一九九二年）。

（9）朱謙之『日本的朱子学』（人民出版社・二〇〇〇年）。

（10）高島前掲注（8）書。

【附記】本章における服部中庸、本居宣長、山崎闇斎の著作の引用は、すべて『本居宣長全集』（筑摩書房・一九八九年）と、『新編山崎闇斎全集』（ぺりかん社、一九七八年）に拠るものである。

あとがき

上代日本文学の勉強を目指してから、今年でちょうど十八年になる。本書に収めた論文は、この十八年の間、様々な試行錯誤を繰り返しながら書いたものである。合計十本になる論文の半分は、京都大学へ提出した『古事記』関連の博士論文の一部であるが、この度、出版する運びとなり、これを機に他の論考五本と合わせることにした。諸論文の初出と原題名は左記の通りである。

第一章　古伝承の成立と緯書―応神記天之日矛伝承に見える「虹」をめぐって
（『国語国文』第六五巻第九号・一九九六年九月）

第二章　神武記「乘龜甲爲釣乍打羽擧來人」考釈―太公望伝承との関連をめぐって
（『和漢比較文学』第二六号・二〇〇一年二月）

第三章　倭建命の東征伝承に関する一考察―蒜・本草学・道教文献
（『国語国文』第六七巻第六号・一九九八年六月）

第四章　古伝承の成立と『史記』―顕宗記雄略陵破壊復讐譚について
（『大阪工業大学紀要・人文社会篇』第四四巻一号・一九九九年十月）

第五章　仁徳記枯野伝承考―大樹・寒泉・琴と漢籍
（『国語国文』第六四巻第十一号・一九九五年十一月）

第六章　「天津水影」考―『日本書紀』一漢字表記の訓詁をめぐって

（『日本漢文学研究』創刊号・二松学舎大学ＣＯＥプログラム・二〇〇六年三月）
第七章　音と訓のはざ間にて―『延喜式』祝詞に見える「雑物」をめぐって
（『国語国文』第七七巻第八号・二〇〇八年八月）
第八章　憶良の述作と敦煌願文
（書き下ろし）
第九章　長歌と願文―萬葉語「伏仰」の訓義をめぐって
（『日本研究』第四〇巻、国際日本文化研究センター・角川学芸出版・二〇〇九年十一月）
第十章　「三大考」とその周辺―宣長・朱子学・山崎闇斎
（『日野龍夫先生退官記念　近世文学・近代文学論集』・中央図書出版社・二〇〇三年三月）

上代日本文学との出会いは、二十八年前、わたしがまだ西安外国語学院の大学二年生だった頃に遡る。偶々図書館から借り出した周啓明訳（当時まだ政治的な理由でおおやけに実名を公表できなかった周作人の筆名）の『古事記』を読んだのであるが、中国の神話に出てくる神の名前に比べ、妙に長い名前を持つ神が多いという印象だけが残り、特にこれといった感想はなかったことを覚えている。大学を卒業して、母校で助手になってからも、読書の範囲はどちらかというと近代文学、特に漱石や荷風などに限られていた。一九八七年から八八年まで交換教員として京都に滞在していた際にも、もっぱら近代文学関連の書物を古本屋から買い漁っていた。

そのわたしが『古事記』の研究を志すようになったのは、一九九二年、京都府立大学大学院に入学してからのことである。手当たり次第に本を読んでいた自分にとって、研究者としての基礎能力を身につけるためには、古典から着手した方がより堅実だろうという考えに至り、修論のテーマを『古事記』に選んだのである。今から考えれば、まことに大胆で大それたことであったが、指導をいただく先生方の研究分野が殆ど古典を中心とされていることに影響されたのも一因であったろう。

しかし、わたしの『古事記』の「勉強」は決して平坦な道ではなかった。まず、比較的純漢文風の『日本書紀』に比べ、変体漢文によって書かれた『古事記』の文章は、難渋を極めるものであった。そして、その内容が、歴史、神話、文学、民族など多くの分野にわたる点も、門外漢の自分にとって、眼前に立ちはだかる山のように、高く険しいものであった。いかにして、この山に分け入ることが出来るか、登山口をさがすのに時間がかかった。あれこれと手を焼いていたが、やはり先人の研究は頼り甲斐のある道標となってくれた。とりわけ半世紀前に刊行された『古事記大成』が、大いに役立った。自分が育ってきた文化背景が、こういう時に否応なしに作用したのだろう、直ちに小島憲之先生が戦後に開かれた和漢比較文学、出典論の研究に惹かれた。小島憲之先生は、主として『日本書紀』の成書過程を、漢籍との関連において、綿密かつ広範な調査を行われ、研究史に大きな足跡を残された碩学である。自分の『古事記』研究も、小島先生の真似から始めたら、何らかの成果が得られよう、という気持ちから、『古事記』との格闘が始まったのである。

京都府立大学での二年間と京都大学での四年間は、これまでの人生の中で、もっとも充実し、そして落ち着いて勉強できた期間と言える。この二つの大学は、ともに重厚にして自由な学問の雰囲気を擁し、特に大学院生に対しては、自由に勉強させ、独立思考させる伝統を持つ大学である。その中でわたしは、研究の焦点を一応『古事記』に絞っていたが、しばしば研究から脱線して、近代の作家や言語学などにも手を伸ばしたりしていた。このように、道草を食いながらの『古事記』研究であったため、収穫も決して期待していたほどには遠く及ばないものであった。このことは、博士論文試問の席上で呆気なく証明され、『古事記』という高山の、まだ一、二合目あたりをうろついている現実を先生たちに思い知らされたのである。あれから十二年経った今でも、日野龍夫先生、木田章義先生、大谷雅夫先生の厳しい声がまだ耳底に響いている。先生たちのご批判を鵜呑みにしたまま大学院を修了し、日本を離れて香港の大学に就職してからも何とか論文を書き続け、今新旧の拙稿をまとめて一冊の著書として出そうとしているが、小著に少しでも取るべきものがあるとすれば、ひとえに京都府立大学と京都大学でご指導をいただいた先生たちの学恩に負うものである。

小著をもって、今は亡き日野龍夫先生をはじめ、井村哲夫先生、松村昂先生、松井利彦先生、長友千代治先生、木田章義先生、大谷雅夫先生、赤瀬信吾先生、小松謙先生、山崎福之先生たちのご指導に感謝の意を申し上げたい。そして、いつも拙稿の第一読者になって、表現から構成まで丁寧に意見を言ってくださった磯野浩光先生（京都府文化環境部文教課参事）と、中国哲学の観点から絶えず示唆を与えて下さった橋本高勝先生（京都産業大学名誉教授）にも心から御礼を申し上げたい。

一々述べ尽くせないが、ここで特に感謝したいのは、井村哲夫先生である。先生との出会いがなければ、上代文学、『萬葉集』はいざ知らず、そもそも日本に行って研究者の道へ進むことが出来なかったのかもしれない。二十年前、人生の十字路に立ちすくみ、悩んだ末に日本留学を決断し、私費研究生として京都府立大学へ参った日から、先生には身元保証人と指導教官という、公私両面にわたりお世話をしていただいた。修士課程在学中にご退官されたが、指導教官同様、わたしの研究に対して心温かい励ましと批判を寄せつづけてくださった。先生の学問への謹厳な姿勢から多くのことを学ばせていただいたと同時に、萬葉ゆかりの地へ何度となくご一緒させていただいたことも、この上ない幸せであった。先生に伴われ、初秋の甘樫岡や深秋の伊吹山に上った日々が懐かしく思い出される。

また、私事にわたって恐縮であるが、二十年来、家事と育児を一身に引き受け、わたしの研究生活を支えてくれた妻韓文と、どんな時も笑顔で私を励まし続けてくれたふたりの子ども、息子海悦と娘海佳への感謝の私情も巻末に記させていただきたい。

最後に、拙著の出版を快く引き受けてくださった和泉書院社主廣橋研三氏にも厚く御礼を申し上げたい。拙著の誕生にまつわるあまりにも多くのお支えと奇しきご縁に感慨を覚えるばかりである。

二〇一〇年十一月

香港　東涌　聴濤軒にて

文献名索引

（本索引は、拙著において引用し、参考した文献名を五十音順に配列したものである。ただし、主な研究対象となる『古事記』、『日本書紀』、『萬葉集』、『風土記』、『続日本紀』、『延喜式』などの文献をあえて省略することにした。）

あ 行

か 行

さ　行

た　行

な　行

は　行

人名索引

か　行

さ　行

た　行

な　行

は　行

ま　行

や　行

ら　行

わ　行

■著者紹介

王　小林（おう　しょうりん）

一九六三年生まれ
一九八四年　中国西安外国語学院日本語学科卒業
一九九四年　京都府立大学大学院修士課程修了
一九九八年　京都大学大学院博士後期課程修了
一九九九年　京都大学博士（文学）
現在　香港城市大学（City University of Hong Kong）人文・社会科学部准教授。上代日本文学専攻。

研究叢書420

日本古代文献の漢籍受容に関する研究

二〇一一年五月二五日初版第一刷発行
（検印省略）

著　者　王　小林
発行者　廣橋研三
印刷所　遊文舎
製本所　平田製本
発行所　有限会社　和泉書院
大阪市天王寺区上之宮町七－六
〒五四三－〇〇三七
電話　〇六－六七七一－一四六七
振替　〇〇九七〇－八－一五〇四三

ISBN978-4-7576-0590-9　C3395

研究叢書

紫式部集の新解釈	徳原茂実著	381	八四〇〇円
鴨長明とその周辺	今村みゑ子著	382	一八九〇〇円
中世前期の歌書と歌人	田仲洋己著	383	一三一〇〇円
意味の原野 日常世界構成の語彙論	野林正路著	384	八四〇〇円
「小町集」の研究	角田宏子著	385	二六二五〇円
源氏物語の構想と漢詩文	新間一美著	386	一〇五〇〇円
平安文学研究・衣笠編	立命館大学中古文学研究会編	387	七八七五円
伊勢物語 創造と変容	山本登朗 ジョシュア・モストウ編	388	一三一二五円
金鰲新話 訳注と研究	早川智美著	389	一三六五〇円
方言数量副詞語彙の個人性と社会性	岩城裕之著	390	八九二五円

（価格は５％税込）

――研究叢書――

（価格は５％税込）

研究叢書

類聚句題抄全注釈　本間洋一著　401　二二〇〇〇円

勧化本の研究　後小路薫著　402　一六八〇〇円

行幸宴歌論　廣岡義隆著　403　八一九〇円

日本語学最前線　田島毓堂編　404　一三一二五円

生活語の原風景　神部宏泰著　405　八四〇〇円

国語表記史と解釈音韻論　遠藤邦基著　406　一〇五〇〇円

谷崎潤一郎の表現 作品に見る関西方言　安井寿枝著　407　八四〇〇円

定家 早率、重早率、十題百首 注釈　小田剛著　408　一一五五〇円

解析的方法による万葉歌の研究　八木孝昌著　409　八四〇〇円

中世宮廷物語文学の研究 歴史との往還　小島明子著　410　九四五〇円

（価格は５％税込）